LA FILLE DE PERSONNE

ROMANCE ENTRE UN MILLIARDAIRE ET UNE
VIERGE

CAMILE DENEUVE

TABLE DES MATIÈRES

Publishe en France par:
Camile Deneuve

©Copyright 2021

ISBN: 978-1-64808-966-4

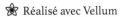 Réalisé avec Vellum

Ivo

Lors de notre première rencontre, elle a tout fait pour m'éviter...
Un mois plus tard, elle était dans mon lit...
Trois mois après... je l'épousais.
J'ai épousé la plus belle, la plus sexy, la plus mystérieuse femme du monde.
Je suis au paradis quand elle se colle contre moi, quand je l'embrasse, quand je lui fais l'amour.
Ils sont tous contre ce mariage, contre nous...
Notre amour dérange, un obsédé rôde...
Comment la sauver...

~

Sofia

vIls m'ont tous laissée tomber... mon père, ma mère... mon beau-père.

Il m'avait promis de ne jamais m'abandonner, et je l'ai cru.
Ivo Zacca... mon mari
Est séduisant... doux euphémisme.
Il est *beau* – à tous points de vue – son visage, son corps, son esprit...
Gentil. Beau. Adorable.
Gentil, certes, mais au lit, c'est une vraie bête.
Mon Dieu...
Il croit que je l'ai épousé pour échapper à ce connard de beau-père.
Qu'il croit ce qu'il veut, ce sera moins pénible lorsqu'ils m'arracheront à lui... lorsqu'ils viendront me chercher...
Pour me tuer.
Ivo, tu ne sauras jamais à quel point j'étais heureuse avec toi, combien je t'aimais...
Les contes de fées on toujours une fin...

～

Lors d'un séjour à Paris, Ivo Zacca, marchand d'art mondialement connu, découvre que la jet-set et le monde des artistes le laissent désormais froid.

Il décide – au grand désespoir de son équipe – de passer une semaine à Paris dans l'anonymat le plus complet.

Sofia Amory a grandi entourée de sa mère et de son riche beau-père, qui l'abandonnera à la mort de sa mère. Désormais méfiante, elle refuse les avances d'Ivo en dépit de son attirance pour cet homme séduisant.

Fergus, son ex-beau-père, secondé par sa fille, la perfide Tamara, va tout mettre en œuvre pour que Sofia disparaisse de leurs vies.

Durement éprouvé par la disparition de sa femme – la mère de Sofia – Fergus ne peut surmonter son chagrin, il devient froid et distant.

Son fils, Jonas, proche de Sofia, est écœuré par son père et sa sœur et tente en vain de retrouver Sofia. Il affronte son père, apprend que Sofia a organisé une immense exposition à Paris et avoue à Fergus être heureux pour Sofia. Ne voulant pas jouer le père indigne, il s'envole pour la France afin de retrouver Sofia et la prier de rentrer.

Devant le refus de Sofia, Fergus la menace de la ramener de force en Amérique. En guise de vengeance, Sofia épouse Ivo pour demeurer à Paris, sans mesurer les conséquences.

Jeune mariés, Ivo et Sofia réalisent qu'ils ne se connaissent pour ainsi dire pas et se demandent s'ils ont pris la bonne décision. Histoire de corser le tout, Clémence l'ex-fiancée d'Ivo, attend un enfant de lui et un certain Grant Christo, un type louche au possible, s'intéresse d'un peu trop près à Sofia.

Ivo et Sofia parviendront-ils à surmonter leurs différences et se prouver leur amour malgré les forces du mal qui rôdent ?

CHAPITRE UN

N *ew York*

CLÉMENCE BROCHU REGARDAIT l'homme qui était son fiancé voilà quelques instants encore.

– Tu plaisantes ? *Ivo*...

Les yeux verts d'Ivo Zacca se voilèrent devant son désarroi, il voulut lui donner la main.

– Clémence... ce n'est pas surprenant. On vit chacun de notre côté depuis des mois, si ce n'est plus. On ne se voit quasiment jamais.

Clémence écarta vivement sa main, se leva et arpenta leur appartement new-yorkais. Ivo la regardait avec inquiétude. Elle s'arrêta et dévisagea Ivo Zacca. L'un des hommes les plus séduisants du monde, si beau qu'il en était presque indécent. Marchand d'art renommé, fils de stars de cinéma, ses boucles brunes et ses yeux verts faisaient de lui une cible de choix pour les croqueuses de diamants naviguant dans son sillage. Clémence s'était toujours enorgueillie de ne *pas* être comme elles ; elle aimait profondément Ivo pour ce qu'il était, un homme qui adorait son travail, même si elle détestait la vie de paillettes qui allait avec. Elle l'accompagnait toujours aux vernissages et soirées, n'hésitant pas à faire la conversation lorsqu'Ivo faisait son timide. Biochimiste, elle vivait à l'extrême opposé du monde de l'art mais était hyper à l'aise dès qu'il s'agissait de discuter, Ivo était quant à lui au supplice. L'alliance idéale.

Il venait de lui annoncer que c'était terminé entre eux.

– Ce n'est pas parce que je n'aime pas, Clémence. » Il parlait calmement. « Là n'est pas la question... je pense simplement que nous ne sommes pas *amoureux* l'un de l'autre, et dans ce cas-là, ça ne rime à rien.2

Clémence s'assit lourdement dans son fauteuil. Elle éprouvait de la gratitude – il ne le lui avait pas annoncé lors d'un dîner en public où elle aurait dû se taire, sans pouvoir crier ou hurler sa colère. Il lui avait donné rendez-vous chez elle, libre à elle de le ficher dehors, le taper ou...

Mais Clémence ne fit rien de tel. Ivo *avait* raison – ils n'étaient plus *amoureux*. Elle soupira, essuya ses larmes et croisa son regard chagriné.

– On reste amis ? demanda-t-il doucement, Clémence ne savait que répondre.

– Peut-être », elle pleurait doucement. « Un jour peut-être, Ivo. Pas pour le moment. »

Il se leva et la prit dans ses bras une dernière fois.

– Je suis désolé, Clémence.

– Ça va aller », elle reniflait, « ça va aller. Tu as raison. C'est qu'un mauvais moment à passer.

Il releva son menton afin qu'elle juge de sa sincérité.

– C'est dur pour moi aussi, Clémence. Tu es ma meilleure amie.

Elle acquiesça et s'écarta.

– Je préfère que tu t'en ailles, Ivo.

– Je peux t'appeler ?

Elle hésita et secoua la tête.

– Non. Je préfère faire un break.

Ivo hocha la tête, écrasé de chagrin. L'espace d'une seconde, elle aurait souhaité le voir soulagé ou heureux, elle aurait pu le détester, mais c'était impossible. Elle le raccompagna, il déposa un baiser sur son front avant de partir.

– Je t'aime, Clémence.

– Je t'aime aussi, Ivo. Mais ce n'est pas suffisant, n'est-ce pas ?

Ivo parti, elle éclata en sanglots.

Westchester, *Etat de New York*

Debout devant l'assemblée, Sofia avait l'impression qu'on lui avait arraché le cœur. Elle ne pouvait détacher ses yeux du cercueil de sa mère. La belle, adorable, amusante Devaki était morte d'une rupture d'anévrisme à cinquante-six ans. Un décès brutal. Soudain. Jonas, son demi-frère, posa une main réconfortante sur l'épaule de Sofia. Fergus, son beau-père, regardait droit devant lui, sans la voir. Il tenait la main de sa fille, Tamara. Il n'adressa pas un seul regard à Sofia, ne la consola pas, rien. Sofia ne comprenait pas ce qui lui arrivait depuis la mort de sa mère, voilà une semaine.

Sofia avait neuf ans lorsque sa mère avait épousé Fergus, elle le considérait comme son père. Il était affectueux, amusant, attentionné, protecteur – il avait même aidé Sofia à emménager dans sa chambre universitaire – peu de pères milliardaires en auraient fait autant. Il venait toujours la saluer en même temps que sa mère quand elle rentrait, ils se faisaient un gros câlin. « Bienvenue à la maison ma poupée », disait-il en la faisant virevolter dans ses bras. Sofia semblait petite avec son mètre soixante par rapport à ses demi-frère et sœur, bien plus grands qu'elle. Tamara était la seule ombre au tableau. Elle avait détesté Sofia au premier regard – Sofia était une brune chaleureuse indo-américaine, à l'extrême opposé de Tamara, une blonde glaciale. Elles s'évitaient la plupart du temps mais Tamara ne pouvait s'empêcher de lui lancer des piques bien senties lors des réunions de famille. Sofia avait mieux à faire que de se plaindre de Tamara. Son frère, Jonas, compensait largement. Jonas était un prof élancé, adorable et généreux, aux cheveux en pétard, Sofia et lui étaient très proches, comme frère et sœur. Ils se fichaient royalement de l'immense fortune de Fergus, contrairement à Tamara. Jonas avait été son plus grand fan lorsque Sofia avait obtenu son diplôme universitaire.

Aujourd'hui, Sofia sentait bien que l'ambiance familiale avait changé. Tamara lui jeta un regard triomphal, Sofia essaya de l'ignorer, elle avait une grosse envie de casser la gueule de cette blondasse. *Elle se réjouit vraiment de la mort de sa mère ?* Sofia n'était pas surprise – sa mère et Tamara se disputaient constamment, Devaki avait pourtant juré à la jeune femme qu'elle ne remplacerait jamais Judy, la mère de Tamara. Cette dernière avait quinze ans lorsque Judy était morte des suites d'une chute, Devaki avait épousé Fergus trois ans plus tard, Tamara ne lui laissait rien passer. Elle ne leur avait plus adressé la parole pendant trois ans et avait renoué avec sa famille grâce à l'infinie patience de Jonas, elle avait alors vingt-deux ans. Huit ans après, Sofia avait compris que Tamara serait prête à tout pour redevenir la préférée de son papa chéri.

Sofia ferma les yeux lorsque les porteurs sortirent le cercueil de l'église. Jonas prit son bras et l'entraîna à l'extérieur pour les funérailles. Offense ultime – Tamara était rentrée dans une colère noire lorsque Fergus lui avait appris que Devaki serait enterrée dans le mausolée des Rutland. Il avait abdiqué, devant la colère de sa fille, Devaki serait enterrée à l'extérieur. *Va te faire foutre Tamara. Allez-vous faire foutre, toi et ta mesquinerie.* Sofia ouvrit les yeux, Tamara la dévisageait, elle esquissa un demi-sourire... Sofia perdit son sang-froid et se jeta sur Tamara en hurlant, lui asséna des coups de pieds, des coups de poings, Tamara tomba à la renverse... dans la tombe. Elle hurlait alors que Jonas et Fergus emmenaient Sofia, les proches, sous le choc, aidèrent Tamara à remonter.

Fergus peina pour faire rentrer Sofia, écumante, dans sa voiture.

– Monte, lança-t-il d'une voix glaciale, Jonas prit Sofia à bras le corps et la fit doucement asseoir à l'arrière.

– Jonas, rejoins les autres. Dis-leur qu'on se retrouve à la maison, le temps de ramener Sofia. Accorde-moi un petit quart d'heure, fiston.

Jonas hésita et regarda Sofia qui sanglotait, Fergus était catégorique.

– Allez. Vas-y.

Jonas les laissa partir à contrecœur, Fergus démarra et conduisit en silence jusqu'à la demeure des Rutland. Parvenus à destination, il attrapa Sofia par le bras et l'entraîna dans son bureau. Il leur servit une bonne dose de whisky mais ne lui proposa pas de s'asseoir. Sofia essuyait ses larmes.

– Papa, je suis...

– Non. Il l'interrompit d'un geste brusque. C'est *moi* qui parle. » Il prit une enveloppe sur son bureau sans un regard.

– Ça appartenait à ta mère avant le mariage. C'est désormais à toi. Toutes tes affaires sont dans la limousine, Davide va te conduire à New York. Débrouille-toi comme tu veux mais écoute-moi bien. Tu n'es pas la bienvenue ici. Tu ne fais plus partie de la famille, Sofia. Je ne veux plus jamais te revoir, ni te parler ! Tu comprends ?

Sofia ne comprenait pas.

– Pourquoi ?

Fergus finit par la regarder.

– Ta mère est morte. Je n'ai plus à supporter ta présence.

– Supporter ? Mais bon sang qu'est-ce que tu racontes ? Papa...

– Ce sera M. Rutland désormais. Et maintenant, sors d'ici et ne remets plus jamais les pieds dans cette maison.

Sofia le contemplait, au comble de l'horreur. Où était passé l'homme qui la faisait tournoyer dans ses bras ? Qui l'appelait « ma poupée » et l'aidait à accrocher ses tableaux dans son bureau ? Que se passait-il ?

On frappa à la porte, Davide, l'un des chauffeurs de Fergus, entra, visiblement mal à l'aise.

– Tout est prêt M. Rutland.

– Parfait. Mademoiselle Amory est prête.

Sofia regardait Fergus bouche bée, en tenant l'enveloppe à la main. L'espace d'une seconde, elle voulut se jeter dans les bras de Fergus mais se détourna et suivit Davide. Ses affaires étaient dans la limousine. Davide avait les larmes aux yeux mais garda le silence en l'aidant à monter devant.

Le trajet jusqu'à New York se déroula en silence, Sofia se tourna vers lui lorsqu'ils arrivèrent à la gare de Grand Central.

– Davide... que se passe-t-il ? Pourquoi Papa agit de la sorte ?

Davide secoua la tête.

– Je n'en sais rien, Mademoiselle Sofia. Nous ignorions tout de la situation jusqu'à ce que vous vous rendiez aux obsèques.

Sofia aurait voulu lui poser une foule de questions mais il risquerait d'avoir des ennuis. Elle lui adressa un petit sourire.

– Merci pour tout ce que vous avez fait pour Maman et moi, dit-elle la voix brisée, avant de sortir de la voiture sans un mot.

Davide l'aida à descendre ses bagages du coffre. Elle sentait le poids de ses livres, son matériel de peinture, ses vêtements, tout avait été fourré à l'intérieur à la va-vite. Toute sa vie. Ses pièces d'identité – son acte de naissance et son passeport – se trouvaient dans un gros sac à dos. Davide l'aida à déposer ses affaires dans la salle d'attente et lui tendit une feuille.

– Une amie. Elle a une chambre de libre. Elle habite sur Philadelphie, y'a un train dans pas longtemps. Elle vous attend.

Sofia le prit dans ses bras avant qu'il s'en aille.

– Merci, Davide.

Sofia s'écroula sur un banc de l'immense hall et poussa un gros soupir. Et maintenant ? Elle ouvrit l'enveloppe que Fergus lui avait remise. Elle contenait mille dollars en espèces et le collier préféré de sa mère – Sofia le lui avait offert quand elle était petite. Elle le retourna sous toutes les coutures. Il ne valait rien – argent plaqué – mais sa mère l'avait porté chaque jour durant jusqu'à sa mort. Un petit pendentif représentait la tour Eiffel – sa mère adorait Paris – Fergus les y avaient emmenées lorsque Sofia avait dix ans. Ses maigres économies avaient été englouties dans l'achat du collier.

Elle le mit autour de son cou. *Tu es avec moi Maman, pour toujours.* Sofia prit connaissance de l'adresse à Philadelphie. Elle était assurée du gîte et du couvert si elle prenait le train.

Elle tripotait la petite tour Eiffel, perdue dans ses pensées, ouvrit soudainement ses deux valises sans se soucier du regard des passants et dans l'une des deux, fourra l'intégralité de son sac à dos. Elle rangea dans ce dernier ses dessous propres, deux jeans, des tee-shirts qui ne se repassaient pas. Son matériel de peinture – ses aquarelles Sennelier qu'elle adorait – ses livres de poche préférés et ses papiers d'identité suivirent le même chemin.

Elle jeta ses valises – ouvertes, afin que la sécurité ne trouve pas ça suspect – et retira le plus de liquide possible au distributeur automatique, se retrouvant ainsi avec quelques centaines de dollars supplémentaires. Elle se rendit aux toilettes, enfila le plus de vêtements possibles sans que ça la gêne pour marcher et ses meilleures baskets. Elle posa ses vêtements et ses livres préférés restants sur un banc, ça ferait des heureux. Ça lui fendait le cœur de s'en séparer mais elle ne pouvait pas les emporter. Elle acheta des brosses à dent, du dentifrice, du déodorant, du gel douche et du shampooing dans une supérette et fourra le tout dans la poche extérieure de son sac à dos. Elle enfouit son passeport dans la poche de son jean, sortit de la gare, direction le terminus des bus.

Elle acheta un aller simple pour l'aéroport. Elle n'irait pas à Philadelphie. Les Rutland voulaient se débarrasser d'elle, ils allaient être servis.

Destination Paris.

CHAPITRE DEUX

L os Angeles, Californie

Six Mois Plus Tard

En Californie, l'hiver et l'été se ressemblent, songeait Ivo Zacca en franchissant le portail menant à la résidence de son père, à Hollywood Hills. *Quelle chaleur infernale.* Il entra comme à l'accoutumée mais personne ne répondit à son bonjour. Il entendit rire sur la terrasse et sortit.

– Chéri ! Sa mère, soixante-dix ans, toujours aussi éblouissante dans sa robe longue échancrée, se leva de son transat et vint le saluer, un verre à la main.

– *Buongiorno* Mamma, elle était aux anges. En bonne mamma italienne, Adria La Loggia adorait son fils unique – le terme *étouffait* aurait été plus exact. Ivo était l'amour de sa vie, la raison pour laquelle elle avait abandonné sa carrière de star de cinéma pour l'élever, alors qu'elle commençait à se faire un nom à Hollywood. Elle produisait toujours son petit effet ; cette brune voluptueuse aux yeux d'un vert perçant était un monstre sacré.

Ivo lui souriait.

– J'ai cru entendre rire, Mamma, où est Papa ?

– Ici, répondit une voix derrière lui, son père le serra très fort dans ses bras. Walter Zacca était – et c'était toujours le cas – un dieu vivant à Hollywood. Walter, blond et charmeur, cultivait son look d'idole de l'âge d'or du cinéma, il faisait de courtes apparitions dans des films à gros budget et gagnait un fric fou. C'était un marrant, un gigolo pur jus qui prenait un malin plaisir à faire le beau. Il avait divorcé d'Adria lorsqu'Ivo avait cinq ans mais ils étaient restés bons amis. Ivo soupçonnait, avec une certaine gêne, qu'ils couchaient ensemble lorsqu'ils ne fréquentaient personne – des jeunes gens en général.

Walter donna une tape dans le dos de son fils. Ivo leva les yeux au ciel face à son père, torse nu avec son éternel short. Walter s'entretenait et aimait se montrer.

Ivo prit place près du transat de sa mère.

– Je te croyais à Rome, Mamma.

Adria agita sa main en l'air.

– Ah, je suis rentrée hier soir. Je comptais t'appeler, une fois installée. Elle baissa ses lunettes de soleil sur son nez et le contempla.

– Tu as l'air en forme. Tu t'es remis avec Clémence ?

Ivo soupira. Sa mère ne le lâchait pas depuis qu'ils avaient rompu.

– Non Mamma, Clémence et moi c'est terminé.

– Quel dommage, dit doucement son père. Une fille adorable.

Sors avec elle, tant que tu y es ? Ivo fit fi de son agacement et changea de sujet.

– Papa, je voulais te dire, vous dire à tous les *deux*, que je m'installe à Paris quelques temps. Vous vous souvenez de Désirée ?

Adria arborait un air interrogateur mais le regard de Walter s'éclaira.

– Grande. Blonde. Peau café au lait. Propriétaire d'une galerie. Je me trompe ?

Ivo se retint de rire. Il aurait bien aimé voir la réaction de Walter s'il savait que cette vraie bombe, la magnifique, la sublime Désirée, était transgenre. Il se demandait si son père serait toujours aussi dithyrambique.

– Oui, elle-même. Elle m'a appelé. Apparemment les artistes dignes de ce nom se font rares, elle m'a demandé de la rejoindre pour jouer les chasseurs de tête. L'idée me plaît. M'éloigner des États Unis me fera le plus grand bien.

Walter riait dans sa barbe.

– Ça n'a rien à voir avec le fait que Clémence sorte avec le sénateur de Washington, bien évidemment ? C'est marrant, elle s'est mise avec lui dès ton arrivée à Seattle.

Ivo ne tenait pas en place.

– Papa, je t'ai déjà dit que je ne suis pas censé rester sur Seattle. Je vais travailler trois mois pour la *Fondation Quilla Chen Mallory*.

Sa mère l'observait.

– *Piccolo* », dit-elle doucement, elle l'appelait comme lorsqu'il était enfant, c'était grotesque, son fils mesurait désormais un mètre quatre-vingt-dix-huit. « Tu as l'air fatigué. »

Ivo hocha la tête. C'est lui qui avait voulu rompre mais remonter la pente s'avérait plus ardu que prévu.

– Je t'avoue, Mamma, que ce voyage à Paris me fera des vacances. Je travaille non-stop depuis quatre ans. J'ai besoin de faire un break, je vais adorer jouer les chasseurs de tête.

Adria hocha la tête, visiblement satisfaite, Walter contemplait son fils bizarrement.

– Tu n'aimes plus ce que tu fais ?

Ivo sourit à son père.

– Absolument pas. Je sais que tu aurais voulu que je sois acteur mais c'est franchement pas dans mon caractère. L'art, c'est toute ma vie.

Walter s'offusqua.

– Je me demande parfois si on ne s'est pas trompés de bébé à la clinique.

– Tu veux plutôt dire... que les nounous ne nous ont pas livré le bon bébé ? Ivo taquinait son père qui haussa tout bonnement les épaules.

– Ainsi va la vie fiston.

– Je sais. Et oui, en admettant qu'on m'ait échangé à la naissance, je m'en fiche. Je vous aime quand même.

– Ah, ce que tu peux être sentimental, son père s'agita sur sa chaise, Ivo et Adria éclatèrent de rire. Ivo embrassa sa mère sur la joue.

– Je vais devoir y aller, mon vol décolle dans quelques heures. Je vous téléphonerai de Paris.

PARIS, France

DÉSIRÉE enveloppa Ivo d'un sillage parfumé en lui faisant un méga câlin lorsqu'il entra dans sa galerie le lendemain.

– Pas trop crevé par le décalage horaire mon chou ?

Ivo secoua la tête.

– Pas le moins du monde.

Désirée lui fit visiter sa galerie située Rive Gauche.

– On est en pleine rénovation, Ivo, la façade est magnifique mais l'intérieur est un vrai chantier. Un peu comme moi.

Elle le conduisit tout sourire dans ce qui serait à terme la salle d'exposition. Cet immense espace était pour le moment encombré de poutres, sciure, fils électriques et d'ouvriers en sueur qui ne leur jetèrent pas un seul regard. Désirée rigola en voyant la tête d'Ivo devant l'étendue de la tâche.

– Tu me connais. La patience et moi ça fait deux, n'importe qui serait devenu fou en voyant l'immensité de la tâche mais vise un peu ce local. Elle leva la tête et montra à Ivo un immense dôme en vitrail aux couleurs et formes chatoyantes.

– Waouh.

– En effet, waouh. Un argument de poids.

Désirée lui donna le bras.

– Si seulement je trouvais des artistes dignes d'exposer dans un cadre aussi somptueux.

Son soupir dramatique fit rire Ivo.

– Viens Ivo *chéri*, j'aimerais avoir ton avis.

DÉSIRÉE OBSERVAIT Ivo parcourant son portfolio. Elle le trouvait vieilli par rapport à la fois dernière, il faisait plus que trente-sept ans. Ses boucles brunes se méchaient de gris, ses yeux étaient cernés. Il était toujours aussi beau et séduisant, son teint halé faisait ressortir ses immenses yeux verts. Il était bien bâti et pratiquait la natation intensive. Désirée savait qu'Ivo détestait les salles de sport, elle le rejoignait souvent lors des entraînements. Il était alors pleinement détendu, Désirée essayait de le suivre mais il la battait toujours à plates coutures.

– Rendez-vous à quelle piscine demain ? demanda-t-elle, ça le fit rire.

– Tu me crois si je te dis que j'ai décidé de changer un peu ? Je teste *La Piscine Joséphine Baker* ce soir.

Ivo lui sourit.

– Je sais, je sais. Que veux-tu que je te dise ? Nager me détend.

Désirée était perplexe.

– T'es *bien* le fils de Walter et Adria ? Le Roi et la Reine des Lotophages ?

– Ils m'ont fait exactement la même réflexion avant mon départ.

Il posa les portfolios sur le bureau.

– Ecoute, Dési, je serai franc. Beau travail, certes, mais rien de transcendant. Où sont les dignes héritiers de Rothkos, Hoppers ou O'Keefes ? Une atmosphère, une histoire ? Un artiste au sens noble du terme ? Ces œuvres sont techniquement parfaites – mais dénuées d'âme.

Désirée acquiesça.

– Je sais. Ivo, je sais que tu me dégoteras sans problème de jeunes artistes prometteurs mais c'est là que le bât blesse. Ces gosses sont issus de la bourgeoisie, ils ignorent ce que trimer veut dire. Ils essaient mais... on a besoin de sang neuf...

– Des accidentés de la vie ?

Désirée fit la moue.

– Je n'aime pas ce terme. Je veux quelqu'un qui ait des tripes, la rage au ventre, ressentir la douleur, la colère.

Elle soupira.

– On ne risque pas de trouver la perle rare à la fac, c'est déprimant, à quoi ça servirait d'aller en fac sinon ?

Ivo hocha la tête.

– Je vois où tu veux en venir. Ecoute, je vais flâner en ville. Montmartre est l'endroit idéal, ou du moins le plus évident pour commencer ma recherche, mais je sens que je serai plus enclin à trouver la perle rare hors des sentiers battus. Je ferai des kilomètres s'il le faut.

– Et nager.

– *Et* nager.

Ils éclatèrent de rire.

– Je vais peut-être tomber sur une sirène, la fille prodigue de Grant Wood. Tu m'as donné une idée.

– Laquelle ?

Ivo sourit d'un air énigmatique.

– Laisse-moi réfléchir, on en reparle dans quelques jours.

– Tu as le chic pour exciter ma curiosité. Ok, écoute... on dîne chez moi ce soir. Je présume que tu iras nager en fin de soirée, comme d'hab ?

– Bingo. Merci, Dési, à plus.

Ivo sortit de la galerie d'art et se dirigea vers la Seine. Il passerait les prochaines heures à faire ce qu'il faisait toujours lorsqu'il était dans sa ville préférée. Il flânerait en bord de Seine et se rendrait chez Shakespeare and Company, sa librairie préférée. Dîner avec Dési, quelques longueurs histoire de clore la soirée en beauté... le paradis. Il songeait aux portfolios que lui avait montrés Dési. Il se heurtait à une pénurie de nouveaux talents mais le problème était récurrent aux Etats-Unis. Son ami Grady Mallory s'en était plaint pas plus tard que le mois dernier.

– J'ai pas le déclic en ce moment, Ivo, lui avait dit Grady. Tout est ... bof.

Non. Je vais dégoter un artiste incroyable, Dési et moi travaillerons d'arrache-pied pour qu'il ou elle crée une œuvre d'anthologie, promis juré craché. Galvanisé par sa discussion avec Dési, il se dirigea à grandes enjambées vers les bateaux-mouches.

SOFIA SE RÉVEILLA TRANSIE sous la halle du marché. Un visage enfantin l'observait, pile à sa hauteur. On entendit un bruissement de bâche relevée, Stefan apparut.

– *Pardon,* Sofia, faut te lever.

Stefan était sympa, il la laissait dormir sous l'étal en journée, quand les commerces étaient ouverts. Sofia trouvait la présence constante et le bruit des clients plus rassurant que lorsqu'elle dormait n'importe où la nuit – de plus, on volait plus facilement de quoi se nourrir la nuit. Elle traînait près des terrasses de cafés, grappillait les restes dans les assiettes. Elle ne rôtirait pas en enfer pour avoir volé de la nourriture déjà payée et abandonnée. Hier soir, au cours d'une maraude, elle avait été abordée par un adorable serveur d'une cinquantaine d'années, il ne lui avait rien dit mais remis un paquet enveloppé dans du papier alu.

– Tenez, quand je peux.

– Merci, dit-elle d'une petite voix tandis qu'il la saluait.

– Fais attention à toi ma p'tite.

Elle en aurait pleuré. C'était les rares fois où on avait fait preuve de gentillesse à son égard depuis son arrivée, sans compter Stefan et l'employée de la piscine municipale. Elle faisait des croquis au jardin des Tuileries une après-midi, une jeune fille s'était approchée d'elle, extasiée. La fille contemplait les portraits avec admiration.

– Vous êtes vraiment douée, dit-elle dans un mauvais anglais. Elle ressemblait à Sofia – cheveux noirs, yeux marrons, un petit air canaille. Elle lui offrit un de ses dessins, Léonie l'accepta avec un sourire timide.

– Je travaille à la piscine municipale, dit-elle en montrant le fleuve. Sofia l'avait aperçue – *La Piscine Joséphine Baker*, une piscine en plein air.

– Je bosse le soir, y'a que moi et le vigile jusqu'à 23 heures. Venez, vous pourrez nager, vous doucher, laver vos affaires. J'aimerais pouvoir faire plus mais je ne peux pas.

Sofia y était toujours allée de nuit, elle nageait quand la piscine était presque vide, en t-shirt et slip, lavait ses vêtements et se douchait là-bas. Se sentir propre lui donnait des envies de conquête.

Elle n'aurait jamais imaginé se retrouver à la rue, mais elle s'était rendue compte, avec le peu d'échanges humains, qu'elle n'avait plus besoin de faire confiance à personne, et ainsi, personne ne pouvait lui faire du mal. Elle ignorait jusqu'à quand elle pourrait profiter de la gentillesse de ces trois êtres – elle accueillait avec bonheur ce que la vie lui offrait.

Sofia se découvrait une résistance insoupçonnée. Elle évitait désormais les quartiers sensibles – elle en avait fait les frais. Elle ne se séparait jamais de son sac à dos qui contenait notamment son matériel de peinture et sa brosse à dents. Elle se fit la réflexion, un être humain pouvait décidément vivre avec le minimum, il suffisait juste de le vouloir. Au bout de quelques semaines elle ne songea plus du tout aux Rutland – sa famille durant treize ans – ils n'avaient jamais existé. Elle pensait à Jonas – elle se demandait si elle lui manquait, s'il la cherchait. Oublie-moi, Jonas, ne te rends pas malheureux. Sofia faisait de son mieux pour effacer Fergus et Tamara de sa mémoire.

Le soir tombait, elle devait trouver de quoi se nourrir. Le gentil serveur ne travaillait pas le lundi, elle prendrait ce qu'elle trouverait. Elle chipa du pain et un restant de frites. Elle utilisa les quelques centimes qui lui restaient pour acheter deux bouteilles d'eau et alla s'asseoir au bord de la Seine. Ses jambes pendaient du parapet donnant sur le fleuve. Stefan lui donnait toujours des fruits en fin de journée, ce soir elle avait eu droit à des pommes et des oranges. *Pour éviter le scorbut,* songea-t-elle en croquant une pomme.

Elle irait à la piscine à vingt-deux heures. Son emploi du temps était bien réglé ; quarante-cinq minutes de natation, les quinze dernières minutes étant consacrées à la toilette et à laver ses vêtements si besoin, ils sécheraient suspendus aux bretelles de son sac à dos. Il faisait encore chaud ce soir en plein mois d'août, ses vêtements sécheraient rapidement. Elle n'avait pas encore réfléchi à ce qu'elle ferait durant l'hiver – où elle dormirait... comment elle survivrait.

Sofia refusait d'y songer. *Vivons au jour le jour.* Plus étonnant encore... elle était *heureuse*. Libre. Lorsqu'elle ne dormait pas, ne mangeait pas ou ne nageait pas, elle dessinait. Elle trouvait facilement du papier, notamment des feuilles laissées par les artistes à Montmartre, le Marais ou Rive Gauche. Elle les conservait et dessinait dans les marges des journaux abandonnés ou dans les brochures gratuites de l'office du tourisme lorsqu'elle était à court de papier vierge. Stefan lui avait offert un carnet à dessin flambant neuf pour la remercier de l'aider au marché – il ne pouvait pas se permettre de la payer décemment, son cadeau était un présent du ciel. Sofia se jura de ne jamais oublier ses trois anges gardien si elle s'en sortait.

Ce soir-là, Léonie la fit entrer à la piscine en avance et lui acheta de quoi grignoter au distributeur automatique.

– J'ai dit au vigile que t'étais ma cousine, elle posa les snacks sur la table. – Je me suis dit que tu pourrais en profiter pour nager plus longtemps, dessiner ou faire ce que tu veux pendant ce temps. Y'a une bouilloire, fais-toi une boisson chaude, sinon y'a des soupes au distributeur. C'est gratuit, mon code c'est quatre-zéro-six, ok ?

Sofia hocha la tête en souriant.

– T'es la fille la plus adorable du monde. Pourquoi tu fais tout ça pour moi ?

Léonie sourit.

– Parce qu'y a deux ans, j'étais à la rue, comme toi, j'avais quinze ans. La police m'a embarquée un soir, ils se sont occupés de moi. Le hasard a voulu que je trouve un foyer la semaine suivante. T'es pas beaucoup plus âgée que moi. J'aimerais pouvoir faire plus mais ma famille d'accueil peine à joindre les deux bouts, ce qui explique pourquoi je cumule trois boulots pour les aider. Hé, ça te dirait de bosser ici ?

Sofia était partagée.

– Je ne peux pas. Je ne peux pas travailler, je ne suis pas censée être ici. J'ai pas de visa... ils ne m'autoriseront jamais à rester et je ne peux pas retourner aux États-Unis.

Léonie hocha la tête d'un air compréhensif.

– Je comprends. On sait jamais si j'apprends qu'on qui recherche une dessinatrice sensationnelle. T'as déjà pensé à vivre du fruit de ton travail ?

Sofia partit d'un petit rire.

– Ch'uis pas assez bonne.

Léonie acquiesça.

– Si, sauf que t'en n'as pas conscience.

IVO ENFILA son bonnet de bain et plongea au fond de la piscine. Toute tension l'abandonna lorsqu'il nageait, fendant l'onde. Nager l'aidait à méditer. Il nagea dix longueurs à une allure rapide et contempla le ciel nocturne en faisant la planche. Il distinguait les étoiles malgré la pollution lumineuse. *Rien n'a vraiment d'importance devant l'immensité du cosmos.*

Il sentit un remous, on venait de plonger. Il aperçut une silhouette sous l'eau, ses longs cheveux noirs flottaient derrière elle. Elle portait ses dessous, son corps souple et musclé se mouvait avec grâce. Ivo eut l'impression de briser son intimité, il se détourna et se concentra sur sa nage.

Au bout d'un moment, leurs allures distinctes se coordonnèrent, ils nageaient côte à côté, la jeune femme tenait aisément la distance. Ivo, pas compétiteur dans l'âme, appréciait l'étrange sentiment de camaraderie qu'il partageait avec cette étrangère, ils nageaient, se complétaient dans l'élément aquatique, par une sorte d'accord tacite.

Sa compagne de bassin sortit de l'eau au bout d'une demi-heure, Ivo se sentit quelque peu perdu. Il fit encore quelques longueurs mais le cœur n'y était pas, il sortit et alla se doucher. Il resta sous le jet

d'eau chaude pour se débarrasser du chlore. Il était fatigué, le décalage horaire se faisait sentir.

Il partit, remercia la jeune réceptionniste et vit la nageuse devant
l'entrée de la piscine. Son cœur accéléra en voyant sa peau halée, son
visage délicat. Ses longs cheveux noirs cascadaient sur ses épaules,
ses grands yeux bruns étaient méfiants. Son visage était de toute
beauté, Ivo banda aussi sec. Il sortit dans la nuit et s'arrêta un peu
plus loin, il ne voulait pas que sa présence soit menaçante.

– Demain même heure ? lança-t-il l'air de rien sans la regarder.
Elle sursauta légèrement et le contempla. Le désir s'empara d'Ivo.
Elle l'observa sans l'ombre d'un sourire, hocha imperceptiblement la
tête et disparut dans la nuit.

Ivo resta planté là une seconde à la regarder et partit d'un petit
rire. Le décalage horaire et la lassitude avait eu raison de lui, qu'est-ce
qui lui avait pris de faire une telle proposition à une parfaite étrangère ? *Tu vas passer pour un mec louche. Tu t'es grillé tout seul, aucune
chance de la revoir.* Il s'éloigna en direction de son hôtel, dépité.

WESTCHESTER, *New York*

JONAS RUTLAND n'attendit pas que son père l'invite à entrer dans son
bureau. Il ouvrit la porte et découvrit, atterré, son père tringlant la
nouvelle femme de ménage.

– Toujours aussi classe, à ce que je vois, Papa.

La femme de ménage dont Jonas ignorait le nom, bondit et sortit,
le visage en feu. Fergus remit de l'ordre dans ses vêtements et regarda
son fils avec agacement.

– Tu pourrais frapper, la prochaine fois ?

– Tu pourrais faire en sorte de pas te comporter comme un
connard, la prochaine fois ?

Telle était la teneur de leurs conversations depuis les six derniers
mois. Jonas ne parlait presque pas à son père depuis qu'il avait fichu
Sofia dehors – il ne parlait *plus* à sa sœur qu'il savait avoir savamment

orchestré cette triste histoire. Jonas, le cœur brisé et désemparé, avait tout d'abord supplié son père de lui dire pourquoi il avait fait une chose aussi terrible mais Fergus n'avait pipé mot. Jonas s'était alors emporté.

– Tu as jeté ma sœur à la rue, pour rien !

– Ce n'est pas ta sœur, Jonas.

– Sofia *est* ma sœur ! Plus que cette vipère que tu appelles ta fille. Tamara est malfaisante et perverse, Papa. Elle l'a toujours été mais tu as toujours fermé les yeux. Maman le voyait bien, Devika aussi, tout comme Sofia. Tamara est une sale garce qui crève de jalousie, son unique objectif est baiser son cher Papa pour lui piquer son fric. Elle te *baise* peut-être au sens propre, d'ailleurs.

Les yeux de son père lançaient des éclairs, il prit son fils à coups de poing. Jonas se prit une droite, sa colère se mua en une rage sourde.

– Tu me dégoûtes.

Il s'éloigna.

– Reviens ici, fiston. Je peux aussi bien te foutre dehors et te couper les vivres comme je l'ai fait avec Sofia.

Jonas lui adressa un sourire condescendant.

– Me foutre dehors et me couper les vivres ? Mais t'as vraiment rien compris ? J'en veux pas, d'ton fric. Je me suis toujours démerdé seul depuis que j'ai terminé la fac. Va te faire foutre avec ton argent de merde. Y'a plus important que l'argent.

– Ne sois pas naïf, fiston. Tu aimais Sofia d'un amour adolescent. Elle n'a jamais été ta sœur, lança Fergus avec dédain.

Jonas en avait suffisamment entendu.

– Tu aimerais bien que ce soit le cas. Sofia *était* ma famille. Je vais la retrouver et m'assurer qu'elle aille bien, Papa. Et après, je me ferai un plaisir de raconter au monde entier que t'es une vraie merde.

Il quitta la maison, sachant qu'il ne reviendrait jamais. Il roula jusqu'à son petit appartement à New York. Megan, sa copine, était infirmière à l'hôpital et travaillait de nuit, Jonas fit ce qu'il faisait toujours quand Megan n'était pas là pour lui changer les idées : il broyait du noir. Il n'avait qu'une photo de lui et Sofia ensemble – le jour de la remise des diplômes. C'était la dernière fois qu'ils étaient heureux, ensemble. « Où es-tu ? » s'adressant à la photo de sa demi-sœur, mais personne ne lui répondit.

SOFIA COMPRIT que quelque chose clochait lorsqu'elle se réveilla, sous l'étal où Stefan vendait ses fruits. Elle avait la nuque raide, le moindre mouvement lui faisait un mal de chien, tourner la tête était une vraie torture. Elle posa sa main sur son front. *Merde.* Elle était brûlante. Elle ouvrit les yeux et poussa un gémissement de douleur, la lumière la gênait énormément. *Putain.* Elle n'avait jamais ressenti pareille douleur. Elle vérifia que la voie était libre et sortit de sous l'étal.

– T'as une sale tête ma p'tite, dit Stefan, il posa sa main sur son front et fit la grimace.

– Oh bon sang. Hé, Philippe, tu peux surveiller mon étal dix minutes ? Je vais acheter un analgésique pour Sofia.

– Pour sûr.

Stefan la soutint tandis qu'ils marchaient jusqu'à la pharmacie la plus proche, Sofia ne lâchait pas son sac à dos. Stefan la fit asseoir à la terrasse d'un café de l'autre côté de la rue et commanda du thé.

– Elle va bien ? demanda la serveuse avec inquiétude.

– Migraine, réussit à prononcer Sofia, Dieu merci, ses vêtements étaient propres et pas froissés. Ils ne l'auraient jamais laissée s'asseoir s'ils avaient su qu'elle était SDF. Stefan donna quelques euros à la serveuse.

– Vous pouvez rester avec elle le tant que j'achète du paracétamol ?

La serveuse acquiesça et s'assit à côté de Sofia.

– Vous n'avez pas l'air bien du tout. Je vais vous apporter à manger, cadeau de la maison. Ça soulagera votre migraine.

Stefan revint rapidement et Sofia prit trois comprimés avec gratitude, elle faisait des mouvements avec son cou pour essayer de se détendre. La serveuse leur apporta des pâtisseries et des brioches et refusa que Stefan règle.

Sofia les remercia tous deux, leur gentillesse faisait chaud au cœur. La migraine lui vrillait les tempes, elle était mal en point mais le thé chaud et les viennoiseries lui firent du bien. Stefan la regardait avec inquiétude.

– Il faudrait consulter un médecin.

Elle secoua la tête.

– C'est un simple mal de tête, Stefan, je t'assure. Ça va me soulager. Elle lui montra la plaquette de comprimés en souriant.

– J'ignore pourquoi tu fais tout ça mais ta gentillesse me touche. Tu es un vrai ami.

Il ne souriait pas.

– T'as du mal à articuler. Écoute, il fouilla dans ses poches, prends ça.

Il lui donna une clé.

– C'est la clé de chez moi. Repose-toi quelques heures. Elizabeth ne rentre jamais avant dix-sept heures, elle n'en saura rien.

Sofia secoua la tête.

– Je ne peux pas, Stefan, tu as déjà énormément fait pour moi. Je ne voudrais pas contrarier ta femme. Imagine que les voisins me voient entrer et repartir ?

Stefan hésita mais il savait qu'elle avait raison. Stefan craignait sa redoutable femme. Sofia le remercia et le convainquit de retourner au travail.

– Je vais rester ici le temps que la migraine se dissipe.

Elle attendit qu'il s'en aille, remercia la serveuse et s'en alla en trébuchant. Elle décida de traîner avec les artistes de Montmartre. L'afflux de touristes lui ferait peut-être oublier sa douleur, elle pourrait se payer une petite chambre d'hôtel si elle réussissait à vendre quelques esquisses.

Chemin faisant, elle sentit que la nourriture qu'elle venait d'ingérer menaçait de prendre le chemin inverse, la douleur allait crescendo, son cou et se épaules se contractèrent, elle eut tout juste le temps de vomir dans le caniveau. Les passants étaient dégoûtés – personne ne s'arrêta pour l'aider.

Elle se leva, s'essuya la bouche dans la serviette qu'elle avec prise au café, on la dépassa en trombe, son dos lui parut soudainement anormalement léger.

– Hé !

Le voleur qui lui avait dérobé son sac à dos détala et Sofia, percluse de douleur, lui courut après, paniquée. Ils slalomaient sur les trottoirs et en pleine rue, elle perdait espoir lorsque le voleur tomba, l'entraînant dans sa chute.

Une lutte acharnée s'ensuivit, le solide sac à dos résistait.

– Lâche ça fils de pute ! hurla Sofia, des larmes de peur, de panique et de colère ruisselaient sur ses joues. Elle lui donna un violent coup de pied dans les couilles, contre toute attente, il jura et s'en alla.

Sofia se sentit tomber à la renverse, dans le vide, au ralenti. Sa tête heurta quelque chose de métallique, elle entendit des hurlements et rebondit sur le capot d'une voiture.

Une douleur lancinante, l'odeur du sang. Elle était allongée sur l'asphalte froide et humide. Dans un état de semi-conscience, elle apercevait la foule faisant cercle autour d'elle. Sofia ne pensait à rien, hormis à son sac. Ce sac était toute sa vie.

C'est alors qu'elle le vit. L'homme sirène... non, elle se trompait... elle avait déjà vu ce visage angélique aux splendides yeux verts ? Il se penchait sur elle et lui répétait en boucle qu'il était désolé. Des personnes parlaient, ils voulaient appeler les pompiers, on l'aida bientôt à monter en ambulance. Gueule d'amour lui donnait la main.

– Mon sac, s'il vous plait, donnez-moi mon sac.

Il pressa sa main.

– Ne vous inquiétez ma jolie, je suis là, je l'ai. Je ne vous abandonnerai pas. Je vais m'occuper de vous... je suis désolé, sincèrement désolé.

Sofia se sentit soulagée en sentant venir le sommeil, elle se souvint où elle l'avait vu en sombrant peu à peu.

La piscine. *Son* homme sirène.

CHAPITRE TROIS

Ivo était assis, la tête dans les mains, il ne vit pas Désirée arpenter le couloir de l'hôpital. La police venait de partir, Ivo se sentait vide. Son amie posa sa main sur son dos, il leva les yeux.

– J'ai renversé une fille en voiture, fut tout ce qu'il parvint à dire, Désirée était désemparée.

– Oh, Ivo. Comment va-t-elle ?

Ivo secoua la tête.

– J'en sais rien, on m'a rien dit. La police est venue mais on m'a interdit de la voir.

Désirée hocha la tête et alla voir l'infirmière.

– Je vais voir ce que je peux faire, mon chou. Ils se montreront peut-être plus compréhensifs avec une femme. Va te rafraîchir et prendre un café.

À son retour, Désirée discutait avec le médecin, elle vint le voir au bout de quelques minutes.

– L'accident n'a pas occasionné de graves blessures. Sa tête a bien heurté la voiture mais pas de traumatisme crânien. Par contre, elle est malade, ça les inquiète, une possible méningite.

– Oh, mon Dieu, la pauvre. J'arrive pas à y croire. Je l'ai rencontrée hier soir à la piscine. On a nagé ensemble. On n'a pas parlé ni rien mais j'ai eu l'impression qu'on... c'est dingue. Quand j'ai réalisé que c'était elle que j'avais percuté... *bon sang.*

Dési lui caressait le dos.

– D'après le médecin tu n'allais pas vite.

– Non, je roulais au pas, tu connais la circulation à Paris. Elle se battait et a heurté le capot de ma voiture.

Il se frotta les yeux.

– Elle est malade ?

Désirée acquiesça.

– Assez gravement, apparemment. Elle est consciente mais tient des propos incohérents. Ils ignorent son identité, elle ne veut pas dire son nom. C'est inquiétant parce que sans sécurité sociale...

– C'est pas un problème, dit Ivo en se levant d'un bond. Je peux vous parler, Docteur ? À propos de la patiente... je prends tous les frais à ma charge, s'il vous plait.

Le médecin le regarda par-dessus ses lunettes.

– Vous vous rendez compte que ça peut monter à plusieurs centaines de milliers d'euros, M.... ?

– Zacca. Ivo Zacca. Ça n'a aucune importance. Je paierai tous les frais. Si la patiente ne veut pas décliner son identité, elle doit avoir une bonne raison.

Le médecin soupira.

– Avoir accès son dossier médical aurait été utile mais ... d'accord.

– Je peux la voir ?

– Elle dort pour le moment, mais... vu qu'elle n'a personne, je pense qu'elle ne verra pas d'inconvénient à ce que vous asseyez auprès d'elle. Avec sa permission bien entendu.

– Bien entendu.

Le médecin entra dans la chambre de la fille et lui fit signe au bout d'un moment. Ivo se sentait étrangement nerveux en entrant dans la chambre. Sa peau était terne, presque jaune, ils l'avaient droguée comme pas deux. Ivo lui sourit et approcha une chaise près de son lit. Désirée se plaça légèrement en retrait. Ivo prit la main de la fille en hésitant. Ses yeux marrons étaient ténébreux. Un regard chaleureux. Intelligent. Ses cheveux d'un noir de jais retombaient en boucles souples, hormis les mèches encore maculées de sang.

– Bonjour... vous vous sentez comment ?

Elle murmura quelque chose qu'Ivo ne comprit pas.

– J'ai pas bien entendu, ma beauté, désolé.

– L'homme sirène, dit Sofia un peu plus fort, Ivo rit doucement.

– Exact... on s'est rencontrés là-bas. Je me présente, Ivo Zacca.

– Sofia, répondit-elle doucement en ouvrant de grands yeux. Excusez-moi d'être tombée sur votre voiture. Je ne voulais pas. Il avait mon sac, il était en train de voler mon sac...

Elle écarquilla les yeux, angoissée.

– Où est mon sac ? Où...

Elle poussa un soupir de soulagement lorsqu'Ivo le lui donna.

– Ne vous inquiétez pas, Sofia, votre sac est ici. Je n'ai pas regardé à l'intérieur, il est tel quel.

Désirée fit le tour du lit et vint à côté de Sofia.

– Mon Dieu, si jeune.

Sofia tourna la tête un peu plus rapidement.

– Si jolie, dit-elle en regardant Désirée qui lui souriait.

– Ça c'est sûr. Vous avez de la famille qu'on pourrait contacter ?

Sofia regarda Ivo avec ses grands yeux, secoua la tête d'un air troublé et poussa un gémissement de douleur. Ivo et Désirée échangèrent un regard inquiet.

– Vous avez une maison ma belle ? Une colocataire ?

– Pas de maison.

Ivo avait le cœur brisé. Oh, mon Dieu, pauvre enfant. Il caressa sa joue. – Je peux vous apporter quelque chose, Sofia ? De l'eau ?

– Tête brûle, marmonna-t-elle les yeux fermés. Désirée tapota l'épaule d'Ivo.

– Je vais lui chercher une compresse froide.

Ivo hocha la tête sans quitter Sofia des yeux. Il pressa sa petite main sur son visage.

– Je suis sincèrement désolé, Sofia.

. . .

DÉSIRÉE FIT SORTIR Ivo de la chambre après avoir appliqué une compresse froide sur le front de Sofia, endormie.

– Je sais à quoi tu penses, ça se voit comme le nez au milieu de la figure. Tu veux jouer le héros. Cette fille... est une sans-abri. Une sauvage. Je te parie mon billet qu'elle prendra la poudre d'escampette – avec ton portefeuille dès qu'elle sera remise.

Ivo secoua la tête.

– C'est pas une sans-abri. Elle vit dans la rue mais pas depuis longtemps. T'as vu ses ongles, ses cheveux ? Je te parie tout ce que tu veux qu'elle traîne depuis peu. Son accent – elle est américaine. Probablement entrée illégalement, raison pour laquelle elle ne leur a donné aucune information. Elle est seule au monde Dési. Je ne peux pas l'abandonner.

Désirée soupira. Elle connaissait Ivo depuis trop longtemps, il serait prêt à donner son dernier dollar pour aider son prochain. Elle était vraiment sans cœur... elle voyait bien que la fille couchée dans ce lit avait des ennuis.

– Ok. Ok, Ivo, voilà ce qu'on va faire. Quand elle ira mieux, tu lui trouveras un petit appartement et je l'embaucherai – au black. C'est du pain bénit pour elle, c'est illégal, on risque d'avoir des emmerdes mais tant pis.

Ivo la prit dans ses bras.

– Merci, Dési, t'es la meilleure.

Elle recula et l'observa attentivement.

– Tombe pas amoureux, Ivo. C'est pas un conte de fées.

Ivo ne tenait pas en place. Désirée lisait parfois en lui comme dans un *livre ouvert*.

– Je sais. C'est pas *ça* du tout.

– Parfait. Tu comptes passer la soirée ici ? Je peux vous apporter des repas chauds – la pâté immonde qu'ils servent à l'hôpital est immangeable, un chien n'en voudrait pas.

– T'es la meilleure, répéta-t-il, elle lui sourit en retour.

– Et comment. Allez, retourne auprès d'elle au cas où elle se réveillerait. Je lui apporterai des vêtements – elle fait quoi, un trente-huit ?

Ivo secoua la tête.

– J'en sais strictement rien, Dési.

Elle leva les yeux au ciel en rigolant.

– À plus, Ivo.

– Ciao.

IL RETOURNA AUPRÈS DE SOFIA. Elle s'était assoupie et semblait plus apaisée. On lui avait posé une intraveineuse de morphine, son doigt pressait le bouton dans son sommeil. Une autre intraveineuse injectait des antibiotiques – Ivo espérait qu'elle s'en remettrait. Il se demandait si la réceptionniste de la piscine la connaissait, mais il réalisait qu'il allait trop loin. Sofia lui parlerait si elle en avait envie – l'important était qu'elle aille bien. Elle ne lui devait rien.

Sofia se réveilla deux jours plus tard, assoiffée, son mal de tête avait disparu comme par magie. Elle cligna plusieurs fois des yeux, s'habitua à la lumière, soulagée de constater que la luminosité ne la gênait plus. Elle respira et regarda autour d'elle. Un homme... l'homme sirène dont elle se souvenait dormait, la tête sur son lit, les yeux cernés. Sofia remarqua que leurs doigts étaient entrelacés, elle se dégagea avec précaution. Elle se rappelait être tombée, qu'elle était extrêmement malade. Ok, ça expliquait sa présence dans ce lit d'hôpital mais que faisait l'homme sirène ici ?

Elle l'observa. Ses boucles brunes retombaient sur son visage hâlé viril et enfantin à la fois, d'épais cils bruns, une bouche parfaitement dessinée et très sensuelle. Elle glissa ses doigts dans ses boucles souples. Sa chemise ample en coton blanc laissait entrevoir son corps musclé. Elle effleura une cicatrice en demi-lune au coin de l'œil, il murmura et s'agita. Sofia se figea sans ôter ses doigts. Ivo ouvrit les yeux et se redressa, ensommeillé, ailleurs. Il la regardait et senti sa main toucher son visage. Il pressa doucement sa main sur sa joue et se tourna légèrement pour embrasser ses doigts. C'était agréable.

– Bonjour, Sofia. Dieu du ciel, il avait une voix grave, sexy, un accent prononcé.

– Comment vous sentez-vous ?

Elle hocha timidement la tête.

– Bien mieux, merci. Je me souviens que vous m'avez amenée ici...
je suppose que je dois vous remercier ?

Ivo remua la tête.

– Je vous ai percutée avec ma voiture – pas exprès, je vous assure,
et heureusement pas grièvement. Les médecins ont dit que vous étiez
malade. D'où cette armada de perfs.

Sofia baissa les yeux et fit la moue en s'apercevant, à sa grande
stupéfaction, qu'elle portait un pyjama blanc tout simple. Il sourit et
leva les mains.

– Ne vous inquiétez pas, ce sont les infirmières qui ont fait votre
toilette et qui vous ont habillée. Je n'aurais jamais osé vous manquer
de respect.

Sofia se détendit peu à peu. Son sourire lui faisait quelque
chose... mais quoi au fait ? Que ressentait-elle ? Ivo tapota un petit
bouton situé le long de la perfusion.

– C'est de la morphine, au cas où vous ne l'auriez pas deviné.
Appuyez dessus en cas de douleur, ça libère la dose de morphine –
jusqu'à un certain point, bien entendu. C'est d'la bonne, faut pas
gâcher, dit-il en souriant.

Son sourire était contagieux, elle se sentait immédiatement
mieux en sa compagnie. Il devait avoir six ou sept ans de plus
qu'elle, elle avait l'impression de le connaître mais ne voyait pas
d'où.

– Je vous ai vu à la piscine, hasarda-t-elle timidement avant de
poursuivre, on a... nagé ensemble.

Ivo sourit.

– Ce n'était donc pas un rêve ?

Sofia secoua la tête.

– Non. C'est marrant mais vous sembliez dans votre élément.
Vous vous débrouillez hyper bien.

– Merci, vous aussi. Vous y allez tous les soirs ?

– Léonie, l'adorable réceptionniste, me laisse nager gratis après
vingt-deux heures. Je me douche et lave mon linge... elle s'interrompit, visiblement gênée. Elle ne voulait pas que cet homme séduisant

se fasse une mauvaise opinion d'elle – ce serait peut-être le cas s'il découvrait qu'elle était sans-abri.

Ivo ne rétorqua pas mais hocha la tête.

– Sofia, vous n'êtes pas obligée de tout me raconter mais je pense pouvoir vous aider. Vous m'avez dit ne pas avoir de famille. Votre accent est américain ?

Elle hocha la tête et paniqua.

– Oh, merde... *putain*... l'hôpital... ils vont me renvoyer, Ivo, je ne peux pas y retourner...

– Chut, du calme, tout va bien. Ils ne savent rien, ils s'en fichent. J'ai pris les frais médicaux à ma charge.

– Oh, non, je ne peux pas accepter, Ivo, vous en avez suffisamment fait comme ça.

Sofia était au bord des larmes. Ivo prit sa main en souriant.

Oui, en effet – vous oubliez que je vous ai percutée avec ma voiture ? *Un vrai* gentleman. Il leva les yeux au ciel en rigolant, ça la fit rire.

– Je vous jure que je trouverai le moyen de vous dédommager.

Elle soupira.

– J'ai l'impression de rabâcher ces derniers temps. Mais je vous en prie Ivo, laissez-moi au moins essayer.

Ivo soupira.

– Entendu, mais la santé d'abord. On en rediscutera quand vous serez sur pied.

Sofia appuya sa tête sur l'oreiller et le contempla. Il était beau comme un dieu.

– Qui était la femme sublime ? À moins que j'aie rêvé ?

Ivo souriait.

– Elle s'appelle Désirée. Elle est restée à vos côtés, bien qu'elle ait du travail, contrairement à moi. Pour le moment du moins.

– Et vous faites quoi comme *travail* ?

Ivo mit ses cheveux bouclés derrière son oreille et se reprit, son geste était sans doute déplacé, ses joues virèrent au rose. Son cœur se serra – ce demi-dieu était sensible. Il se racla la gorge.

– Je suis marchand d'art.

Pas possible. Sofia jeta un œil sur le sac à dos dans un coin de la chambre. Il avait regardé à l'intérieur, vu ses dessins ? Il se moquait d'elle ? Elle se sentit soudainement nauséeuse mais masqua son trouble.

– Ce doit être sympa.

– Effectivement – quand on tombe sur de nouveaux artistes. C'est plutôt chiant quand on n'y arrive pas. Désirée va bientôt ouvrir sa galerie d'art sur la Rive Gauche, je suis à la recherche de talents. Toutes les excuses sont bonnes pour rester à Paris.

Ils se donnaient toujours la main, ils contemplèrent l'espace d'une seconde leurs doigts entrelacés et se regardèrent sans esquisser le moindre geste.

– Vous faites quoi dans la vie ? Il posait la question par simple politesse. Il avait compris qu'elle était à la rue.

– J'ai eu mon diplôme aux États-Unis. Ici... j'aide de temps à autre sur un marché.

Elle lui devait la vérité.

Le propriétaire me laisse dormir dessous l'étal la journée, j'y suis en sécurité.

– Et la nuit ?

– Je cherche à manger. Je nage. Je découvre la ville. C'est fou comme tout est différent la nuit.

Ivo hocha la tête, elle appréciait qu'il n'émette aucun jugement.

– J'imagine. Sofia... Dési et moi avons discuté pendant que vous dormiez. Elle aurait peut-être un poste à vous proposer... si ça vous intéresse. À la galerie. Du nettoyage ou du travail manuel, j'en sais rien, voire peindre, les murs, bien entendu, dit-il en souriant.

Sofia comprit qu'il n'avait pas fouillé son sac. Il ignorait tout de ses talents d'artiste, et heureusement, parce que maintenant, elle aurait été *incapable* de le lui avouer. Ca paraitrait... elle ne voulait pas penser à ce que ça paraitrait..

Sofia ferma longuement les yeux. Elle sentit Ivo approcher sa chaise.

– Prenez le temps d'y réfléchir, dit-il, prenant son silence pour de la gêne. Quand vous irez mieux.

Il pressa doucement ses doigts.

– Vous avez peut-être envie de rester tranquille ?

Elle secoua la tête. *Non.* Pas du tout. Elle en avait assez d'être seule, elle voulait bien que cet homme adorable, gentil et séduisant reste assis à ses côtés un moment. Elle ouvrit les yeux et le contempla. Il était éblouissant. Elle déglutit péniblement, elle ne voulait pas passer pour une folle.

– Votre accent... c'est français ?

Il sourit.

– Italien. Ma mère est italienne, mon père, américain.

Ivo Zacca... Ce nom ne lui était pas inconnu. Elle écarquilla les yeux grands comme des soucoupes.

– Vous êtes le fils de Walter Zacca ?

Ivo sourit timidement.

– Ça se voit tant que ça ?

– Vous lui ressemblez, avoua-t-elle, mais encore plus à votre mère. Maman était une fervente admiratrice de votre mère.

– Etait ?

Sofia sentit sa poitrine se serrer comme à l'accoutumée, parler de sa mère lui faisait du bien.

– Elle est morte il y a six mois.

– Toutes mes condoléances. Elle était malade ?

– Rupture d'anévrisme. Elle est morte en une fraction de seconde. Pouf.

Aïe. La douleur était toujours aussi intense. « J'étais avec elle, » dit-elle la voix chevrotante.

– Du jamais vu. Morte, Ivo. Elle secoua la tête, incrédule, Ivo serra sa main.

– Je suis sincèrement désolé, Sofia. Il posa sa main sur sa joue en hésitant.

– Personne ne devrait vivre un drame pareil. Et votre père ?

Sofia appréciait le contact, ce moment d'intimité avec ce parfait étranger était tout naturel, il était chaleureux, adorable... il sentait divinement bon, une odeur de coton chaud et d'eau de toilette boisée.

– Je n'ai jamais connu mon père. Mon beau-père... m'a jetée dehors le jour des obsèques de ma mère.

– *Connard*, cracha Ivo, furieux. Pourquoi ?

– Je n'ai rien vu venir, Ivo.

Parler lui faisait un bien fou.

– Jamais. Il m'a donné ce que ma mère avait laissé pour moi et m'a demandé de partir. Je ne comprends toujours pas, c'était un père modèle jusqu'à la mort de ma mère et puis, plus rien. Un cœur de pierre.

Sofia poussa un gros soupir et sourit.

– Désolée, m'apitoyer sur mon sort ne servira à rien.

– C'est votre droit.

Il caressait le dos de sa main, ils ne se quittaient pas des yeux.

– C'est bizarre, j'ai l'impression de vous connaître ? Ivo lui souriait.

– Je ne sais pas, c'est étrange et agréable à la fois. J'aimerais passer du temps avec vous, sans obligation aucune, que ce soit bien clair. Je ne voudrais pas passer pour un type louche qui vous harcèle.

Sofia se mit à rire.

– Maintenant que vous en parlez... non, je plaisante. C'est réciproque. Elle tendit sa main.

– Sofia Amory.

Il la serra.

– Plus que ravi de faire votre connaissance, Sofia Amory. J'ai hâte de mieux vous connaître.

Elle sourit, le rouge lui montait aux joues.

– Moi aussi, Ivo Zacca. Moi aussi.

DEUX SEMAINES s'écoulèrent avant que les médecins ne laissent sortir Sofia de l'hôpital. Entre temps, Ivo lui avait présenté Désirée, ils avaient réussi à la persuader d'accepter le poste.

– Ne m'embauchez pas par pitié, » les prévint-elle. Je travaillerai d'arrache-pied pour vous Désirée, Ivo, je vous rembourserai les frais médicaux dès que j'aurais de l'argent.

Ivo s'arrêta juste à temps, il avait failli lui dire que c'était peu probable, à moins qu'elle gagne au Loto. Sofia ne voulait surtout pas passer pour une femme vénale.

– *Sans compter* le loyer, la nourriture, le chauffage, etc., dit-il. Elle leva les yeux au ciel.

Désirée se méfiait de Sofia mais ne voulait pas dire pourquoi à Ivo, il comprenait sa réticence, il se doutait que Désirée avait compris qu'il en pinçait pour la jeune femme. Sofia et lui ne se connaissaient pas. Désirée avait proposé à Sofia d'emménager chez elle, elle avait fini par accepter.

– Elle m'impressionne un peu, lui confia Sofia en rangeant ses affaires dans son éternel sac à dos le jour de sa sortie. Ivo l'aida à enfiler sa veste.

– Ne lui en parle pas, à moi tu peux tout dire. Écoute...

Il donna la main à Sofia en franchissant la porte donnant sur le couloir. – Désirée est coriace mais elle fait ça pour toi. Nous deux. Désirée te paraît distante, elle en a *bavé* pour en arriver là, tu comprends ?

Sofia hocha la tête.

– Parfaitement. Je suis une indo-américaine et j'ai grandi à West-chester, ok ? *Pigé.*

Ivo lui sourit.

– Je te propose d'aller déjeuner, Désirée te montrera la galerie dès qu'elle aura un moment de libre.

Tamara Rutland en avait assez. Ça faisait six mois que sa détestable belle-mère avait crevé et que cette sale morveuse avait fichu le camp, Tamara s'attendait à redevenir la fifille à son papa, son héritière légitime, sa complice. Mais Fergus baisait à droite et à gauche et s'abrutissait au travail. Tamara était évidemment au courant de sa dispute avec Jonas. Elle éprouvait de l'aversion pour son frère. Ils ne s'étaient jamais entendus. Jonas était pudique comme leur mère, leur idiote de mère, si attentionnée. Il n'avait pas hérité du côté impitoyable qui distinguait Tamara de ses... *pairs.* Tamara n'avait pas d'amis, elle n'en voyait pas l'utilité, elle aimait torturer et baiser avec ses amants avant de tout balancer, pour le fun. Elle avait bien des fois déchaîné le courroux de leurs petites amies. Tamara adorait compter les points – ça la galvanisait – mais elle finit par se lasser de ce petit jeu.

Elle s'était découvert un nouveau violon d'Ingres dans les bas-fonds de New York. Elle avait entendu une conversation lors d'une interminable soirée donnée par son père. Tamara abhorrait la femme qui parlait, elle l'écouta en restant à l'écart.

– Je t'assure, Bianca et moi y sommes allées juste pour voir, ils étaient tous nus et masqués à l'intérieur, alors on s'est dit, « c'est quoi ce bordel ? »

Ses copines éclatèrent de rire. La femme but une gorgée de whisky.

– Vous n'imaginez même pas ce qui se passe dans ce club. Des fessées, des chaînes, des pinces de téton, des fouets – ça baise à deux, à trois... mon Dieu. Tout est permis et vous savez quoi ? Le masque procure un frisson d'excitation. Un homme a persuadé Bianca de le fouetter jusqu'au sang ! Il bandait comme un taureau quand elle eut terminé. J'étais bien tentée de le chevaucher mais Bianca s'était tapé tout le boulot, la politesse voulait qu'elle le baise.

– Et tu t'es... laissée tenter ?

La femme sourit tout en buvant.

– Une vraie dame ne parle pas de ces choses-là.

Tamara fit irruption dans le groupe.

– Je suis sûre que tu gamberges Hilary, tu es la femme la plus cucu que je connaisse – t'as inventé tout ça grâce à un article dans Cosmo ou quoi ?

Hilary la regarda méchamment.

– J'en n'ai rien à ficher que tu me crois ou pas, Tamara. Étonnant qu'on ne t'ait pas vue là-bas, vu ta réputation de tailler des pipes à tour de bras.

Tamara lui fit un doigt d'honneur et tourna les talons, ça lui avait donné une idée. Une recherche sur Internet plus tard, la voici le week-end suivant en ville, son long imperméable couvrait son harnais flambant neuf en cuir, elle sentait l'air frais sur son sexe totalement glabre. Elle n'était qu'à quelques pâtés de maison du métro qui desservait le *Tension*, un tout nouveau club BDSM torride qui venait d'ouvrir à New York.

Une fois dans le club, elle ôta son imperméable sans la moindre hésitation et salua d'un signe de tête le portier visiblement admiratif.

– Trop chère pour toi chéri.

Elle effleura sa joue, empoigna sa queue et s'éloigna en riant.

Le bar était baigné d'une musique douce et sensuelle, le cœur de Tamara se mit à battre plus fort. *Oui.* Oui, voilà ce dont elle avait besoin. Elle fit halte à une table où l'on vendait des sextoys et acheta un fouet. Elle le fit claquer dans sa main – la douleur était agréable. La vendeuse lui sourit.

– Ça sent l'habitude.

Ce n'était pas le cas mais Tamara ne tenait pas à ce que ça se sache. Elle lui adressa un sourire glacial et s'enfonça dans le club aux allures de crypte. Au début, elle ne distingua que des corps qui ondulaient au rythme assourdissant des basses. Elle s'habituait peu à peu à l'obscurité et s'aperçut que le club disposait d'alcôves creusées à même les murs, des couples baisaient ou jouaient à des jeux sexuels. Tamara réagit sur le champ, elle mouillait. Elle se dirigea vers le bar, commanda une double vodka et passa la salle en revue.

Ses tétons durcirent, elle poussa un gémissement rauque en le voyant. Il était assis seul à une table, ses yeux mi-clos ne laissaient rien transparaître. Ses cheveux bruns étaient coiffés en arrière – un beau visage dangereux, de grands yeux bruns dénués de chaleur. Tamara aperçut une sublime jeune femme entièrement nue s'approcher de lui et le chevaucher. Il se pencha afin que la fille dégrafe son pantalon et en extirpe la plus grosse bite que Tamara ait jamais vue. *Un vrai monstre,* elle avait l'eau à la bouche. Elle regarda l'homme plonger sa main dans les cheveux de la fille et l'embrasser sauvagement. La fille s'agenouilla et lui fit une fellation. Il ferma les yeux une seconde pendant qu'elle le suçait puis il regarda Tamara droit dans les yeux. Sa main plongea presque inconsciemment entre ses jambes, elle se masturbait, ondulait au rythme de la musique alors qu'il la regardait. Il ne la quittait pas des yeux pendant que la fille le branlait, il jouit et fut parcouru de soubresauts, il éjacula dans sa bouche. La fille avala et s'éloigna sans un mot. Il bandait comme un taureau, Tamara n'hésita pas une seule seconde.

Elle avança vers lui, s'empala sans un mot sur sa bite et le chevaucha. Il l'embrassait sauvagement, presque violemment, plantait ses doigts dans sa chair pendant qu'ils baisaient. Tamara tenait toujours son fouet, elle fit mine de le frapper en pleine poitrine mais il arrêta son geste.

– Non.

Elle avait compris, c'était un dominant lui aussi. Elle releva la tête par défi mais son regard la cloua sur place. Il se cambra, jouit, éjacula abondamment dans son con, se retira immédiatement et remonta sa braguette.

– Merci, lança-t-il, puis il sortit du club, laissant Tamara sur sa faim. Merci ? *Merci ?* Connard. Elle se leva pour ne pas perdre la face ; elle sentit qu'on la regardait au bout de quelques minutes. Plutôt pas mal, blond, cheveux bouclés, un peu moins séduisant mais de beaux yeux bleu pétillant. Son sourire arrogant lui plaisait, elle ne le repoussa pas lorsqu'il s'approcha, il l'embrassa, glissa sa main entre ses jambes pour branler son clitoris et toucha le fouet.

– Combien ?

Tamara sourit.

– Mille dollars la fessée. Deux mille pour baiser. Trois mille pour me sodomiser.

Son admirateur lui sourit.

– Dix mille dollars pour la nuit entière, sexe à volonté ? J'ai réservé une chambre.

Il lui donna la main et l'entraîna dans un dédale de couloirs sombres. Tamara entendait des hurlements de désir, de plaisir, les orgasmes résonner contre les murs en pierre. Elle n'avait jamais été aussi excitée de toute sa vie. Son client ouvrit la porte.

– Ça te plait ?

La chambre était couleur aubergine, des lampes diffusaient une clarté orangée, nimbant la pièce d'une lumière sensuelle. Un lit à baldaquin était au centre, une croix de Saint-André munie de sangles et menottes à une extrémité, ainsi qu'un long banc en bois, des étagères pleines de jouets en tous genres, lubrifiant, bâillons, fouets, raquettes ainsi qu'une gamme de sextoys. Tamara poussa un soupir de satisfaction. Son client lui souriait.

– Comment tu t'appelles ?

– T...

Elle avait failli donner son vrai prénom – quelle idiote, elle voulait vraiment passer pour une novice ?

– Taryn.

– Salut, Taryn, moi c'est Grant.

Son *vrai* prénom. *Et alors ?* Elle indiqua le banc.

– Déshabille-toi, allonge-toi à plat ventre.

– Bien, madame, dit-il en souriant.

La première fois, Tamara faillit jouir en abattant violemment le fouet sur ses fesses. L'euphorie, le sentiment de puissance était jouissif. Elle l'insultait tout en le punissant, elle mouillait lorsqu'il la supplia de fouetter sa verge.

– Tourne-toi, ordure, gronda-t-elle, son sexe en érection se dressant de plus belle. Elle le flagella, s'assurant que le fouet atteigne bien ses couilles, à son grand étonnement, il bandait de plus en plus, la douleur lui tirait des gémissements.

– Baise-moi, ordonna-t-elle. Il s'exécuta en souriant, s'enfonça profondément dans sa chatte, il agrippait fermement ses hanches pendant qu'ils ondulaient en rythme.

Au petit jour, Tamara, épuisée, reprit le métro jusqu'à son appartement à New York, plus riche de dix mille dollars en cash, comblée comme jamais. Enfin, elle avait *enfin* trouvé sa voie. Tamara se doucha et se brossa les dents en souriant. Pourquoi travailler quand on peut devenir riche en baisant et en frappant ? C'était elle tout craché : deux domaines dans lesquels elle excellait indubitablement.

Va te faire foutre Papa, ignore-moi tant que tu voudras. J'ai enfin trouvé ma voie.

4

CHAPITRE QUATRE

Sofia étala la peinture et lissa consciencieusement le mur pour éviter toute trace de bulles ou d'imperfections. La peinture d'un blanc mat s'étalait facilement, l'invitant à la méditation et à la relaxation. Elle s'appliquait de tout son cœur pour Désirée et Ivo, la galerie accueillerait bientôt des œuvres inestimables.

Elle y travaillait sans relâche depuis un mois, restant plus tard que Désirée l'exigeait, afin que la galerie soit prête pour un vernissage en grande pompe dans deux mois. Sofia tenait à dédommager ses deux mentors pour tout ce qu'ils avaient fait... Elle faisait aussi attention à ne pas être trop proche d'eux. Désirée était également sa propriétaire, Sofia essayait de ne pas trop empiéter sur sa vie privée. Contrairement à Sofia, Désirée avait une vie sociale très riche et organisait fréquemment des fêtes et réunions. Sofia s'y joignait parfois par courtoisie mais en profitait pour dessiner lorsque Désirée avait le dos tourné. Elle parlait art non-stop avec Ivo et Désirée, c'était devenu une obsession, elle s'efforçait d'améliorer ses techniques, d'en apprendre de nouvelles, de faire des essais. Elle s'était découvert une vraie passion pour la couleur et l'art abstrait, mélangeant avec goût des couleurs diamétralement opposées.

Sans parler d'Ivo. Ils passaient leurs journées ensemble, flirtaient et discutaient jusqu'à des heures tardives. Le cœur de Sofia battait la chamade dès qu'elle l'apercevait, son sourire en disait long mais elle restait sur ses gardes. Elles ne devait pas tomber amoureuse, elle le perdrait, ça la tuerait. Ne pas le toucher ou passer sa main dans ses cheveux était une vraie torture. Envolés les jours où ils se donnaient la main, ça l'attristait. Elle n'avait jamais autant désiré quelqu'un de toute sa vie – nuance, elle n'avait jamais désiré quelqu'un, point final.

Mais il ne faisait pas partie de son monde. Quelques semaines après sa sortie de l'hôpital, il l'avait présentée à ses parents, divorcés mais en très bons termes. Ils s'étaient bien amusés, avaient ri, tout excités de faire sa connaissance. Sofia avait senti le fossé qui les séparait. Ils vivaient dans un monde qui ne serait jamais le sien.

Elle était assise, pensive, à la terrasse d'un café près de Notre-Dame avec Ivo. Ivo la taquina, elle n'avait pas touché son assiette de pâtisseries. – T'es malade ? C'est la première fois que tu ne touches à rien, ça faisait longtemps.

Il la taquinait évidemment, ça la fit rire.

– Non, ça va, je réfléchissais.

– À quoi ?

Elle croisa son regard.

– Je ne me sens pas à ma place.

Ivo haussa les sourcils et posa sa tasse de café.

– Sofia... tu es tout à fait à ta place. Tu as trouvé ta voie, tu es unique.

Elle secoua la tête.

– Non, et c'est bien là le problème, Ivo. J'ai quitté la maison de mon beau-père, je suis devenue SDF et atterri chez Désirée. On décide toujours pour moi.

Ivo était perplexe.

– Tu as l'impression... qu'on te donne des ordres ?

Elle secoua la tête.

– Non, je vous suis extrêmement reconnaissante, c'est juste que... je ne vais pas peindre des murs toute ma vie. Je ne sais pas ce que je veux.

Ivo hocha la tête, compréhensif.

– Tu as une passion ?

Elle le regarda droit dans les yeux. *Toi. C'est toi, ma passion.* Son désir se lisait sur son visage. C'était réciproque. Il s'approcha.

– Sofia...

Sa bouche était proche de la sienne, Sofia inspira profondément, se languissant de ses lèvres.

– Ivo ? Ivo Zacca ?

Sofia ouvrit les yeux, une blonde sublime, nerveuse, frémissante, les dévisageait. Ivo se rembrunit mais garda le sourire.

– Clémence ?

– C'est bien moi, acquiesça la blonde, les mains posées sur son gros ventre. Ivo était choqué, Sofia comprit instantanément pourquoi : c'était son ex, ils avaient rompu voilà sept mois.

L'accouchement était imminent. Sofia se leva, les jambes tremblantes. – Excusez-moi. Je vous laisse discuter tranquillement.

Elle s'éloigna, s'attendant presque à ce qu'Ivo la rejoigne mais il n'en fit rien, ce qui confirma ses soupçons. C'était son enfant.

Ivo contemplait Sofia, trop choqué pour dire quoi que ce soit. Il regarda le ventre de Clémence d'un air perplexe.

– Clémence ?

Elle hocha la tête et s'installa sur la chaise de Sofia.

– Oui, c'est le tien, Ivo. Je ne t'ai pas trompé.

– Oh, mon Dieu... pourquoi tu ne m'as rien dit ?

– Primo je n'en savais rien. Ça datait d'un mois à peine, hors période de règles. Tu as voulu rompre, j'ai ma fierté, je n'ai rien voulu te dire. C'est une fille, Ivo.

Ivo fut submergé par un tsunami d'émotions. La peur, la joie, la colère la tristesse. Il releva les yeux et aperçut Sofia, non loin. Clémence suivit son regard.

– Qui est-ce ? demanda-t-elle avec douceur, sans aucun reproche.

Ivo avait du mal à avouer ses sentiments, il se contenta d'un « une amie ».

Clémence l'observa.

– Tu en pinces pour elle, n'est-ce pas ?

Il acquiesça en silence.

– Tu l'aimes, poursuivit Clémence.

– Parfait. Tant mieux. Elle t'aime, *tu* l'aimes. Tu es incroyable, Ivo.

– Je t'ai fait de la peine, Clemmie.

– Oui mais tu avais raison. Nous n'étions plus amoureux l'un de l'autre. J'ai un nouvel amoureux, elle caressa son ventre en souriant et reprit son sérieux.

– Tu peux t'impliquer si tu veux Ivo. Je n'attends rien de particulier, je n'ai pas l'intention de briser ta vie.

Ivo se pencha et demanda la permission d'un regard, Clémence hocha la tête, il posa la main sur son ventre.

– C'est une fille ?

Elle sourit.

– J'aimerais l'appeler Marguerite.

– Ta fleur préférée. C'est splendide, Clem.

– Je suis contente que ça te plaise. J'ai une photo de l'échographie. Elle fouilla dans son sac.

– Elle a été prise à cinq mois de grossesse. D'après les médecins elle est parfaite, je n'ai pas fait d'autre écho depuis, j'ai pourtant essayé de les persuader mais rien à faire. Je suis si impatiente de faire sa connaissance.

Ivo pris la photo en souriant, un frisson le parcourut en découvrant sa fille.

– Mon Dieu, Clem... le voir à la télé est une chose, mais quand c'est la tienne...

– Je ressens exactement la même chose. Je voulais à tout prix accoucher en France. Je ne te harcèle pas, je t'assure.

Ivo éclata de rire.

– Ça ne m'avait pas traversé l'esprit.

Il lui rendit l'échographie mais Clem refusa.

– Garde-la, j'en ai d'autres.

– Je veux m'impliquer, Clem.

Elle hocha la tête en souriant.

– Mais oui, ne t'inquiète pas, je te connais par cœur Ivo. Tu veux agir en parfait gentleman, me demander ma main pour le bien de notre enfant. Surtout pas. Je me verrais contrainte de refuser. On a bien fait de se séparer, surtout maintenant, quand je vois tout l'amour que tu portes à notre future fille.

– T'as compris tout ça en quelques minutes ?

Clem caressa son visage.

– Je t'ai observé pendant dix bonnes minutes. Tu ne m'as jamais regardée comme tu regardes... ?

– Sofia.

– Sofia. Qui est-elle ? Raconte.

Ivo raconta son histoire, elle hocha la tête.

– C'est bien ce que je disais Ivo, toujours à jouer les chevaliers servants.

Il resta interdit.

– Je suis si prévisible que ça ?

Clémence lui souriait.

– Oui. En pareille situation, oui. Bon, t'attends quoi, mon beau ? Va la rejoindre.

– Ce n'est pas aussi simple que ça, elle bosse pour Dési et je n'ai pas envie de tout faire foirer. Elle n'a que vingt-et-un an, j'en ai trente-sept. Elle n'a pas eu la vie facile, je ne voudrais pas qu'elle se sente trahie si...

– Vous vous mariez ?

Ivo soupira.

– Si tu le prends sur ce ton.

Clémence pressa sa main.

– Parle-lui. Demande-lui quelles sont ses attentes. Dis-lui ce dont tu as envie. Avance. L'amour c'est précieux, Ivo. Ne deviens pas comme tes parents.

Ivo était sous le choc.

– Pardon ?

– Regarde-les. Ils ont divorcé et passent le plus clair de leur temps ensemble.

– Ils sont amis, Clem.

– J'avais bien compris... pourquoi coucher à droite et à gauche quand on a tout pour être heureux. Je sais que ton père est un coureur mais...

Ivo gloussa.

– Ok, ok. J'aimerais bien qu'ils se remettent ensemble mais ça ne regarde qu'eux. Clem, tu ne les as pas connus durant leur mariage – ils se rendaient malheureux justement car ils étaient mariés.

– Tu es l'exact opposé, Ivo.

Clémence déposa un baiser sur sa joue.

– Je suis au *George V*, Ivo, appelle-moi quand tu veux. Tu pourras suivre l'évolution du bébé mais d'ici là, file la rejoindre.

SOFIA ÉTAIT RENTRÉE DIRECTEMENT chez Désirée. Elle avait sa journée, Désirée était au travail, elle aurait tout le temps de penser à ce qui s'était passé. Elle se déshabilla et fit couler une douche brûlante. Ivo serait bientôt père. Ça en avait tout l'air. *Et alors,* se dit Sofia, *on n'est pas ensemble, il ne t'a pas trompée. C'est pas ton mec, Amory. Ce sera un père formidable.*

C'était plus fort qu'elle, elle avait comme un poids dans la poitrine. Il était à deux doigts de l'embrasser, elle en était sûre, et, *mon Dieu,* elle en rêvait depuis des semaines mais tout avait capoté. Il allait se remettre avec la mère de son enfant, Sofia resterait son amie, elle continuerait de travailler pour Désirée tranquillement dans son coin, bien à l'abri, et s'affranchirait.

Elle se sécha les cheveux, s'habilla et sortit son carnet à dessin. Elle bossait sur un portrait d'Ivo au crayon, de mémoire, mais décida d'entamer une nouvelle page. Elle réfléchit longuement et croqua un bâtiment, l'un des magnifiques immeubles bourgeois longeant la Seine. Elle était si concentrée sur les détails qu'elle n'entendit pas frapper doucement à la porte. Elle releva la tête, glissa son croquis sous l'oreiller et alla ouvrir. Son cœur bondit dans sa poitrine, Ivo lui souriait, le regard circonspect.

– Salut toi. Tout va bien ?

Elle lui adressa un grand sourire qui sonnait faux.

– Bien. Et ton amie ?

– Enceinte, comme tu l'as constaté. Je peux entrer ?

Sofia se ressaisit.

– Excuse-moi, oui, bien sûr.

Ivo effleura sa joue en entrant.

– Assieds-toi, j'ai à te parler.

Elle le suivit au salon, il prit sa main et la fit assoir à ses côtés. Sofia avait le visage en feu.

– Alors...

– Alors... oui, c'est mon enfant.

Ok, allez, haut les cœurs.

– Félicitations.

Ivo sourit.

– Merci. J'avoue être surpris mais je suis vachement content.

Sofia avait le cœur léger devant tant de joie. L'essentiel était qu'il soit heureux.

– Je suis sincère, Ivo, tu feras un merveilleux papa. Crois-moi, un mauvais père, je sais ce que c'est.

Il caressa sa joue.

– Sofia... Clémence et moi n'allons *pas* nous remettre ensemble. Personne ne le souhaite. Elle a tiré un trait sur notre relation, elle est contente comme ça. Et moi aussi.

– Et le bébé ?

– Je serais présent si elle le souhaite. C'est une fille. Clémence veut l'appeler Marguerite.

Il sortit l'échographie et la lui montra, tout fier, Sofia lui sourit.

– Elle est très belle.

Ivo se mit à rire.

– T'es adorable – je n'arrive toujours pas à identifier les parties de son corps..

Sofia gloussa et lui fit remarquer

– C'est la tête, idiot.

– Ah bon ?

Il posa la photo sur la table basse et prit les mains de Sofia.

– Sofia, je pense que tu sais où je veux en venir. Il n'y aucune chance que Clem et moi nous remettions ensemble parce que je suis raide dingue d'une autre, inutile que je te dise de qui il s'agit mais je vais te le dire quand même. C'est toi que j'aime, Sofia Amory.

Sofia sentit ses joues s'enflammer, elle tremblait. Ivo se pencha et posa ses lèvres sur les siennes. Ivo l'embrassait tendrement, prenait tout son temps. De douces sensations la submergeaient tandis qu'il l'attirait plus étroitement contre lui. Elle glissa ses doigts dans ses cheveux, ils se dévoraient, hors d'haleine.

– Avec toi je me sens désirée, aimée, je t'adore, vraiment, murmura-t-elle. Ivo souriait, ses beaux yeux verts baignés de larmes.

Elle senti ses mains puissantes glisser sous son t-shirt et dû reprendre son souffle. Elle n'avait jamais autant désiré un homme – et elle n'avait jamais fait ça mais ses mains semblaient animées d'une vie propre, effleuraient son corps musclé.

Il l'allongea doucement sur le canapé, souleva son t-shirt et déposa un baiser sur son ventre. Sofia poussa un soupir de plaisir lorsque sa langue fit des cercles autour de son nombril et s'y enfouit, ses doigts s'attaquaient au bouton de son short en jean. Elle ne ressentit pas la moindre nervosité tandis qu'il baissait son short et son slip le long de ses jambes. Elle s'était imaginé ce moment avec un mec des centaines de fois, elle se demandait si elle ferait preuve de timidité, cacherait son pubis, elle avait peur qu'il la trouve moche, elle voulait que cet homme qui lui avait sauvé la vie, grâce auquel elle prenait un nouveau départ, découvre son corps dans les moindres recoins. Elle poussa un cri lorsqu'il lécha son clitoris, titilla son petit bouton sensible, provoquant une excitation difficilement supportable.

– Ivo...

Il leva les yeux et lui sourit, le regard pétillant, ivre de désir.

– Tu es sublime mon ange, murmura-t-il. Elle caressait ses boucles brunes tandis qu'il lui faisait un cunnilingus. Il lui procura un orgasme d'anthologie, la prit dans ses bras et l'emmena dans sa chambre. Elle retira son t-shirt, posa sa bouche sur ses tétons et les lécha. Ivo ôta son soutien-gorge et caressa ses seins, Sofia descendit impatiemment sa braguette. Lorsqu'elle extirpa sa verge de son slip, il bandait déjà comme un taureau, son sexe palpitait dans ses mains. Il était *énorme*. Soudain, elle eut peur. *Comment est-ce que je vais pouvoir le prendre en entier ?*

– Ivo... je...

Impossible d'aligner deux mots. Ivo l'embrassa et la regarda avec inquiétude.

– Qu'est-ce qu'il y a mon trésor ?

Parle.

– Je suis vierge.

Elle s'attendait à ce qu'il se lève d'un bond, arbore un air choqué, soit mal à l'aise. Il lui adressa un adorable sourire.

– J'avais compris. Sofia, on n'est pas obligés, si t'as pas envie.

Sofia poussa un gros soupir.

– Oh, j'en ai envie, Ivo... *vraiment*. T'as des capotes ?

Elle réalisa avec une certaine nervosité que sa question n'était pas du tout romantique et s'en voulut.

Il hocha la tête en souriant et agita un préservatif entre le pouce et l'index.

– Dans la poche arrière de mon jean. Écoute, rien ne presse ma beauté... j'attendrai que tu sois parfaitement détendue, je ne te ferai aucun mal, tu jouiras non-stop.

Elle poussa un gémissement et l'attira contre elle afin qu'il l'embrasse, Ivo tint sa promesse. Il embrassa et caressa la moindre parcelle de son corps, déposait des baisers le long de ses jambes fuselées, mordillait doucement l'intérieur de ses cuisses, léchait son ventre du bout de la langue. Il prit ses mamelons dans sa bouche tour à tour et les suça jusqu'à ce que Sofia perde la raison, fit passer ses jambes autour de sa taille, elle ne ressentit aucune douleur lorsqu'il la pénétra de son énorme bite. Sofia crut mourir de plaisir. Il lui faisait l'amour lentement, tendrement, à un rythme mesuré, sans quitter son visage et sa bouche des yeux, en lui murmurant des mots doux afin de s'assurer qu'elle aille bien. Sofia se cramponnait à son dos pour qu'il la pénètre plus profondément, plus brutalement, il accéléra l'allure, elle cria, poussa un gémissement, vit des étoiles et jouit en tremblant et hurlant.

Ivo gémit, nicha son visage dans son cou et monta à son tour au septième ciel. Elle fit en sorte qu'il la regarde ; elle voulait lire le plaisir sur son visage, ses magnifiques yeux verts parlaient d'eux-mêmes.

– *Bella, bella, bella...*

Mon Dieu, cette voix grave et rauque, cet accent, elle brûlait littéralement de désir.

– Ivo... Ivo... dit-elle en l'enserrant entre ses jambes. Il ne se retira pas tandis qu'ils reprenaient leur souffle. Elle voulait faire durer le plaisir, savourer cette grosse bite qui la pénétrait pour la première fois. Ses jambes étaient en coton, son vagin palpitait et se contractait sur sa verge en érection.

– T'en vas pas.

Il sourit à regret.

– Je n'en ai pas la moindre envie ma chérie mais ce préservatif...

Elle éclata de rire et ne le retint pas.

– Fais vite.

Il fila dans la petite salle de bain adjacente à sa chambre.

Sofia s'allongea sur le dos. Elle se sentait... différente, elle reprenait lentement son souffle, les jambes molles, le cœur battant, elle entendait la chasse et l'eau du robinet couler.

– Arrête-toi Ivo, laisse-moi te regarder.

Ivo s'appuya contre le chambranle de la porte en souriant timidement, Sofia admirait son corps parfait dans les moindres détails. Grand, large d'épaules, musclé, vigoureux. Ses grands yeux verts ressortaient sur sa peau bronzée. Ses cheveux bruns étaient en bataille, une barbe de trois jours ombrait son visage. Son sourire angélique adoucissait ses traits, lui conférant un air enfantin... l'homme dans toute sa splendeur. Son beau visage faisait dangereusement battre son cœur, son ventre frémissait de désir. Elle rampa au bord du lit.

– J'ai envie de te toucher, murmura-t-elle en tendant la main. Il la prit et s'installa au bord du lit. Sofia effleura son torse du bout des doigts, lécha ses biceps, descendit sur son ventre plat, introduisit à son tour sa langue dans son nombril. Il prit sa tête entre ses bras musclés, se baissa et l'embrassa à pleine bouche.

– Tu es sublime ma chérie.

Elle le contemplait, se sentait très vulnérable, amoureuse. Elle laissa échapper un petit gloussement et pressa ses seins contre sa verge en érection, le branlait avec, ça le fit rire, il leva les yeux au ciel, elle l'excitait, une vraie déesse du sexe.

Ses mains glissèrent sur son visage, il caressait ses joues en la regardant si intensément qu'elle en tremblait.

– Tu me troubles, Ivo Zacca.

Sofia prit son sexe dans sa bouche sans la moindre hésitation. Mmmmm, son gland sensible couvert de sperme avait un goût salé et sentait le propre.

Il poussa un gémissement de désir et enfouit plus profondément ses mains dans ses cheveux alors qu'elle léchait son gland et descendait sur toute sa longueur, sa main bougeait au rythme de ses coups de langue, tout en massant ses couilles. Elle le suça en augmentant la pression jusqu'à ce qu'il éjacule dans sa bouche, elle avala et le regarda en souriant.

– C'était bon ?

Ivo tremblait et riait, ses cheveux mouillés plaqués sur son front.

– *Bon sang,* Sofia, oui, c'était incroyable.

Il l'attira contre lui, l'embrassa et la poussa doucement sur le lit.

– Je n'ai plus de préservatifs ma chérie et vue la situation, je préfère ne pas prendre de risques jusqu'à... ce qu'on ait refait le stock.

– Très romantique.

Elle rit en voyant la tête qu'il faisait.

– Eh bien, M. Zacca, pour une première fois, la compétition s'avère rude pour d'éventuels autres prétendants.

Il arborait un large sourire.

– J'espère bien, je n'ai pas l'intention de te lâcher.

Le sourire de Sofia s'évanouit.

– Ne dis pas ça. Pas de promesses. Carpe diem.

Ivo hocha la tête, compréhensif.

– Je te prouverai que tu peux me faire confiance, Sofia. Je te jure que personne ne te traitera comme ton ancienne famille.

Elle caressa son visage et l'embrassa.

– Merci.

Ivo s'allongea à côté d'elle et la caressa.

– Je t'invite à dîner ?

Sofia éclata de rire.

– Avec plaisir. J'ai envie d'un bon plat avec plein de frites.

– De vraies bonnes frites ?

Il gloussait tandis qu'elle le chatouillait.

– Oh. Arrête. J'ai un truc dans le dos, c'est quoi ?

Il se tourna, sortit le carnet à dessin de son oreiller et écarquilla grand les yeux.

– Tu dessines ?

Sofia devait se décider, tout lui avouer ou non. Il n'avait pas encore ouvert le carnet, la contemplant d'un air interrogateur. Elle hésita brièvement, inspira profondément et acquiesça. Ivo ouvrit le carnet de croquis.

CHAPITRE CINQ

I vo encaissait son troisième choc de la journée. *Le terme « choc »
était un pur euphémisme. Il était comme deux ronds de flanc. Emu.
Sous le charme.* Les croquis de Sofia étaient époustouflants – la
richesse des détails, notamment des portraits, était incroyable.
Hormis une technique brillamment maîtrisée, ces œuvres étaient les
plus abouties qu'il ait vues depuis longtemps. Son cœur se serra en
voyant son propre portrait inachevé. Elle avait réussi à saisir l'essence-même du personnage. Ses yeux reflétaient exactement son
regard – un regard déterminé, destiné à une femme de sa vie – elle
l'avait mis à nu, sans rien cacher. Les larmes lui montèrent aux yeux,
il partit d'un petit rire.

– Sofia... mon Dieu.

– Ça te plait ?

Sofia le contemplait avec une anxiété croissante.

– Si ça me *plait* ? Les mots me manquent.

Il la regarda.

– Pourquoi ne m'avoir rien dit ? Ou à Dési ?

Sofia inspira profondément.

– Je ne voulais pas que tu imagines que je profitais de la situation,
répondit-elle en toute franchise.

– Vous avez tous les deux déjà énormément fait pour moi. Je me serais mal vu sortir, « Hé oh, venez voir mes croquis d'amateur. » Ton portrait est inachevé.

Elle lui sourit timidement.

– Je bosse dessus depuis des semaines, je pense à toi tous les soirs après le travail – la journée aussi d'ailleurs – je donne libre cours à mes sentiments en les jetant sur le papier. Il n'est pas encore terminé mais c'est l'un de mes préférés.

– C'est... je suis très flatté, ma chérie, vraiment.

Il parcourut le restant du carnet en prenant tout son temps. Sofia le regardait, lui donnant une indication de temps à autre.

– Tu te rends compte que c'est exactement ce qu'on recherche avec Dési ? Un vrai talent, authentique, un artiste passionné. Tu as repeint les murs en blanc alors que tu aurais dû être à l'atelier, à peaufiner tes propres toiles. Tu utilises quel type de matériel ?

Sofia sourit timidement.

– Aquarelle et crayon, parfois les deux. J'ai fait quelques croquis à l'encre de Chine. J'adore les pastels pour l'abstrait, avec ses couleur vives.

Ivo hocha la tête.

– Quelles sont tes influences ?

– J'adore Rothko, Kahlo, O' Keefe. Hopper est mon mentor. J'adore sa solitude. D'autres artistes contemporains aussi – je suis tombée dessus par inadvertance – Kate Leplage, Simeon Verdeux, Patricia Seavers. Tu connais ?

– Tous, c'est mon métier. Il éclata de rire, elle rougit et rit à son tour.

– Désolée, forcément.

Ivo tourna une page et s'arrêta.

– Waouh.

Un croquis au crayon et aquarelle de la galerie de Désirée – la façade de l'immeuble était à moitié dissimulée par un échafaudage mais Sofia avait réussi à instiller le dynamisme et l'effervescence de sa propriétaire dans son œuvre, on savait immédiatement à quoi elle ressemblerait une fois ouverte. Ivo sut d'emblée ce qu'il avait à faire.

Il embrassa Sofia et sauta du lit.

– Habille-toi ma beauté. On va rendre une petite visite à quelqu'un.

Sofia cligna des yeux et acquiesça, descendit du lit à son tour et ramassa ses vêtements.

– Ok. On va où ?

Ivo lui donna une petite tape sur le nez en souriant.

– Tu verras bien, suis-moi et t'auras droit à une cargaison de frites.

– *Et* une grosse boîte de préservatifs.

Il éclata de rire.

– Oh que *oui.*

À sa grande stupéfaction, Désirée les vit entrer dans sa galerie main dans la main, tout sourire.

– Qu'est-ce que vous mijotez tous les deux ? Des bêtises, apparemment.

Sofia devint écarlate et Ivo prit un air coupable.

– Rien du tout. Bonjour Désirée, tu te souviens des invitations pour le vernissage ?

Il lui tendit le carnet à dessin de Sofia et l'ouvrit à la page représentant la galerie.

Désirée le lui prit des mains.

– Ivo, lâcha-t-elle enfin, t'as trouvé...

Elle leva les yeux et regarda Sofia.

– C'est *toi* ? Tu nous le cachais depuis le début ? Je vais te tuer, petite coquine.

Désirée contemplait, radieuse, Ivo en train de rire et Sofia qui se justifiait. Une fois calmée, elle les invita dans un bar proche de la galerie et commanda du champagne.

– Je suis tout à fait d'accord, ce dessin doit absolument figurer sur les invitations. Toi, s'adressant à Sofia, quelque peu abasourdie, « tu as un mois pour réaliser trois toiles. Tu vois l'alcôve ? C'est la tienne. »

Sofia paniquait.

– Attends... non, non, je ne le *mérite pas*. L'alcôve est réservée aux toiles de *Maîtres*.

Désirée regarda Ivo.

– Elle va continuer comme ça longtemps ? demanda-t-elle sèchement, Ivo sourit, se pencha et embrassa Sofia sur la bouche.

– Je crois en toi ma chérie. Dési croit en toi. J'ai comme l'impression que tu viens de signer ton premier contrat.

Sofia contemplait, bouche bée, son amant et sa patronne porter un toast au champagne.

– Je vais tourner de l'œil.

Ils ne la lâcheraient pas.

IVO LA PILONNAIT PROFONDÉMENT, Sofia voyait des étoiles et le suppliait.

– Oh oui, oui, Ivo...

Elle serrait les cuisses autour de sa taille, l'attirait contre elle, Ivo l'embrassait sauvagement... et s'arrêta net.

– Qu'est-ce qu'il y a mon amour ?

Elle eut soudainement peur en voyant ses yeux non plus verts mais noirs comme la nuit. Un regard froid.

Ivo se retira sans mot dire, se dirigea vers la porte de la chambre et l'ouvrit, Sofia vit son beau-père et Tamara entrer.

– Je t'avais bien dit que je me la taperais.

Il regardait Sofia se lever, le supplier de ne pas la laisser seule avec eux et s'écarta tandis que Tamara levait son arme et tirait à bout portant.

« *PUTAIN !* » Sofia se redressa dans le lit en frissonnant. Quel horrible cauchemar, le pire de toute sa vie. Ivo caressait son dos.

– Ça va, *Bella* ?

Elle hocha la tête et sourit tristement.

– Excuse-moi, j'ai fait un cauchemar.

Elle se rallongea, il l'attira contre lui.

– Tu veux en parler ?

– Pas du tout.

Elle pressa ses lèvres sur les siennes.

– Rendors-toi.

Ils occupaient la chambre de Sofia chez Désirée. Elle était désormais au courant, elle savait qu'Ivo passait ses nuits ici, ils la remerciaient de sa générosité en faisant l'amour en silence.

– Je vais me rendormir, après ça, dit-il en s'installant sur ses hanches et en la pénétrant. Sofia poussa un soupir d'aise, elle apprenait vite pour quelqu'un qui découvrait l'amour, les moments de quiétude étaient ses préférés, si intimes, remplis d'amour.

Ivo se rendormit rapidement et Sofia repensa à son rêve. Inutile d'être médium pour comprendre sa signification. Elle était enfin heureuse, ivre de joie ; ils étaient prêts à tout pour gâcher son bonheur.

Ce n'était pas son ex-beau-père qui l'effrayait dans ce rêve, mais bien Tamara. Si Tamara découvrait que Sofia était heureuse, elle remuerait ciel et terre pour l'anéantir, Sofia était la seule à connaître l'horrible secret de Tamara.

Tamara Rutland était une meurtrière.

CHAPITRE SIX

Tamara chevaucha Grant et s'empala sur sa bite. Il lui souriait pendant qu'ils baisaient mais elle resta de marbre. Elle se sentait fatiguée aujourd'hui, faire l'amour l'agaçait, Grant se rembrunit et se retira au bout de quelques minutes.

– Inutile de te forcer Taryn. Je t'ai payée pour du sexe et des punitions mais visiblement ça te gonfle, je me trompe ? T'as pas l'air emballée.

– Je m'appelle Tamara, dit-elle subitement.

Oui, elle était fatiguée. Elle en avait marre de tricher sur son prénom. Elle baisait pour du fric, frappait des hommes – et des femmes – seul l'argent l'intéressait.

Grant haussa les épaules.

– Qu'est-ce que ça peut me foutre ?

C'est ce qu'elle aimait en lui : aussi asocial qu'elle. Il n'y n'aurait jamais de déclaration d'amour entre eux, une étrange connexion les reliait. Leur total mépris pour l'empathie sous toutes ses formes. Grant était effectivement soumis dans la chambre mais à l'extérieur... Tamara frémit. Il était impitoyable, froid, bassement intéressé par le meurtre. Il s'était confié à elle. Ils se respectaient par la force des choses, de vrais psychopathes.

– T'as raison, on s'en fout, répondit-elle en esquissant un rictus. Il l'embrassa en la voyant sourire. Un baiser tendre, presque possessif. Tamara s'en tamponnait – elle était payée pour qu'il croit user de son pouvoir, même si c'était elle qui le torturait et le sautait. Elle se demandait s'il la tuerait si jamais il la croisait, et se risqua à lui poser la question. Le regard de Grant se fit meurtrier.

– Sans hésitation.

Ça l'excitait, elle lui demanda de se déshabiller et le baisa pour de bon. – T'as déjà tué une femme ?

Grant sourit d'un air glacial, il agrippait fermement ses mains, son énorme bite en érection profondément enfoncée en elle.

– Non, que des hommes. Le meurtre de ma première femme sera... intime. Lent. Impitoyable.

Tamara était de plus en plus excitée.

– Mais tu as *déjà* tué.

– Évidemment.

Putain. Elle jouit une première fois et une deuxième lorsqu'il atteignit l'orgasme. Ils n'utilisaient plus de préservatifs depuis un moment déjà, Tamara s'était fait ligaturer voilà des années. Pourquoi vouloir d'une chieuse ? Elle sourit en le sentant éjaculer abondamment en elle.

– On dirait que ça t'a plu, dit Grant en se redressant tandis qu'elle se retirait. Son sperme dégoulinait sur ses jambes mais Tamara ne se nettoya pas.

– Qui aurait cru que parler de meurtre t'exciterait ?

Tamara lui adressa un sourire hypocrite.

– Et si je t'embauchais pour harceler, torturer et tuer ? Une femme ?

– Qui ça ?

Elle haussa les épaules, visiblement pas prête à tout déballer pour le moment. Le plan prenait forme dans son esprit.

– Une femme jeune et belle. Combien ?

– Tout dépend. Tu veux que je lui foute la trouille avant de la tuer ? Ce sera plus cher. Une balle dans la tête ? Vingt-cinq mille dollars.

Une traque au long cours, un beau meurtre par arme blanche, en prenant tout mon temps ? Cent mille dollars… je la baise avant de la tuer. Voire, *pendant* que je la tue.

Tamara se mit à rire.

– T'es vraiment taré, j'adore.

Il l'attira contre lui, l'embrassa, mit sa main entre ses jambes et introduisit trois doigts dans son vagin. Il fourra sa main dans ses cheveux blonds et tira violemment sa tête en arrière, plaquant sa bouche sur la sienne.

– T'imagines même pas à quel point, ma p'tite.

Il embrassa sa gorge et donna de grands coups de langue.

– Un jour… ton tour viendra. Je te saignerai comme une salope.

Le pouls de Tamara accéléra mais elle n'avait pas peur.

– Redis-le moi autant que tu veux, Grant, je te garantis que tu jouiras comme jamais.

Il pinça son clitoris entre le pouce et l'index, elle poussa un cri perçant et jouit de nouveau, Grant arborait un sourire triomphal. Même heure la semaine prochaine ?

– Évidemment.

Elle effleura ses lèvres.

– Prends tes armes, histoire qu'on s'amuse un peu.

Grant ricana.

– On est fouillés à l'entrée.

– Je te ferai entrer.

– Ça marche.

Tamara était excitée comme jamais après le départ de Grant. Elle accrocha des pinces à ses tétons, elle aimait avoir mal, et se dirigea vers le bar entièrement nue, le sperme de Grant dégoulinait sur ses cuisses. Sa nudité ne lui procurait aucune gêne – elle se savait sublime, bien qu'un peu trop mince. Elle commanda à boire et avala son verre d'un trait, elle sentit qu'on la regardait. L'amant de la première fois. Le brun. Son cœur battait la chamade alors qu'il se levait. Il était complètement nu et bandait, un gros anneau d'argent enserrait la base de son pénis. De grands tatouages serpentaient sur ses gros bras musclés. Il se débarrassa aisément de ses groupies qui regardèrent Tamara méchamment, air dont elle n'avait que faire. Il fonça droit sur elle et glissa sa main entre ses cuisses.

– Va te doucher, dit-il en la retirant. J'aime pas passer après un autre. Lave-toi et rejoins-moi dans la Chambre Quatre.

Il prit le shot plein et le vida d'un trait.

– Passe-moi la bouteille.

– Bien, M. Black.

Le barman lui tendit une bouteille de scotch et Black lui adressa un signe de tête. Il jeta un dernier regard à Tamara et s'éloigna. Épaules larges, dorsaux fuselés – ce mec faisait de la musculation à un rythme intensif. Ses fesses étaient fermes et bien dessinées, ses cuisses, vigoureuses. Ah ça oui, il allait la sauter *en beauté*.

Tamara fit comme il le lui avait demandé, elle se plaça sous l'une des douches chaudes dans le mur du fond. Elle se lavait et observait en souriant d'autres couples en train de baiser et se masturber. Si seulement elle pouvait vivre ici... une idée germa dans son esprit... pour le moment, tout ce qui importait était se concentrer sur l'homme qui l'attendait.

Il l'attrapa dès qu'elle entra dans la chambre et la plaqua au mur. Tamara respira plus rapidement lorsqu'il posa son avant-bras contre sa gorge et écarta grand ses jambes.

– Parfait.

Il vérifia qu'elle était propre, empoigna son énorme bite palpitante et la pénétra.

Il la baisait sans rien dire, sans quitter son regard. Tamara était irrésistiblement attirée par ses yeux sombres. Elle eut un orgasme, il exigea qu'elle se mette à quatre pattes sur le lit pour la sodomiser. Il la traitait comme un vulgaire trou, tout comme elle traitait Grant, une simple bite sur laquelle s'empaler... Tamara savourait chaque seconde. Il la baisa jusqu'au bout de la nuit, ne lui laissant prendre aucune décision, la punissant par des coups de spatule ou de fouet si elle osait se rebiffer, son compte était bon.

Cet homme dominateur pouvait la briser. Grant – se montrerait bientôt utile, quant à son père... il l'ignorait. Cet homme...

Lui appartiendrait bientôt...

CHAPITRE SEPT

S ofia recula et contempla son œuvre d'un œil critique. Elle n'avait aucune confiance en elle aujourd'hui, elle avait failli badigeonner la toile de noir et annoncer à Désirée qu'elle laissait tomber mais elle ne pouvait pas. Elle avait décidé de reproduire le croquis de l'invitation sur une immense toile qui trônerait dans la galerie une fois terminée, en plein milieu de l'espace qui lui avait été alloué, flanqué par les portraits d'Ivo et Désirée.

Elle travaillait sur le portrait d'Ivo depuis fort longtemps déjà. Il devait être parfait et ne pas démériter. Ivo. Son amant. Le sentir contre elle la nuit, faire l'amour ou tout simplement discuter, lui faisait chaud au cœur. Elle contempla son esquisse. L'expression de tendresse se dégageant de son regard était la pièce maîtresse, elle voulait mettre l'accent sur cette caractéristique qui la séduisait tant. Son côté sombre. Elle en avait vu des aperçus lorsqu'ils faisaient l'amour, au vu de l'intensité des sentiments qu'il éprouvait... Ivo Zacca avait un secret, Sofia était plus décidée que jamais à découvrir ce dont il s'agissait. Lorsqu'il la croyait endormie, il sautait à bas du lit et regardait par la fenêtre des heures durant, il la contemplait, la caressait tendrement avant de se lover conte elle. Que lui arrivait-il ? Il ne dormait pas, par peur de la perdre.

Elle s'en ouvrit à Désirée, qui soupira.

– Si seulement je savais, je t'en aurais parlé ma chérie. Il a toujours été ainsi, peut-être pas si peu sûr de lui mais...

Elle ne trouvait pas le mot juste.

– Il a un cœur grand comme ça, il est profondément loyal, sa fidélité lui a causé bien du chagrin, c'est tout ce que je peux te dire. Il t'adore – sache-le.

– Je suis folle de lui, Dési. Je ferai tout pour qu'Ivo n'en doute jamais.

ELLE SE DEMANDAIT COMMENT TENIR promesse tout en peignant ses yeux magnifiques, elle ne connaissait pas ses limites, ce qui le faisait si cruellement souffrir. Elle ne lui ferait jamais de mal sciemment – pourquoi lui en ferait-elle d'ailleurs ? Elle l'aimait profondément – bien qu'ils n'aient pas encore échangé un « je t'aime », ce qui lui convenait parfaitement. C'était bien trop tôt. Elle voulait que ce soit sincère lorsqu'elle le lui dirait, qu'elle l'entendrait à son tour prononcer ses trois petits mots. Elle savait en son for intérieur qu'il ne l'abandonnerait jamais, pourquoi tant d'assurance, vu son passé douloureux. Tels deux funambules sur la corde raide.

Perdue dans ses pensées, Sofia n'entendit pas la femme entrer dans la galerie et tressaillit imperceptiblement.

– C'est remarquable. Vraiment remarquable.

Sofia se retourna et vit Clémence Brochu qui souriait. Ses cheveux blonds étaient relevés en un élégant chignon, elle portait une magnifique robe rose et lilas arrivant aux chevilles et moulant son ventre rond, ainsi qu'un sublime petit caraco en dentelle. Clémence s'approcha pour examiner la peinture de près. Sofia, couverte de copeaux de crayon et de peinture, les cheveux noués à la va-vite en bun, passait pour une gamine des rues en comparaison. Que Clémence voit le portrait d'Ivo la mettait vaguement mal à l'aise – elles avaient toutes deux, à un moment ou à un autre, été amoureuses d'Ivo.

Clémence hocha la tête en direction du portrait.

– Vous avez réussi à capter sa personnalité à la perfection.

Sofia rougit légèrement.

– Eh bien, hum...

– Ne vous inquiétez pas ma chère, je suis au courant pour vous deux.

Sofia ne savait pas quoi dire. Elle trouvait étrange que Clémence l'appelle « ma chère » – elle n'était pas beaucoup plus âgée qu'elle.

– Comment allez-vous ? Et le bébé ? C'est une fille m'a dit Ivo ?

Clémence hocha la tête en caressant son ventre, qui lui paraissait plus petit que la dernière fois.

– Elle se porte bien. C'est pour bientôt.

Sofia posa son pinceau.

– Mlle Brochu, je ne voudrais pas commettre de maladresse mais... je ne me serais pas mise en travers de votre chemin si Ivo avait voulu renouer. Lui et moi... on a commencé à se voir sérieusement – vous me comprenez – après avoir appris pour le bébé.

Clémence laissa échapper un petit rire.

– Je sais, Sofia. Appelez-moi Clémence. Je tenais à me présenter avant la naissance du bébé afin d'éviter tout malentendu. Je sais qu'Ivo veut s'impliquer pour son enfant, je ne voudrais pas que ça entache notre relation.

Sofia esquissa un demi-sourire.

– Bien évidemment. Je suis très heureuse pour lui.

Clémence posa la main sur son bras.

– Vous êtes adorable. Soyons amies. Qu'en pensez-vous ? On pourrait apprendre à se connaître. J'ai comme l'impression que vous et Ivo c'est une affaire qui marche.

Sofia ne savait pas comment le prendre mais décida de lui accorder le bénéfice du doute.

– Avec plaisir.

Clémence hocha la tête.

– On pourrait garder ça pour nous afin qu'Ivo ne se sente pas trop perdu.

Sofia hésita et acquiesça. Pourquoi pas ? Elle dirait à Ivo qu'elle avait sympathisé avec Clémence mais qu'elles garderaient leurs distances si elles ne trouvaient pas de terrain d'entente.

– Bien sûr. Excusez-moi de devoir écourter notre conversation mais je dois le terminer coûte que coûte...

– Bien sûr, j'étais simplement passée vous saluer. On boit un café ensemble la semaine prochaine ?

Elle tendit une carte à Sofia avec son numéro de téléphone.

– Avec plaisir, si j'ai terminé, répondit Sofia.

– J'ai hâte.

Sofia regarda Clémence sortir de la galerie, elle ne savait que penser. Elle détestait faire des cachotteries à Ivo mais comprenait pourquoi Clémence tenait tant à ce qu'elles soient amies. Elles faisaient toutes les deux parties de sa vie et Sofia voulait éviter les tensions.

Elle reprit son travail, se focalisa sur le visage d'Ivo et travailla à l'expression de son regard, en déposant de petites touches de peinture sur la toile. Elle mettait un point d'honneur à ce que son regard exprime l'amour envers son prochain, l'homme idéal.

LE MÉDECIN REGARDAIT ATTENTIVEMENT Ivo se frotter les yeux.

– Il ne s'agit pas d'une condamnation à mort, Ivo. Le cancer se soigne et se guérit. Ça a été pris au début.

– Je sais. C'est juste que... c'est Maman, tu comprends ? Personne n'est au courant, surtout pas Papa.

Roger Loomis, un vieil ami des Zacca, hocha la tête et sirota son café. Le médecin était descendu à Paris pour une conférence. Ils s'étaient croisés fortuitement et Ivo lui avait demandé son avis.

– Ivo, Adria est l'une des personnes les plus fortes que je connaisse. Si elle ne s'en sort pas, alors...

Roger le rassurait et Ivo lui en était reconnaissant, mais le terme « cancer » lui restait en travers de la gorge.

Sa mère l'avait appelé mais n'en avait pas parlé immédiatement, prenant d'abord des nouvelles de Sofia, de la galerie et de Clémence. Ses parents étaient enchantés à l'idée d'avoir une petite-fille, malgré des circonstances pour le moins étranges. Adria lui en parla alors qu'Ivo l'invitait au vernissage de la galerie.

– Mon chéri, je suis actuellement traitée contre un cancer, rien de grave, une tâche au poumon. N'en parle pas à ton père, il vient tout juste de se remettre en couple, je ne voudrais pas le voir rappliquer et tout ficher en l'air.

Ivo était trop choqué pour parler.

– Maman...

– Ne t'inquiète pas mon chéri, je vais bien. Ils vont m'enlever ce *figlio di putana*. J'ai droit au meilleur chirurgien du monde, à Paris.

– Ok, je serai là.

– Non, Adria haussa la voix. Non mon chéri, surtout pas. Le vernissage est pour bientôt, Sofia et Clémence vont s'inquiéter. Je vais bien.

– Mon Dieu, Mamma.

– Je te jure que je me sens bien, Piccolo. J'aurais mieux fait de me taire.

Ça le tarabustait. Pourquoi sa mère refusait son aide ? Elle avait raison avec le bébé, Sofia, son travail, pouvait-il parfaitement tout mener de front ?

Il remercia Roger qui resta au café et partit, longea la Seine jusqu'à la galerie. La rénovation était désormais terminée ; la façade en pierre d'un blanc étincelant était de toute beauté.

Ivo entra et écouta le silence. Plus aucun bruit de perceuse. La quiétude. Il se rendit sans bruit dans l'atelier à l'arrière où Sofia travaillait à son portrait, prit appui contre la porte et la regarda faire, admirant la douceur de son coup de pinceau, la finesse des détails. Elle était toute proche du tableau, complètement absorbée, c'était sensuel et érotique, Ivo réalisa, en la voyant face au portrait, l'intensité des sentiments de Sofia à son égard. Il entra à pas de loup tandis qu'elle reculait afin de juger de la qualité de son travail. Il glissa ses bras autour de sa taille, elle tressaillit légèrement et se lova contre lui, contemplant longuement le tableau sans parler.

Ivo prit délicatement le pinceau des mains, Sofia se retourna dans ses bras et plongea dans son regard. Ivo l'embrassa et glissa ses mains sous son chemisier. Il la déshabilla lentement et l'allongea sur la longue table en bois pour admirer son corps. Il prit le pinceau et le plongea dans un pot de peinture bordeaux. Sofia sourit alors qu'il traçait une ligne épousant ses courbes, de sa gorge à son sexe. Sofia se tortilla de plaisir pendant qu'il dessinait un cercle autour de son nombril. Il utilisa toutes les couleurs possibles pour peindre son corps, ses seins, ses cuisses douces. Il ôta son costume, il poursuivait son œuvre, son long sexe épais en érection pressé contre son ventre. Ivo peignit ses tétons d'un rouge profond, rehaussa ses clavicules de doré, s'agenouilla, écarta ses jambes et prit son clitoris dressé dans sa bouche. Sofia poussa un gémissement en sentant sa langue sur son petit bouton sensible, elle plongea ses doigts maculés de peinture dans ses boucles brunes. Il la fit jouir, se releva et planta son énorme verge dans sa vulve. Sofia poussa un cri et enroula ses jambes autour de lui tandis qu'il tenait fermement ses mains. La peinture rendait leurs corps glissants. Ses seins se pressaient contre son torse tandis qu'il imprimait de violents coups de bassin. Sofia s'agrippait à lui, enfonçait ses ongles dans son dos musclé, dévorait sa bouche. Ils baisaient si sauvagement qu'ils tombèrent de la table, Ivo replia ses genoux contre sa poitrine pour la pilonner en profondeur.

Sofia jouit, à bout de souffle, elle délirait presque, il lui faisait l'amour de façon incroyable, il éjacula, son sperme chaud et épais se répandit dans son vagin, elle enroula ses bras autour de son cou et l'embrassa.

– C'était inouï, Ivo Zacca.

Il lui souriait.

– Si tu savais combien je t'aime, *amore mio*.

Sofia sourit tandis qu'il l'attirait contre elle et mordillait son cou.

– L'italien est une langue hyper sexy...

Il lui murmura des mots qu'elle ne comprenait pas mais dont elle devinait le sens, tout en parsemant son corps de baisers. Elle éclata de rire lorsqu'il la regarda.

– Ton visage est plein de peinture – un vrai sauvage.

Ivo se mit à rire.

– Tu devrais te voir Bella... je n'ai jamais rien vu d'aussi beau.

Sofia laissa échapper un gloussement.

– Beau parleur. Viens ici et embrasse-moi.

Il obtempéra et repoussa ses cheveux bruns de son visage.

– Ce weekend, on part en voyage. Et ne me dis pas que tu as du travail, on va *parler* travail. Direction Venise. Maceo Bartoli, un ami marchand d'art, aimerait te rencontrer. Je lui ai montré des photos de ton travail, il voudrait discuter avec toi d'une éventuelle exposition.

Sofia sentit l'angoisse monter.

– Ivo... je ne me sens pas du tout prête.

Ivo sourit.

– C'est ce que tu crois. Un autre ami, Elli Navarro aimerait faire un article sur toi – n'aie crainte – une interview des plus basiques.

Sofia réfléchissait à toute allure.

– Ivo... ils vont me retrouver.

Ivo se renfrogna.

– Tu ne vas pas te cacher indéfiniment ma chérie, rappelle-moi qui t'a fichu dehors ? Désolé, c'est peut-être dur à avaler mais tu sais quoi, qu'ils aillent se faire foutre. C'est ton destin, Sofia. Tu ne leur dois rien.

Il contemplait son visage.

– Bella, j'espère que tu ne me caches rien ? Tu n'as jamais été menacée ni subi de pressions ? Ton beau-père...

Il ne pouvait aller au bout de sa pensée, Sofia prit son visage dans ses mains.

– Non, pas du tout. Aucune menace ni mauvais traitements. C'est moi le problème, je n'ai pas envie de tout ficher en l'air."

– Je te jure, *parole d'honneur,* que je ne les laisserai pas tout foutre en l'air, déclara Ivo avec fougue.

CHAPITRE HUIT

Tamara poussa un soupir de contentement alors que Penn Black se levait et reboutonnait son pantalon. « C'était incroyable. » C'était la troisième fois qu'ils se rencontraient au club, toujours à sa demande, mais Tamara n'en avait cure. Elle voulait être à ses ordres, qu'il choisisse ses vêtements, dans quelle position se mettre pour lui procurer du plaisir. Il s'avérait qu'elle adorait tout ce que Penn Black lui faisait. C'était un amant doué et limite brutal qui la plaquait au mur, la prenait parfois violemment sur un banc en bois. Tamara était aux anges lorsqu'il l'attachait, l'écartelait, sur la croix de Saint André ou la fouettait sauvagement.

Il l'avait simplement baisée aujourd'hui. Il avait pris sa main au bar, emmenée dans sa chambre habituelle, la numéro quatre. On y avait amené tout le nécessaire, conformément à sa demande. Il dépensait sans compter, Tamara l'imaginait milliardaire et propriétaire du bar, à moins qu'il fasse chanter les propriétaires quant aux activités de l'établissement. Elle penchait pour la première solution ; le personnel était hyper courtois et amical avec lui malgré son côté taciturne.

Tamara se redressa et prit sa main.

– Mon Maître aimerait une fellation ?

Black répondit par la négative.

– Non, pas aujourd'hui. Rendez-vous vendredi à minuit. Je viendrai avec un ami. On te tringlera en même temps.

Tamara poussa un petit gémissant, elle s'y voyait déjà.

– Mon Maître me fera mal ?

Son regard s'assombrit.

– Peut-être, si tu es sage.

– Maître, s'il te plait... je peux avoir une petite punition ?

L'espace d'un instant, elle crut qu'il n'accèderait pas à sa demande, il la retourna à plat ventre d'un mouvement leste, sa main s'abattit sur sa peau douce.

– Plus fort, Maître !

Black prit une raquette sur l'étagère et en asséna plusieurs coups sur ses fesses jusqu'à ce qu'elle sanglote d'excitation.

– Tourne-toi.

Tamara s'allongea sur le dos, elle avait mal partout mais exultait. Black fouettait son ventre, ses seins.

– Écarte les cuisses. Le fouet s'abattit violemment sur son clitoris, Tamara se cambra et jouit.

– Maître, s'il te plait... baise-moi.

Black posa le fouet.

– Je n'ai pas le temps. T'as qu'à terminer toi-même ou te trouver quelqu'un.

Il ouvrit la porte et sortit, laissant une Tamara contrariée. Elle se rhabilla en ravalant sa colère et sortit du club à sa suite.

Il monta dans un taxi, elle sauta dans le suivant, espérant le suivre jusqu'à chez lui. Les taxis slalomaient dans la circulation nocturne de New York, le taxi de Black finit par s'arrêter devant un luxueux gratte-ciel dans l'Upper East Side. Tamara le vit sortir du véhicule – une femme enceinte jusqu'aux dents l'attendait en souriant sur le pas de la porte.

Penn Black lui décocha un sourire resplendissant et prit la femme dans ses bras, Tamara ne l'avait jamais vu sourire de la sorte. Tamara serrait les dents. Il est *marié* et attend un bébé ? *Waouh de chez waouh.*

Tamara avait le sourire. Si Penn Black imaginait pouvoir la traiter comme un vulgaire bout de viande, il se fourrait le doigt dans l'œil jusqu'à l'omoplate. Il agissait comme bon lui semblait au club mais Tamara avait désormais un as dans sa manche. Elle ferait tout ce qui était en son pouvoir pour que sa femme vive un enfer et la contraigne à quitter Penn, Tamara s'installerait alors avec lui et satisferait ses désirs.

Tamara serait sous sa totale domination, à ses ordres, disponible vingt-quatre heures sur vingt-quatre.

Tamara esquissa un sourire.

– On rentre au club, ordonna-t-elle au chauffeur de taxi silencieux. Elle rentrerait, irait trouver Grant et aurait droit à son orgasme. Elle lui téléphona.

Il répondit, visiblement en train de baiser.

– T'es au club ?

– Oui… ne quitte pas, non, chevauche-moi, princesse. Excite-toi. T'es où ?

Tamara avait le sourire.

– En chemin. T'as apporté ce que je t'avais demandé ?

– Oui. C'est passé comme une lettre à la poste.

– J'ai soudoyé le vigile.

Grant éclata d'un rire de gorge.

– Tu as tes entrées. À plus.

Tamara raccrocha et songea à ce qu'il venait de dire. *Tu as tes entrées…* et si elle avait vraiment *ses* entrées, *tout* le pouvoir. Une idée se forgea dans son esprit. Elle éclata de rire. Comment n'y avait-elle pas songé avant !

ELLE ENTRA dans leur chambre au club un sourire triomphal aux lèvres. Grant l'attendait, nu, dans toute sa splendeur. Son corps et son visage n'égalaient pas Penn Black, ce qu'elle préférait en lui, hormis son sexe long et épais, était son arrogance, son regard totalement dénué de compassion. Il se branlait à pleine main tandis qu'elle se déshabillait.

– T'as envie de quoi, ce soir ?

– Fais-moi jouir allongée sur le banc. J'ai le vagin plein de foutre – j'espère que ça ne te dérange pas.

Grant haussa les épaules.

– Qu'est-ce que j'en ai à cirer ?

Il s'allongea sur le banc et lui montra un objet enveloppé de cuir noir posé sur le lit.

– Regarde. Ça devrait te plaire.

Tamara se dirigea vers le lit et défit l'emballage. Elle sourit en voyant les couteaux affutés et étincelants. Elle en prit un de taille moyenne et chevaucha la bite turgescente de Grant. Elle s'empala en soupirant d'aise et plaqua l'acier froid sur la poitrine de Grant.

– Ils ont déjà servi ?

La lame effleura sa peau, imprimant une légère marque rouge. Grant ne cilla même pas.

– Non. J'ai investi dans des couteaux neufs, rien que pour toi. On s'en servira avec qui bon nous semble, ou sur nous-même.

Tamara sentit une vague de chaleur la submerger.

– Tu aimes te faire taillader ?

Grant haussa les épaules.

– J'aime avoir mal.

Tamara fit courir la lame sur son cœur. Elle adorait exercer son pouvoir, elle pouvait lui ôter la vie d'un coup d'un seul.

– J'ai réfléchi à un truc, je vais ouvrir mon propre club. Très spécial, exclusif. On pourra faire fortune, voire mieux encore, profiter de nos petites manies.

Grant sourit.

– Continue.

Elle le regarda droit dans les yeux.

– De nombreuses personnes disparaissent chaque année dans cette ville. On ne retrouve jamais la trace de certaines d'entre elles.

Grant avait du mal à cacher son excitation.

– Celles qui disparaissent volontairement ?

Tamara esquissa un demi-sourire.

– Et celles qu'on choisirait. Tu ne crois pas ce serait encore plus excitant avec des personnes non consentantes ?

– Tu songes à quelqu'un en particulier ?

– Pas pour le moment. J'attends de trouver la personne qui me cassera suffisamment les couilles pour passer à l'acte.

Elle se tut, poussa un petit cri et un long gémissement. Grant grogna, son sperme se mêlait à celui de Penn Black. Elle se retira et s'allongea sur le lit.

– Discutons-en, on baisera plus tard.

Grant obéit sans mot dire et s'allongea à ses côtés.

– Je marche. Je mets la moitié des billes.

– Parfait. Je vais en parler à mon père et qu'il me file mes actions mais ça ne devrait pas poser problème.

– Fille à papa.

Le sourire de Grant s'évanouit devant son visage livide de colère.

– Hé, je *plaisantais*.

Tamara se radoucit.

– Ok. En piste, avant que tu débandes complètement. Le business attendra.

Sofia écarquilla grand les yeux tandis que la voiture les conduisait jusqu'au jet privé des Zacca. Ivo lui sourit.

– Je sais, c'est un luxe et on doit penser à la planète mais si un mec ne peut plus impressionner sa petite amie, où va-t-on ?

Sofia riait à gorge déployée.

– Ta présence suffit à m'impressionner, Ivo Zacca. Surtout, nu, précisa-t-elle, hilare. Ivo pressa ses lèvres sur les siennes.

– Maman a pris l'avion pour Paris hier, elle le laisse à notre disposition. C'est notre premier voyage ensemble, c'est pas bien méchant. Je ferai planter mille arbres pour me faire pardonner.

Sofia était perplexe.

– Ta mère est arrivée à Paris... et on s'en va ?

Ivo hésita avant d'acquiescer.

– Elle est venue pour affaires et sera là à notre retour. Elle a envie de passer du temps avec Clémence avant la naissance du bébé.

Sofia avait le cœur gros. Elle n'avait pas cherché à la contacter, non pas qu'elle n'ait pas eu le temps mais elle éprouvait une certaine jalousie envers la mère d'Ivo, qui passerait du temps avec l'ex-petite amie de son petit ami. Ne t'en mêle pas, se dit-elle. Tant mieux si elles s'entendent bien. Elle avait apprécié sa rencontre avec Adria, leur amitié ne faisait que commencer.

C'était tout nouveau, Sofia avait l'impression que sa vie prenait un virage à cent-quatre-vingt degrés.

Ivo caressait ses cheveux.

– Ça va ? Tu appréhendes l'interview ?

– Un peu. La seule expérience que j'ai de la presse était avec mon beau-père, dans les pages people. Mon Dieu, elle secoua la tête avec étonnement. Je me demande parfois comment Maman et moi avons pu vivre dans un monde aussi éloigné du nôtre.

Ivo sourit.

– Je te comprends.

Elle le regarda avec étonnement.

– Oui, ça a dû être vraiment dur pour toi de côtoyer les journalistes avec des parents stars de cinéma.

Ivo riait à gorge déployée.

– Je vois où tu veux en venir... mais j'étais adulte. J'ai tout fait pour me tenir à l'écart de cet univers – bien que j'adore Papa et Maman – je détestais me sentir envahi, nos vies scrutées à la loupe, dans les moindres détails, tous ces mensonges.

Il soupira, les yeux dans le vague.

– J'ai tout fait pour éviter la presse lorsque j'ai acquis une certaine renommée dans le monde de l'art. Je voulais éviter qu'on pense que mon succès était dû à la notoriété de mes parents. J'ai même changé de nom à un certain moment.

– Ah bon ? Changé en quoi ?

Il la regarda droit dans les yeux.

– Amory.

Elle le crut l'espace d'un instant et le réprimanda, soi-disant furieuse.

– T'es un marrant, toi.

Il sourit et embrassa le bout de son nez.

– Non, De Lucca. Le nom de jeune fille de ma grand-mère.

– Elle n'était pas célèbre ?

– Non, c'était la plus grosse bavarde que je connaisse.

Sofia sourit.

– Il en faut.

– Effectivement.

Ivo l'attira contre lui.

– N'aie crainte. Elli me fait une faveur, elle bosse en freelance et se fait rare ces temps-ci. Les magazines et les éditeurs du monde entier lui courent après mais elle n'est jamais contente. Son dada c'est les nouveaux artistes, tu verras elle est adorable, ce sera du gâteau.

Sofia se détendit légèrement.

– Et tes amis marchands d'art ?

– Nickel chrome. Je t'assure que tu vas bien t'amuser. Tout est organisé dans les moindres détails.

Sofia gloussa en voyant son regard empreint de gaieté et son sourire espiègle.

– Ah bon ? J'ai hâte de connaître le programme.

Il fit semblant de consulter son agenda.

– Alors aujourd'hui, vol à destination de Venise. Ok. Aller à l'hôtel. Faire l'amour bien sagement. Faire l'amour comme des bêtes. Dîner avec Elli et Indio, son mari. Boire un verre. Rentrer à l'hôtel. Baiser comme des malades. Appeler le service d'étage après minuit parce que ma petite-amie – toi – a faim et soif, un peu comme les Gremlins dont on doit s'occuper régulièrement.

Sofia riait aux éclats, elle avait les larmes aux yeux.

– T'as raison mais t'es vache pour le coup.

Ivo lui sourit et l'embrassa.

– Ça, c'est le premier jour. Deuxième jour – le matin, rendez-vous et interview avec Elli, on déjeune ensemble. L'après-midi, on fait l'amour. Le soir, on rejoint mes amis à leur galerie, on dîne, on danse et on rentre à l'hôtel en couchant dans un max de lieux publics – en essayant de ne pas se faire prendre en flag.

Sofia était excitée.

– Et le dernier jour ?

Ivo enfouit son nez dans son oreille et chuchota :

– Rien que toi et moi. On fera ce qu'on voudra. Quand on voudra. Où on voudra.

Sa main glissa sous sa robe et s'attarda sur sa cuisse. Sofia poussa un gémissement de plaisir et se colla contre lui, sa chemise sentait le propre, une odeur boisée. Les doigts d'Ivo glissèrent sous son slip, il la masturbait, s'attardant sur son clitoris.

– Oh oui, Ivo, murmura-t-elle les yeux fermés. Il embrassait ses paupières, ses joues, sa bouche, son ventre frémissait de désir, ses tétons pointaient.

– Ferme les yeux.

Il s'éloigna un bref instant à son grand déplaisir puis revint, la prit dans ses bras et la déposa sur un matelas moelleux.

– Garde les yeux fermés, *Bella*, j'ai envie de te toucher, de te regarder.

Il la déshabilla et caressa longuement son corps, posa sa langue sur son sexe, lapant son clitoris, elle était au septième ciel.

– Ivo...

Elle eut un orgasme, il plaqua sa bouche sur la sienne, son goût mêlé au sien lui procurait un plaisir infini. Elle descendit impatiemment sa braguette, Ivo n'eut presque pas le temps de se dévêtir, déjà elle passait ses jambes de part et d'autre de sa taille et le chevauchait.

– Dépêche-toi Ivo, s'il te plait.

Sa bite épaisse plongea dans sa vulve frémissante et béante, elle l'accueillait profondément et sauvagement, enfonçant ses ongles dans ses fesses fermes. Cet homme lui faisait un effet fou avec ses grosses mains, sa bite hors norme lui faisait voir des étoiles. Dire qu'elle était vierge, que le sexe ne l'avait jamais tentée voilà quelques semaines encore, Ivo lui apprenait à découvrir les joies du sexe.

– On va vraiment... *oh oui*... faire l'amour en public ?

Elle voulait qu'il raconte, ça l'excitait au plus haut point.

Ivo la pilonnait avec une cadence régulière en souriant.

– L'idée te plait ?

Sofia sourit, se cambra et plaqua son ventre contre le sien.

– Théoriquement oui... t'as déjà testé ?

– Non, pour tout t'avouer. Mais avec toi je suis prêt à tout.

Sa voix pleine d'amour lui donnait envie de pleurer.

– Pareil... oh, mon Dieu... Ivo... je vais jouir... *oui... oui...*

Elle jouit, ses violents coups de bassin se poursuivaient, elle le sentit frémir, il enfouit son visage dans son cou et poussa un long gémissement. – Sofia...

Il releva la tête, elle caressa ses boucles brunes plaquées sur son visage. Elle ne lui donnait pas la quarantaine avec son air d'éternel adolescent. Elle pensait qu'il avait quelques années de plus qu'elle lors de leur première rencontre mais pas *seize ans*, la différence d'âge ne la gênait pas le moins du monde. Leurs corps, leur sens de l'humour, leurs centres d'intérêt – étaient la preuve d'une harmonie totale, presque incroyable.

Elle aimait cet homme – elle en était persuadée et le lui dit. Il était profondément ému.

– L'entendre de ta bouche, Sofia, ma belle Sofia... me touche infiniment.

Elle l'embrassa de nouveau, ils refirent l'amour dans la chambrette et atterrirent à Venise une heure après. Sofia était tout excitée par ce weekend de découverte.

À vingt heures, ils étaient installés dans l'un des restaurants les plus prestigieux de Venise, donnant sur la lagune. Sofia portait une robe rouge foncé, ses cheveux noirs ondoyaient sur son épaule. Elle arborait le collier en rubis qu'Ivo lui avait offert à l'hôtel. Sofia ne portait pas de bijoux – des bijoux de valeur – ses oreilles et son nez étaient percés, elle mettait parfois de grosses bagues en argent au pouce et à l'index, une petite punkette. Le collier en question était une délicate chaîne en or blanc ornée d'un rubis de deux centimètres lui arrivant entre les seins. Le bijou éclatant ressortait sur sa peau mate.

Ivo lui avait fait la surprise à la sortie de la douche.

– Tu es adorable toute mouillée, on dirait que tu as couru sous la pluie, laisse-moi compléter le tableau.

Il se plaça derrière elle tout en contemplant leur reflet dans le miroir de la salle de bain. Sofia se blottit contre lui tandis qu'il passait le collier à son cou. Sofia ne pouvait détacher son regard de cet homme sublime déposant des baisers sur son épaule, la contemplant derrière ses longs cils épais.

– Je l'ai repéré dans un magasin d'antiquités, il est fait pour toi. La couleur...

Sofia était sans voix. Elle prit le rubis entre ses doigts et le fit miroiter.

– Ivo... c'est trop beau.

Il la prit dans ses bras en souriant.

– Non. *Rien* n'est trop beau pour toi.

LE RUBIS SCINTILLAIT sur sa peau. Pour la première fois de sa vie, Sofia se sentait vivante, sexy, aimée. Ivo avait approché sa chaise et déposait un baiser sur son épaule dénudée. Les invités étaient légèrement en retard – Elli Navaro avait envoyé un sms d'excuse voilà quelques minutes. La soirée était chaude, de petites lampes blanches étaient disséminées dans les arbres et plantes autour du restaurant. Un paisible murmure s'élevait au-dessus de la musique douce. Sofia ne s'était jamais sentie aussi détendue. Ils avaient passé l'après-midi à faire l'amour à l'hôtel – la suite au luxe inouï surplombant le Grand Canal faisait deux fois l'appartement de Désirée. Ils s'étaient promenés main dans la main dans les rues de Venise jusqu'au restaurant, Sofia embrassa Ivo.

– Merci, Ivo. Pour tout. Tu as changé ma vie.

Il plaqua ses lèvres sur les siennes et l'embrassa passionnément, sans se soucier du voisinage.

– Je t'aime plus que tout au monde, *Principessa*, déclara-t-il en appuyant son front contre le sien.

– Bonsoir, dit une voix douce, une brune sublime leur souriait. Elle donnait la main à un splendide grand brun. Ivo et Sofia se levèrent pour les accueillir.

– Sofia, je te présente Elli et Indio Navaro. Les amis, voici ma Sofia.

Elli prit Sofia dans ses bras.

– Je suis ravie de te rencontrer. Ivo nous parle constamment de toi.

Sofia rougit et Ivo leva les yeux au ciel.

– Ne gâche pas tout, Elli.

Elli ne se départit pas de son sourire. Mission accomplie.

Ils profitèrent de la soirée avec Elli et Indio. Répondre aux questions d'Elli serait plus facile que Sofia l'imaginait. Elli la rassura.

– On n'abordera aucun sujet qui te mette mal à l'aise, Sofia. C'est juste histoire de faire ton trou dans le monde de l'art. Ivo, t'as rendez-vous avec Maceo ?

Ivo approuva.

– Maceo Bartoli, expliqua-t-il à Sofia, le marchand d'art le plus en vue de toute l'Italie. C'était mon mentor – c'est toujours le cas. Il a hâte de te rencontrer.

Sa voix chaleureuse fit sourire Sofia. Le dîner se clôtura par un café, ils prirent enfin congé. Elli souriait à Sofia.

–À demain Sofia, on discutera entre filles.

Sofia et Ivo rentrèrent à l'hôtel. Ivo caressait le revers de la main de Sofia.

– Elli et Indio t'ont plu ?

– Énormément. Quel beau couple. Ils ont l'air très amoureux.

Ivo hocha la tête en souriant.

– Ils doivent certainement penser la même chose de nous.

Elle rougit, elle aurait bien voulu lui dire qu'elle l'aimait mais les mots ne venaient pas.

– Elli est une vraie beauté.

– Oui, elle est adorable. Un jour je te raconterai l'histoire d'Elli et Indio – de vraies montagnes russes.

Les rues étaient calmes, Sofia était tombée amoureuse de cette ville pittoresque aux immeubles surannés, aux ruelles et ponts déserts et paisibles nimbés d'une douce lumière.

– Venise est magnifique, dit-elle en soupirant. Ivo lui souriait.

– Ravi qu'elle te plaise.

Il l'entraîna dans une ruelle peu éclairée et la poussa doucement contre le mur d'un palais.

– Mais ce que je suis en train de contempler là maintenant » - murmura-t-il en effleurant ses lèvres – « est encore plus magnifique. »

Sofia passa ses bras à son cou et regarda son séduisant visage. Elle adorait ses yeux vert clair ourlés de long cils bruns, la cicatrice près de son œil, ses boucles brunes ébouriffées retombant sur son front.

– Ivo, je n'ai jamais vu d'homme aussi beau de toute ma vie. Tu n'as rien à envier à ton célèbre père. J'essaie mais je n'arrive pas à saisir, dans mon portrait, l'essence de ta personne. Rien ne vaut l'original, en chair et en os.

Ivo était tout sourire.

– Ça me touche mais j'aimerais faire quelque chose...

Il se pencha et l'embrassa passionnément, tous les sens de Sofia étaient en éveil. Les lèvres douces d'Ivo se firent plus avides, sa langue cherchait la sienne, il remonta sa robe, caressa ses cuisses, grimpa plus haut et ouvrit de grands yeux, visiblement surpris par l'absence de dessous.

Sofia sourit en rougissant.

– Je me suis habillée en conséquence selon tes desiderata dans l'avion, souffla-t-elle.

Ivo poussa un petit gémissement et titilla son clitoris, lui arrachant un gémissement. Elle posa les mains sur sa verge en érection pressée contre son pantalon, la libéra et le branla. Ivo la souleva et la pénétra, Sofia enroula ses jambes autour de sa taille. Ils s'embrassaient sauvagement tandis qu'Ivo la pilonnait violemment. Ils baisaient à la va-vite, l'adrénaline coulait dans leurs veines. Ils jouirent rapidement et éclatèrent de rire, le souffle court, haletant. Des passants se profilèrent devant la ruelle, Ivo fit taire Sofia en plaquant ses lèvres sur les siennes, avant d'éclater de rire.

– On s'est presque fait choper, murmura-t-elle. Ça le fit rire.

– Être pris en flag ne me déplairait pas, et toi ? Ou qu'on nous voit faire.

Sofia effleura ses lèvres.

– Pervers.

Ivo prit sa main en riant sur le chemin de l'hôtel.

– Et *toi* Sofia, aucun vice, *Bella* ?

Sofia réfléchit un instant.

– J'en sais rien. Avant de te rencontrer, oui je sais, tu vas me prendre pour une tarée mais... le sexe ne m'intéressait pas. Et maintenant je ne peux plus m'en passer. Je ne vois pas quels vices je pourrais avoir. Être pris en flag *est* excitant. J'en découvrirai certainement grâce à toi.

– Eh bien, Ivo l'embrassait. – tu aimes quand j'embrasse ton ventre.

Sofia sourit.

– Oui mais c'est pas un péché ça. On aura tout le temps de découvrir mes petits travers.

De retour à l'hôtel, ils prirent un bon bain chaud dans l'immense baignoire et firent l'amour jusqu'au petit matin. Ivo s'endormit la tête sur la poitrine de Sofia, les lèvres sur sa peau. Sofia resta éveillée un moment, elle contemplait par la fenêtre le ciel vénitien d'un noir d'encre. Quelque chose la tracassait mais elle ne voyait pas quoi. Était-ce parce qu'elle avait enfin le monde à ses pieds, tout ce qu'elle voulait ? L'homme qu'elle aimait dormait dans ses bras et ses œuvres étaient enfin reconnues à leur juste valeur. C'était stupide mais Sofia s'attendait toujours à ce qu'un malheur se produise depuis l'atroce journée des obsèques de sa mère.

Va au diable, Fergus Rutland, pour m'avoir fait douter de moi. Va te faire foutre. Sofia essuya les grosses larmes qui coulaient sur ses joues. Personne ne lui volerait son bonheur. Elle lutterait à mort pour le préserver.

Elle était loin de se douter qu'un fléau s'abattrait bientôt sur elle, n'épargnant aucun de ses proches.

CHAPITRE NEUF

L'interview avec Elli se déroula agréablement, Sofia lui parla longuement de son passé. Elle se sentit nerveuse après coup, alors qu'elles traversaient la Place Saint Marc pour rejoindre Ivo. Elle arrêta Elli.

– Concernant les Rutland... je préfèrerais ne pas en parler. Désolée.

Elli comprit immédiatement.

– Bien entendu Sofia, ne t'inquiète pas, rien ne paraîtra sans ton accord. Je ne t'en veux pas, ils ne méritent pas ton attention, encore moins tes louanges. Ils t'ont laissée tomber. Qu'ils aillent se faire *foutre*.

Sofia se détendit.

– Merci, Elli. J'ai... je ne voudrais pas qu'ils pensent avoir gagné la partie, que leurs actes revêtent la moindre importance à mes yeux.

Elli l'observa tandis qu'elles se promenaient.

– C'est toujours le cas ?

Sofia soupira.

– Oui. J'ai toujours ce manque de confiance en moi, la peur que tout me file entre les doigts au moment où je m'y attends le moins.

– C'est tout à fait compréhensible Sofia, on en passe tous par-là après un traumatisme. Il faut du temps.

Elli pressa affectueusement son bras en regardant devant elle, Sofia constata à son grand étonnement que son amie pâlissait légèrement.

– Pas par-là, dit Elli en entraînant Sofia à l'écart dans une ruelle.

Sofia était intriguée mais ne voulut pas se montrer curieuse. Elles rejoignirent Ivo en parlant de tout et de rien et prirent place pour un délicieux déjeuner.

Sofia tapota son ventre.

– J'ai dû prendre deux bons kilos depuis que je t'ai rencontré, Ivo Zacca.

Ivo sourit.

– Tant mieux, ça veut dire que tu es en bonne santé.

– Il a raison, Ivo m'a appris que tu avais la méningite lorsque vous vous êtes rencontrés.

Sofia leva les yeux au ciel.

– Exact, un plan d'enfer pour draguer.

Elli éclata de rire.

– C'est peu courant.

– Comment t'as rencontré Indio ?

Elli se radoucit.

– Nous sommes des amis d'enfance – c'est le frère de ma meilleure amie, le vrai coup de foudre.

Elle se rembrunit et se détourna.

– Nous sommes restés séparés quelques années, je vis désormais avec l'homme idéal.

Sofia souriait, elle mourait d'envie de savoir ce qui s'était passé mais voyait bien qu'Elli n'avait pas envie d'en parler.

– Vous avez deux enfants ?

Elli rayonnait.

– Enzo et Florentina. Ils n'ont qu'un an d'écart, ce sont encore des bébés qui nous accaparent énormément mais nous sommes très heureux de les avoir. Florentina taquine constamment Enzo – c'est super marrant.

Sofia faillit lui parler de la grossesse de Clémence mais se tut. Ivo n'avait rien dit, ce n'était pas à elle de le faire. C'était bien la preuve que cet aspect de sa vie ne la concernait pas. Elle n'avait pas encore appelé Clémence par manque de temps mais se promit d'y remédier lorsqu'elle serait de retour à Paris.

Ivo emmena Sofia faire un tour de gondole sur les canaux après déjeuner, ils rejoindraient Elli à la galerie pour la réception. Sofia admirait les magnifiques palais en voguant au gré des canaux. Elle poussa un soupir de ravissement lorsque le gondolier les amena sur le Grand Canal. – C'est paradisiaque, souffla-t-elle. Ivo riait doucement.

– Un de mes endroits préférés sur Terre. J'aimerais bien vivre ici.

Elle lui sourit.

– Ce doit être chouette de pouvoir décider de l'endroit où habiter.

Ivo hocha la tête.

– Pour toi aussi, d'ailleurs.

Elle leva les yeux au ciel.

– Oui, c'est du pareil au même. La rue m'appartient, en toute illégalité. Mon visa a expiré il y a un moment déjà.

Ivo était perplexe.

– Dési ne t'a pas procuré de nouveau visa ?

– Un visa temporaire. Ils posent un *tas* de questions concernant les six derniers mois, je n'ai pas encore répondu. Il faudra qu'on s'en occupe...

Ivo soupira.

– Laisse tomber les détails. T'as qu'à dire qu'on vivait ensemble.

Sofia secoua la tête.

– Tu encourrais la prison. S'ils ne veulent pas de moi à Paris... je me trouverais un ailleurs.

– *On* trouvera. Ne t'inquiète pas pour moi, je suis un grand garçon.

Sofia ne voulait pas ergoter et se contenta d'acquiescer. Ils rentrèrent à l'hôtel après leur tour en gondole afin de jouir d'un peu de repos avant la réception.

– Je ne comptais pas vraiment me reposer, dit Ivo en prenant Sofia, tout sourire, dans ses bras.

La journée était chaude, les porte fenêtres donnant sur le balcon laissaient entrer un petit air agréable. Ils se déshabillèrent mutuellement en prenant tout leur temps et s'allongèrent sur le lit. Sofia déposait des baisers dans le cou d'Ivo, occupé à caresser son ventre.

– T'as aimé baiser dans la ruelle hier soir ?

– Oui, j'aime faire ça *partout* avec toi.

Ivo enroula ses jambes autour de sa taille ; sa bite en érection titillait sa chatte. Elle poussa un gémissement mécontent alors qu'il la pénétrait et se retirait.

– Ivo...

Elle se tortillait tandis qu'il recommençait en riant, rayonnant.

– Petite impatiente.

Il s'empara de la cravate posée sur la chaise près du lit.

– Je vais te donner une bonne leçon.

Il noua la cravate à ses poignets qu'il attacha à la tête de lit. Sofia éprouvait un mélange de hâte et d'excitation. Ivo lui banda les yeux, elle se sentait perdue, dans l'incapacité de voir son beau visage, elle frissonna de plaisir lorsqu'il se mit à effleurer son corps de haut en bas.

– Tu ne sauras pas où je vais poser ma langue, mes mains... mon sexe. Sofia, ma chérie, tu m'autorises à te toucher partout ? À te baiser à ma guise ?

Elle hocha la tête, mouillant rien qu'à l'idée. Elle ferma les yeux et s'abandonna à ses caresses. Il traça un cercle autour de son nombril du bout du doigt qu'il avait un peu rêche, avant de descendre jusqu'à son clitoris. Il pressa ses lèvres sur les siennes, leurs langues se mêlèrent.

– Sofia... chuchota-t-il.

Son cœur accélérait, son ventre palpitait, sa voix était langoureuse. Elle referma ses cuisses autour de ses hanches, son gland se lova à l'entrée de sa vulve, il la pénétra d'un violent coup de rein. Ne pas pouvoir le toucher ou le voir la rendait folle mais elle aimait se laisser aller, qu'il fasse d'elle ce qu'il voulait. Ses vigoureux coups de rein lui procurèrent un orgasme, sa grosse bite pilonnait et dilatait son sexe béant et mouillé quand il la baisait. Elle jouit en gémissant, murmurant son prénom sans relâche, il ne lui laissa pas le temps de respirer, l'installa à plat ventre et écarta doucement ses fesses.

– Oui ? murmura-t-il à son oreille.

Elle acquiesça. Il se fraya un passage dans son cul. Sofia poussa un cri, la douleur fugace était infiniment agréable. Ivo prenait son temps, la sodomisait lentement, doucement, s'assurant qu'elle prenne autant son pied que lui. Son orgasme était plus intense, ses sens en éveil, elle avait le tournis. Elle s'affranchissait, dans le sens positif du terme, elle était prête à tout avec lui, une vraie aventurière.

– Ivo ? ils se reposaient lovés l'un contre l'autre, le visage de Sofia blotti contre sa poitrine.

Il embrassa son épaule.

– Oui ma chérie ?

– J'aimerais bien... essayer autre chose.

– Comme quoi, par exemple ?

Elle lui souriait, ses mains étaient toujours attachées mais Ivo avait retiré son bandeau.

– Comme ça. J'aime que tu te montres autoritaire. Tu pourrais m'attacher pour de bon ou... Elle s'arrêta, perdue et sourit gauchement. – Je ne suis pas adepte du bondage mais pourquoi pas.

Ivo sourit à son tour.

– Ravi de l'apprendre. C'était plutôt soft, je ne suis pas spécialiste du BDSM mais on peut toujours essayer. Je pense à certaines choses... qui me tentent, et d'autres pas du tout.

– Comme quoi ?

Ivo hésitait.

– J'aime pas le sang, les scarifications, ce genre de trucs, du style Angelina Jolie et Billy-Bob.

Sofia pouffa de rire.

– Moi non plus. J'ai bien *aimé* baiser en public.

Elle indiqua les vastes fenêtres donnant sur le Grand Canal.

– Tu pourrais me prendre contre la vitre, en pleine nuit. Les gens hésiteraient entre rêve et réalité. Elle sourit en sentant sa verge dressée contre sa cuisse.

– Oh, l'idée te plaît apparemment ?

– Oui, énormément.

Ivo était sous le choc.

– Ça m'excite, d'autres hommes admireraient ton corps sublime pendant que je te baiserai. Ce doit être mon côté primitif qui ressort.

Sofia réfléchit.

– Non, ça ne me gênerait pas – tout dépend du contexte. On ne pourrait pas... faire ça dans un endroit bien spécifique ?

Elle rougit violemment, leur conversation l'excitait énormément. Ivo ressentait la même chose, il la fit rouler sur le dos et la pénétra.

– Il existe en effet des lieux spécialisés. Et si on envisageait – simple suggestion, ne t'emballe pas – une partie à trois ? Ou à quatre ? Te faire tringler par un autre homme et moi, encore faut-il que tu sois consentante, me permettrait de réaliser un fantasme très intime. Je ne te demande pas de le faire, mais j'aimerais bien partager ce type d'expérience.

– Tu ne serais pas jaloux ?

– Non, vu le contexte. J'ai déjà assisté à des partouzes.

Sofia ouvrit de grands yeux.

– Ah bon ?

Quelque chose s'éveillait en elle à l'idée de se faire mettre par Ivo et un autre, elle savait qu'ils lui procureraient tous deux du plaisir, la feraient mouiller.

– Je ne me sens pas vraiment prête mais on pourrait demander à un professionnel de se joindre à nous de temps à autre si tu veux. Homme ou femme, précisa-t-elle en rougissant.

Ivo souriait en lui faisant l'amour.

– T'es sérieuse ?

Sofia acquiesça.

– Ça va te paraître bizarre mais tu m'as fait découvrir un nouvel univers, le monde du sexe. J'adore ça, je suis *prête à tout*. J'ai envie de vivre de nouvelles expériences avec toi, Ivo, je suis raide dingue de toi.

Sofia rougissait. En avait-elle trop dit ? Non, vu le regard éperdument amoureux se lisant sur le beau visage d'Ivo. Il la fit jouir, elle hurla en frémissant et l'attira étroitement contre lui.

– Sofia ?

– Oui mon chéri ?

Il effleurait inlassablement ses lèvres, la rendant ivre de désir. Son visage se fendit d'un sourire.

– Je suis fou amoureux de toi ma belle et extraordinaire Sofia, amoureux fou.

Sofia avait les larmes aux yeux.

– Je t'aime, Ivo Zacca. Je t'aime depuis le jour de notre rencontre, je t'aime pour toujours...

Ivo écrasa ses lèvres sur les siennes. Ils firent de nouveau l'amour, le temps avait suspendu son vol, plus rien n'existait, ils étaient seuls au monde.

CHAPITRE DIX

Fergus Rutland contemplait fixement son portrait dans un magazine en vue, sur papier glacé. Ainsi donc Sofia était à Paris, sur le point de devenir une artiste renommée dans le monde de l'art. Une myriade d'émotions gonflait sa poitrine. La fierté. La honte. *L'amour*.

La vie de Fergus s'était arrêtée à la mort de Devika, la mère de Sofia. La présence de Sofia chez lui, si belle, si semblable à sa femme bien-aimée, lui était insupportable. Elle aurait refusé de partir s'il le lui avait expliqué, elle aurait voulu rester s'occuper de lui. Sofia était l'unique point positif dans la vie de Fergus, et la raison pour laquelle il devait se débarrasser d'elle.

C'est ce qu'il se répétait – il avait agi pour son bien. La vérité était toute autre, Tamara avait toujours détesté Sofia, jalousant sa beauté, sa gentillesse, sa silhouette pulpeuse, allant jusqu'à convaincre Fergus, dévoré par le chagrin, d'enterrer Devika à l'extérieur du caveau familial et bannir sa fille.

Pourquoi diable avait-il marché dans la combine ? Il aimait bien évidemment sa fille malgré son caractère de vipère. Il était exactement comme elle avant de rencontrer Devika. Froid, réservé, dénué d'empathie. Jonas avait été le bouc émissaire de la famille. Judy – la première femme de Fergus – était faible, mais elle s'était avérée aussi impitoyable que sa fille et son mari. Lorsqu'elle chuta dans les escaliers et que sa tête s'était fracassée sur le sol en marbre, ce fut un énorme choc...pour Jonas et Fergus. Tamara n'avait pas semblé particulièrement choquée ou chagrinée par sa mort, bien qu'elle ait joué son rôle de fille éplorée à merveille lors des funérailles de sa mère. Fergus entendait les rumeurs qui couraient lors de la veillée funèbre – Judy était tombée comment, exactement ? On l'avait soupçonné, ainsi que Tamara, mais personne ne s'était préoccupé de Jonas, anéanti, seul dans un coin.

Fergus ne voulait pas y penser. Il toucha la photo de Sofia. Elle avait mûri, semblait plus sûre d'elle. Ses longs cheveux noirs rehaussés de mèches bleues lui arrivaient presque à la taille, ses yeux sombres ourlés de kohl fixaient l'objectif. Elle était très belle et ressemblait à s'y méprendre à sa regrettée mère, si chère au cœur de Fergus. Il relu l'article. Elle commencerait à travailler dans la galerie parisienne d'ici la fin de la semaine. Fergus contacta sa secrétaire et lui précisa ses besoins.

– Obtenez-moi une invitation pour le vernissage sous un pseudonyme, je ne voudrais pas affoler Sofia. Réservez un vol et un hôtel à Paris. Ou plutôt... réservez deux billets retour.

Il raccrocha. Le moment était venu de ramener Sofia chez elle.

TAMARA IGNORA le vigile posté devant le club de son père et entra. Elle s'en tamponnait le coquillard – « Rutland » agissait tel un sésame ouvrant de nombreuses portes. Son père était dans le jardin, il lisait un livre en sirotant un gin tonic.

– Salut, Pa.

Fergus leva les yeux à contrecœur.

– Tamara, je suis venu ici pour échapper à ma famille, pas pour me faire harceler.

– Relax, Pa, je t'ai apporté ce que tu m'avais demandé.

Elle lui tendit une épaisse liasse de documents. Fergus posa son livre qui glissa, une feuille pliée s'en échappa. Tamara fut plus rapide que Fergus.

Fergus soupira tandis qu'elle lissait l'article sur ses genoux.

– Tamara...

– La SDF vit à Paris ? » lança Tamara d'un air mauvais en prenant connaissance de l'article. « Mouais. Elle ne parle pas une seule fois de nous. Sympa, la reconnaissance familiale. »

– Tu ne peux pas lui en vouloir après ce que je lui ai fait.

Tamara leva les yeux au ciel.

– Tu as fait ce qu'il fallait, la *seule* chose à faire.

– Je ne suis plus sûr de rien.

Tamara se montrait impassible.

– Que veux-tu dire par là ?

Fergus ne quittait pas sa fille des yeux.

– Ça veut dire... que je ramène Sofia à la maison. Chez elle. La communauté d'artistes présente se fera un plaisir d'accueillir la talentueuse Sofia à bras ouverts. Ma fille me manque, Tamara.

– Ta *belle*-fille, siffla Tamara.

Elle expira profondément pour retrouver son calme. Elle contempla les pelouses impeccables et se mordit les lèvres.

– On s'en fiche d'elle, Papa. Il me faut une réponse pour le club. On doit remettre notre offre d'ici demain sinon l'affaire nous filera sous le nez.

Elle se détendit légèrement.

– Tu as toujours voulu que j'ai un centre d'intérêt, une passion, c'est chose faite.

– Un club privé réservé à l'élite ?

– Comme celui-ci, mais ciblé vers une clientèle plus jeune. Exclusivement sur invitation. En espérant attirer ce que notre belle ville compte en beaux jeunes gens fortunés.

Fergus prit connaissance de son business plan.

– Il a l'air de tenir la route.

– En effet. Tout un pan de culture qui ne demande qu'à être exploité.

Son père la contempla.

– Des jeunes loups aux dents longues avec un revenu confortable à New York ? N'est-ce pas le but même d'un club ?

Tamara adressa un sourire glacial à son père.

– Pas *sélect* au sens où tu l'entends. Je compte attirer une élite... en quête d'intimité.

– De quel genre de club s'agit-il, Tamara ?

Elle esquissa un rictus.

– Un lieu de rencontre, jouir l'un de l'autre, sans craindre un quelconque jugement.

Fergus lui jeta un regard noir.

– Un club libertin ?

– Rien de vulgaire, Père, réservé à une élite en quête de rencontres de qualité, un club privé haut de gamme, si tu préfères.

Elle débitait ses mensonges avec une facilité déconcertante.

Fergus poussa un soupir.

– Peu importe.

Tamara le vit retourner à son magazine. Elle devait avouer que l'ex-belle-sœur qu'elle détestait tant était sublime. Elle était en passe de devenir célèbre sur la scène artistique. Tamara observa son père, mieux valait se le mettre dans la poche et arrêter de poser trop de questions.

– Appelle Sofia si ça te chante.

Fergus remarqua son regard réprobateur.

– T'as pris un choc sur la tête ou quoi ?

Tamara haussa les épaules.

– Qu'est-ce que ça peut me foutre, si t'es content de la voir ? Elle a l'air d'avoir fait son trou à Paris, tu auras du mal à la persuader de rentrer.

Fergus se rembrunit et se détourna.

– C'est ce qu'on verra.

Tamara n'avait qu'une envie, quitter le club au plus vite.

– Tu me signes les documents oui ou non ?

– Hein ? Oh, oui. Vas-y, ouvre ton club. Je suis content que tu aies enfin trouvé ta voie, Tam. Excuse-moi si je t'ai paru distrait.

Il a vraiment la tête ailleurs, songea Tamara en l'embrassant sur la joue. – Je t'aime, Papa.

– Je t'aime aussi ma chérie.

SUR LE TRAJET la ramenant en ville, Tamara aurait beaucoup plus dû songer au nouveau club que ce dont elle avait parlé à son père. Ce lieu deviendrait un haut lieu de la débauche si elle parvenait à ses fins, et en coulisses, elle s'adonnerait avec Grant à leurs besoins sanglants. Elle ne pensait pas au club mais à une personne qu'elle adorerait emmener là-bas. Une personne qu'elle voulait détruire, pervertir et tuer. L'unique personne qu'elle détestait, la seule qui connaissait son secret le plus vil.

Sofia.

CHAPITRE ONZE

Ils étaient rentrés sur Paris depuis une semaine, le vernissage de *La Galerie Désirée* aurait lieu dans moins de douze heures. Sofia regarda sa montre. Onze heures quarante-trois minutes exactement. Elle avait la nausée. Un artiste avait retiré deux peintures figurant normalement à l'inauguration. Désirée lui avait commandé deux œuvres abstraites au pied levé. Elle avait travaillé d'arrache-pied pour les achever mais impossible de se décider pour les accrocher. Désirée avait installé les œuvres de Sofia initialement exposées dans l'alcôve à une place de choix, elle en était toute retournée.

Elle recula pour juger de son travail. Ses deux toiles abstraites aux couleurs vives, éclatantes et vibrantes, étaient certes son travail le plus abouti mais elle avait un faible pour le portrait d'Ivo. Elle avait réussi à capturer l'essence-même de son amant, l'homme dont elle était amoureuse. Elle avait parfois du mal à y croire. Elle réintégra l'appartement de Désirée une fois convaincue d'avoir fait de son mieux, tout était fin prêt pour l'exposition. Désirée était sortie, son emploi du temps débordait d'interviews à accorder en prévision du vernissage. Sofia repensait à l'article d'Elli – elle avait tenu promesse, son article était parfait, un bref portrait qui n'empiétait pas sur l'intimité de Sofia. Conformément à son souhait, aucune mention de sa relation avec Ivo n'y figurait – toutes deux savaient que ses parents étaient des stars de cinéma, tous les regards seraient alors focalisés sur lui, ce qui n'était pas le but.

Ils parlaient de vivre ensemble. Ivo lui avait annoncé rechercher des appartements à Paris et demandé de l'accompagner après l'inauguration, lorsqu'elle serait moins occupée.

– Je sais d'ores et déjà que tous les galeristes du monde viendront frapper à ta porte, ajouta-t-il en souriant. Elle l'embrassa.

– Tu es partial.

– C'est exact mais tu es extrêmement douée, ne l'oublie jamais.

Sofia arpentait les rues de sa ville d'adoption, le cœur en liesse. Elle avait vraiment eu de la chance de rencontrer un homme si extraordinaire. Au lieu de rentrer, elle décida d'aller voir Stefan, son sauveur lorsqu'elle était à la rue. Il lui sourit en la serrant dans ses bras.

– Alors t'es devenue une superstar, il la taquina en agitant un exemplaire du magazine dans lequel on parlait d'elle. Sofia leva les yeux au ciel.

– Ha, pas encore mais je m'en sors plutôt bien. Comment vont les affaires ?

Stefan avait le sourire.

– Très bien. Presque trop. Je reçois des tas de commandes de restaurants gastronomiques depuis que t'es tombée malade et que t'as rencontré l'homme de ta vie. T'es au courant ?

Sofia laissa échapper un gloussement.

– C'est Ivo qu'il faut remercier, pas moi. C'est l'homme le plus généreux du monde.

– Toi et lui...

Sofia rougit et acquiesça.

– Enormément.

– Je suis content pour toi ma p'tite. Regarde-toi, il souleva la bâche de l'étal.

– Regarde tout le chemin parcouru.

Sofia sentit les larmes lui monter aux yeux.

– Je n'aurais jamais survécu sans toi, Stefan.

Elle salua son ami et poursuivit son chemin jusqu'à la maison. Elle prendrait un bon bain et s'habillerait pour la réception. Elle se demandait ce qu'elle allait bien pouvoir mettre et l'aperçut en montant les escaliers.

– Bonjour.

Un accent américain. Elle se retourna sur un homme souriant, blond aux yeux bleus, du même âge qu'Ivo.

– Bonjour.

– Je viens d'emménager. Felix Hammond.

Ils se serrèrent la main.

– Sofia. Vous occupez l'ancien appartement de Mme Forniere ?

Il sourit.

– Si Mme Forniere habitait au numéro trois, alors oui. Je vous avoue mon soulagement, quelle chance de tomber sur une américaine. À moins que vous soyez canadienne.

Sofia éclata de rire, ce nouveau venu aux manières amicales lui réchauffait le cœur.

– Non, vous aviez vu juste. Je suis née aux États-Unis. Pourquoi Paris ?

– L'inspiration. Je suis écrivain. Et vous ?

Sofia hésita.

– Artiste. Je suis pressée – nous avons un vernissage ce soir.

– Vraiment ?

Sofia hocha la tête. Il semblait intéressé, elle chercha une invitation froissée de son sac et la lui tendit.

– Venez si le cœur vous en dit. Il y aura du champagne et des toasts, c'est mieux que rien.

Felix la remercia. Sofia le salua, ils se verraient plus tard. Elle monta à l'appartement, se doucha, enfila sa robe et alla dans la cuisine grignoter quelque chose. Elle opta pour du fromage et une pomme et s'allongea après son frugal repas, histoire de se calmer. Elle venait de s'assoupir lorsqu'on frappa à la porte, elle ouvrit les yeux et sourit.

– Salut ma beauté.

Ivo se pencha et l'embrassa, il dénoua sa cravate et déboutonna sa chemise. Elle admirait son superbe amant aux boucles brunes ébouriffées se déshabiller, ses yeux vert clair pétillaient d'amusement.

– La vue est belle ?

Il était entièrement nu, le sexe en érection. Il dénoua la ceinture de sa robe et écarta ses pans. Il poussa un gémissement de désir en enfouissant sa tête contre son ventre, sa langue effectuait des cercles autour de son nombril, ses lèvres se plaquaient sur sa peau.

– C'est bon, murmura-t-elle en fourrant ses doigts dans ses cheveux.

Il se leva et l'embrassa sur la bouche, ils s'allongèrent sans se quitter des yeux. Dehors, il pleuvait à verse, ils se contemplèrent longuement, écoutant leurs souffles respectifs, le silence régnant dans l'appartement. Ivo passa ses jambes autour de sa taille et la pénétra en souriant. Ils firent l'amour tendrement, Sofia haletait tandis que ses coups de boutoir la menaient au paroxysme du plaisir, alors qu'il plaquait ses lèvres contre les siennes. Ivo écarta les cheveux de son visage, contempla son expression alors qu'elle s'abandonnait, ivre de plaisir tandis qu'il accélérait l'allure. Il la pilonnait plus profondément, plus brutalement, écartait ses jambes en grand, clouait ses mains au lit, un lien se créait. Sofia ne pouvait imaginer éprouver pareille sensation avec qui que ce soit d'autre. Elle se cambra et jouit en hurlant.

– Ivo, *oui, Ivo !*

Elle le sentit éjaculer copieusement en elle, son sperme abondant inondait son vagin. Elle adorait cette sensation, sentir son sperme en elle, elle se félicita d'avoir opté pour un moyen de contraception, les préservatifs étaient désormais inutiles. Le savoir à ses côtés lors du vernissage la rassurait.

– Je t'aime, chuchota-t-elle. Ivo lui sourit en reprenant son souffle.

– Comment ai-je pu vivre sans toi ?

Elle gloussa.

– Ce que tu peux être fleur bleue.

Ivo riait.

– Je ne t'apprends rien.

Il roula sur le flanc et s'appuya sur son coude. Sofia effleurait sa joue tandis qu'il caressait son ventre.

– T'es pas trop tendue pour ce soir ? Ce sera fantastique. Tu vas être la star de la soirée.

Sofia grommela.

– N'importe quoi.

– Si je te le dis, Ivo sourit en haussant les épaules.

– Maceo sera là, il faisait allusion au marchand d'art rencontré à Venise. Maceo Bartoli était un fêtard qui adorait déconner mais était des plus sérieux en affaires – concernant ses œuvres notamment. Sa présence ce soir la réconfortait.

– On attend d'autres amis qui évoluent dans la sphère artistique. Floriana Mallory représente les Mallory, tu vas l'adorer. Vous êtes presque... comment dire... des alter ego. Des prêtresses geek.

Sofia riait.

– Des prêtresses geek ? Tu me vois comme ça ?

–Absolument.

Il se pencha et prit son téton dans la bouche.

Sofia réfléchissait tandis qu'il se nichait au creux de ses bras et lui donnait du plaisir.

– J'adore. Oh, et...

Ivo passa à l'autre sein. Il titilla son mamelon jusqu'à ce qu'il se dresse et devienne sensible, Sofia poussa un gémissement, les yeux mi-clos. Il s'allongea sur elle et pressa ses lèvres sur les siennes. Elle enroula ses jambes autour de lui, sa verge se fraya un passage dans sa vulve, il la pénétra d'un ample coup de rein. Elle ouvrit les yeux, il la contemplait, éperdu d'amour.

– Toujours nerveuse pour ce soir ? murmura-t-il, elle secoua la tête tandis que son corps réagissait.

– Non... plus du tout, Ivo... plus du tout.

Felix Hammond – alias Grant Christo – les écoutait faire l'amour grâce au mouchard qu'il avait installé dans la chambre de Sofia Amory. Il ferma les yeux et s'imagina en train de baiser cette fille superbe, la faire hurler de plaisir et jouir. Tamara ne lui avait pas parlé de son amant lorsqu'elle lui avait demandé de faire en sorte que la vie de son ex-belle-sœur soit un enfer. Elle n'était peut-être pas au courant.

Peu importe. Il devait accomplir sa mission. Les instructions de Tamara étaient claires – détruire la petite vie tranquille et la carrière en devenir de Sofia et la ramener à New York. Ils feraient d'elle leur esclave sexuelle avait dit Tamara, avant de la tuer. Son regard flamboyait d'excitation lorsqu'elle décrivait les atrocités qui attendaient Sofia Amory.

« Je la *briserai*, » avait-elle craché en le chevauchant sauvagement, tout en énumérant ce qu'elle ferait à sa rivale. Grant comprenait pourquoi Tamara était dévorée de jalousie devant Sofia, si belle, sublime, douce, aimante. Elle incarnait tout ce que Tamara ne serait jamais. Tamara le regardait en le baisant, avant de succomber à un orgasme d'anthologie.

– Je veux te regarder la tuer à petit feu, avait-elle dit, le visage en sueur, véritable mélange de désir et de colère. « Je veux la voir périr sous la lame de ton couteau. »

Grant souriait in petto en entendant les hurlements de plaisir de Sofia Amory. *Aucun problème*, songea-t-il. Il la baiserait *et* la poignarderait une fois qu'elle se trouverait devant lui, en chair et en os. Il imaginait déjà l'étonnement et la douleur sur son visage tandis qu'il la poignardait à mort. *Pourquoi ?* demanderait-elle, *Pourquoi ?* en agonisant dans ses bras.

Il ne lui dirait rien. Sofia Amory ne saurait jamais pourquoi elle avait été sauvagement assassinée – la raison était simple et incompréhensible.

Parce que j'avais envie de tuer. Grant rit doucement en écoutant la fille qu'il tuerait bientôt.

12

CHAPITRE DOUZE

S ofia cachait ses mains tremblantes entre ses genoux, dans le taxi qui la conduisait avec Ivo à la galerie. Ivo l'avait prévenue de la présence de la presse, elle poussa un cri d'effroi et se refugia dans les bras d'Ivo, les flashs crépitèrent dès qu'elle posa un pied sur le tapis rouge. Il gloussa et murmura à son oreille.

– Tout va bien se passer ma chérie. Donne-moi la main, je suis là.

Il tint promesse et l'aida à se frayer un passage parmi la foule, ils eurent droit à quelques sifflets. Elle supposait que leur relation était désormais de notoriété publique, ce qui l'attrista.

Une fois à l'intérieur, Ivo l'aida à ôter son manteau et regarda avec admiration sa robe lilas moulante faisant ressortir sa poitrine et ses courbes, exaltant sa peau mate. Ivo l'attira dans un coin et l'embrassa.

– Tu es superbe, mon trésor.

Sofia lui rendit son baiser avec l'énergie du désespoir, Ivo se libéra en rigolant.

– J'y arriverais jamais si je bande, dit-il en indiquant son sexe en érection. Il était splendide dans son costume anthracite, sa chemise bleue faisait ressortir le bleu de ses yeux. Sofia se blottit contre lui.

– Je t'aime, Ivo Zacca. Tout ça c'est grâce à toi, merci.

– Je t'en prie, je n'en mérite pas tant. On forme une équipe toi et moi. À tout jamais.

Sofia hocha la tête, elle avait chaud, était détendue après l'amour.

– À tout jamais, concéda-t-elle. Ivo lui souriait.

– Prête ?

Elle inspira profondément.

– Prête.

ELLI NAVARO PRIT Sofia dans ses bras.

– Quel plaisir de te revoir ma chérie.

Sofia était enchantée.

– Je n'imaginais pas te voir ici ! Oh, mon Dieu Elli, merci, merci d'être venue.

Elli souriait.

– Il fallait à tout prix que je vienne. Indio t'envoie ses amitiés mais il avait du travail, il s'occupe des gamins à la maison. Je crois que Maceo et Ori sont ici… tu connais Maceo mais pas Ori, je crois ?

Sofia secoua la tête, Elli l'entraîna et lui présenta la femme de Maceo. Orianthi Bartoli était sublime et charmante, elle mit immédiatement Sofia à l'aise.

– Maceo travaille dans la mode, se plaignit-elle en souriant.

– Au fait ma chérie, une de tes œuvres a été vendue.

Sofia la regarda les yeux ronds.

– Tu plaisantes.

Ori riait à gorge déployée.

– Non. Viens, allons voir – la foule se presse autour de tes œuvres.

Sofia avait réussi à agencer ses œuvres harmonieusement, la toile représentant la galerie trônait au centre, flanquée des portraits de Désirée et Ivo, et deux toiles abstraites aux extrémités. La disposition n'était pas des plus recherchées et manquait de cohésion mais ça ferait l'affaire. Sofia ressentit une grande tristesse en voyant le portrait d'Ivo marqué *Vendu*.

Ori chuchota devant son expression

– À ta place, je me réjouirais de le voir partir – les affaires sont les affaires, tu possèdes l'original. Nombreux sont les jeunes artistes partagés lorsqu'ils doivent se séparer d'œuvres qui leur tiennent à cœur. Ce portrait est saisissant.

– Le modèle est particulièrement inspirant.

Sofia sourit, elle se sentait légèrement mieux. Ivo discutait avec Maceo et un autre homme grand, blond et séduisant, l'air agréable, qu'elle ne connaissait pas. Elli suivit son regard.

– Grady Mallory. La très belle asiatique est Quilla, sa belle-sœur. Ils chapeautent la fondation artistique la plus influente au monde. Tu as entendu parler de Ran Mallory ?

Sofia hocha la tête. Évidemment. Ran en était – de son vivant – le membre le plus éminent, issu d'une famille gravitant dans le monde de l'art. La fondation de Quilla, sa belle-fille, excellait à débusquer et faire émerger de jeunes artistes issus de milieux défavorisés. Sofia connaissait cette fondation mais ne pouvait pas se targuer d'être « défavorisée », elle faisait à l'époque encore partie de la famille Rutland.

– Viens, je vais te présenter Grady et Quilla. Flori doit être dans le coin, dit Ori en scannant les alentours. Sofia était nerveuse mais se reprit en se remémorant le but de sa présence ici. Elli, à ses côtés, pressa sa main.

– Respire profondément. Tout va bien se passer.

En traversant la galerie, Sofia s'aperçut, à son grand étonnement, que ses deux peintures abstraites affichaient l'étiquette *Vendu*. On lui présenta les Mallory dans la foulée, ainsi qu'une foule de personnes dont elle oublia les noms sur le champ. Ivo et Désirée discutaient avec d'autres invités – Ivo l'aperçut et articula un « Ça va ? » Sofia hocha la tête. C'était le cas. C'était plus facile qu'elle se l'était imaginé – elle n'avait qu'à parler de sa passion pour l'art.

Au bout d'une heure, Désirée fit un discours, remercia tous ceux qui avaient pris part à la création de la galerie, et tout particulièrement Ivo.

– Mon très cher et meilleur ami, Ivo Zacca, un homme formidable. Je t'ai invoqué et tu m'as exaucée.

Elle porta un toast à Sofia.

– Mesdames et Messieurs, à notre nouvelle étoile montante, Mademoiselle Sofia Amory.

Des applaudissements crépitèrent, chacun leva son verre, Sofia devint écarlate et voulut se cacher. Désirée riait aux éclats.

– Sofia, c'est la première fois qu'une jeune artiste vend l'intégralité de ses œuvres en une seule soirée. Je dois avouer que j'en ai acheté deux. Primo – toute femme qui se respecte se doit d'avoir son propre portrait chez elle.

Elle salua modestement tandis que des applaudissements s'élevaient, l'ambiance était joyeuse.

– L'époustouflant tableau représentant la galerie devait bien évidemment rester ici, j'avoue avoir acheté ces deux toiles mais Sofia va me donner du fil à retordre. Un avenir radieux s'offre à toi, ma belle.

Sofia rougit, un tonnerre d'applaudissements s'éleva, tous les visages se tournèrent vers elle. Ivo passa un bras autour de sa taille et déposa un baiser sur sa tempe.

– Je t'aime, *Piccolo*, murmura-t-il, elle rayonnait de bonheur.

Désirée remercia ses autres artistes quelque peu délaissés mais Sofia ne songeait qu'à l'homme à ses côtés.

– Je t'aime de tout mon cœur, murmura-t-elle contre ses lèvres. Ils s'éclipsèrent dans une autre salle, leur baiser passionné aurait dénoté parmi l'assemblée.

Ivo la plaqua contre le mur et l'embrassa.

– On n'avait pas évoqué le fait d'être pris en flag ? dit-il en souriant d'un air espiègle, le regard voilé de désir. Sofia laissa échapper un gloussement.

– Il doit y avoir trois cents personnes de l'autre côté, répondit-elle tandis qu'Ivo remontait déjà sa robe sur ses hanches, elle céda lorsqu'il atteignit son clitoris. Elle défit son pantalon et libéra sa bite turgescente, Ivo arracha sa culotte d'un geste leste, Sofia poussa un cri étouffé lorsqu'il la pénétra profondément. Ils baisaient comme des bêtes, Ivo la portait dans ses bras musclés, étouffant ses cris extatiques en l'embrassant avec une vigueur sans cesse renouvelée. Sofia éclata de rire tandis qu'elle récupérait.

– Quelle nuit de rêve.

Elle arrangea sa robe, Ivo remonta son pantalon en souriant.

– Nous ne sommes qu'au tout début de ta carrière de star et de notre vie à deux.

Il prit son visage dans ses mains.

– Sofia... installe-toi avec moi. Je n'ai pas encore trouvé d'appartement mais j'aimerais qu'on en choisisse un qui nous plaise à tous les deux. Je n'ai plus envie d'attendre.

Sofia connaissait déjà sa réponse.

Il s'éloigna de la porte, son sexe en érection le gênait prodigieusement. Les voir baiser l'avait fait bander. C'était gênant – mais il savait désormais qui se tapait Sofia Amory. Ivo Zacca.

Ce connard d'Ivo Zacca.

Grant sourit et se fondit dans la foule, il se demandait comment Tamara réagirait lorsqu'elle apprendrait que Sofia avait mis le grappin sur l'un des plus séduisants milliardaires au monde. Elle serait ivre de colère. Grant s'était promis de le lui annoncer pendant qu'ils baiseraient – Tamara baisait comme une sauvage quand elle était furax, et ça, ça la rendrait folle de rage. Il devrait se montrer prudent, Tamara pourrait vouloir supprimer Sofia plus tôt que prévu afin d'assouvir sa vengeance, il devait à tout prix l'en empêcher. Il voulait se repaître de la mort de Sofia, ne rien précipiter. Il trouverait le moyen de calmer Tamara et la dompter.

Il restait à l'écart de la foule, en observateur. La salle était peuplée de vraies beautés, les baiser – les tuer, rimerait avec plaisir, le risque était trop grand avec ces filles en vue.

– Bonsoir.

Grant se retourna sur Sofia. Elle lui sourit, le ventre noué de désir. Elle était encore tout émoustillée par sa partie de jambes en l'air, ses pommettes roses rehaussaient sa peau mate. Il se rendit compte qu'il la dévisageait et s'excusa d'un air contrit.

– Désolé, pardon, re-bonjour. Excuse-moi, vous... vous êtes sublime.

Elle rougit.

– Oh, hum, merci. Je vous sers un verre ? Oh, vous avez, hum...

Elle était déroutée, c'était adorable. Il décida de lui tendre une perche.

– Quelles toiles époustouflantes, Sofia. Merci pour l'invitation.

– C'est un plaisir, en tant que nouveau voisin – oh, hé, Dési ?

Sofia prit la main de la propriétaire, une grande femme sublime au look exotique, portant une robe en lamé. La femme lui sourit.

– Dési, je te présente notre nouveau voisin, Felix Hammond, il occupe l'appartement de Mme Forniere.

Désirée serra la main de Grant et l'observa.

– On se connait ?

Grant lui adressa un grand sourire.

– Je m'en serais souvenu. Je crains que non. Votre galerie est remarquable, époustouflante.

Dési accueillit son compliment en inclinant gracieusement la tête.

– Soyez le bienvenu. J'espère que nos toiles vous plaisent, elles sont toutes vendues, malheureusement pour vous.

Sofia leva les yeux au ciel.

– Normal, t'en as acheté le quart. Je voulais justement t'en parler. Vous voulez bien m'excuser, Felix ?

– Bien entendu.

Il observa les deux femmes s'éloigner vers le bureau contigu à la pièce principale. *Putain.* Il connaissait Désirée... leurs chemins s'étaient croisés voilà des années, Désirée effectuait sa transition, Grant batifolait sur New York. Ils étaient amis, avaient fumé une fois ou deux ensemble, lors d'un dîner. Grant souriait. Cette fille avait réussi, se dit-il en regardant l'immense galerie. Désirée avait dû s'enticher d'un richard, et voilà le résultat. Comment aurait-elle pu en arriver là, sinon ? En fille intelligente, elle s'était installée ici, où elle n'était connue ni d'Ève ni d'Adam.

Grant était impressionné mais son plan était risqué. Il saurait quoi faire en cas de problème. Il prit un verre sur un plateau et retourna à la réception.

. . .

DÉSI ÉTABLIT un chèque à Sofia avant qu'elle puisse l'en empêcher.

– Dési, *non*. Ces œuvres t'appartiennent, je ne veux pas de ton argent. Tu as déjà énormément fait pour moi.

– Ne sois pas ridicule, lança Désirée en soufflant sur l'encre du chèque. – Ce chèque n'est absolument pas représentatif de ta valeur, ce n'est qu'un début.

Elle tendit le chèque à Sofia, qui le prit à contrecœur et fit les yeux ronds devant le montant.

– Oh, non, enfin Dési, c'est beaucoup trop.

Dési agita sa main pour la faire taire.

– Arrête un peu. La galerie a récolté d'autres chèques pour tes autres tableaux, je te verserai les fonds dès encaissement. T'as tout vendu ma belle, félicitations.

Sofia s'affala dans le fauteuil, les jambes molles.

– J'arrive pas à y croire.

– Et pourtant. Maceo Bartoli et Grady Mallory se battent pour savoir lequel des deux te consacrera une exposition en premier, Quilla aimerait te parler d'un stage organisé à sa fondation l'été prochain. Tu vas être propulsée dans la stratosphère, ma chérie.

Dési prit une cigarette dans son sac et adressa un sourire à Sofia.

– N'en parle pas à Ivo.

Elle entrouvrit la fenêtre et exhala la fumée dans l'air frais du soir.

– C'est normal que tu sois bouleversée, Sofia, tu comprends ? Tout te sourit, aussi bien sur le plan personnel que professionnel.

Sofia ouvrit grand les yeux et expira longuement.

– Effectivement.

Elle hésita l'espace d'un instant.

– Ivo m'a demandé de vivre avec lui.

– Tu ne m'apprends rien, répondit Désirée, tout sourire.

– Mais ne précipite pas les choses tant que tu ne te sentiras pas prête. Je lui tiendrais exactement les mêmes propos. C'est un peu hâtif.

– Je sais, répondit Sofia, l'air gêné. Dési aspira une bonne bouffée.

– Que te dicte ton cœur, ma petite ?

Sofia la regardait, les yeux brillants, Dési lui souriait.

– Je crois que ta décision est déjà prise. Je suis contente pour vous mais sache que tu seras toujours la bienvenue chez moi.

LA FOULE se dispersa vers minuit. Sofia ne tenait plus debout, Ivo s'assit à une table et l'installa sur ses genoux. Leurs nouveaux amis, Maceo, Ori, Flori, Quilla et Mallory s'assirent discuter. Sofia était aux anges, elle avait enfin trouvé sa place et découvert qu'Adria La Loggia avait acheté le portrait de son fils, elle était flattée et ravie que le tableau ait atterri entre les mains d'une personne qui adorait Ivo.

Elle entendit sa voix avant même de le voir et resta pétrifiée. Il s'en prenait de façon véhémente aux vigiles qui refusaient de le laisser entrer, il l'appela... non, il hurla son prénom. *Dieu du ciel.*

Elle bondit des genoux d'Ivo et avança en chancelant en direction de la voix, désolée à l'idée qu'il fasse un scandale et fiche en l'air la soirée de Dési. Ivo la soutenait.

– Que se passe-t-il mon amour ?

Elle lui adressa un regard sinistre.

– Arrête-le... avant qu'il fasse tout foirer.

– Qui ça ?

Sofia tituba sans répondre vers l'homme qui avait brisé son cœur. Il sourit d'un air béat en la voyant approcher.

– Sofia chérie...

Fergus Rutland poussa les vigiles et prit sa belle-fille dans ses bras.

13

CHAPITRE TREIZE

S ofia le repoussa rudement.
– *Ne me touche pas.*
Ivo s'interposa entre eux.
– Qui est-ce, Sofia ? Qui êtes-vous bon sang ?
Fergus se piqua.
– Fergus Rutland, le père de Sofia. Et vous ?
Il se reprit mais ne faisait pas le poids devant la silhouette imposante d'Ivo, livide.
– Ex-*beau-père*, me semble-t-il, d'après ce que Sofia m'a dit, vous l'avez fichue dehors le jour des obsèques de sa *mère*. Vous n'avez aucun droit sur elle, fils de pute. Fichez le camp.
Fergus l'ignora et regarda Sofia droit dans les yeux.
– Sofia... je sais que j'ai mal agi. Je ne me le pardonnerai jamais. S'il te plaît, laisse-moi une chance.
Sofia tremblait si violemment qu'Ivo la prit dans ses bras afin de lui éviter un évanouissement.
– Non, va-t'en.
Fergus ne put qu'opiner du chef.
– Je n'aurais pas dû venir. Je suis désolé d'avoir gâché votre soirée.

Sofia, je t'en supplie, accorde-moi au moins un rendez-vous, qu'on puisse discuter. C'est tout ce que je te demande, je sortirais définitivement de ta vie si tel est ton souhait. Je suis descendu au George V, j'attendrai le temps qu'il faudra Sofia, je t'en supplie.

Fergus la contemplait, tendrement, sans animosité aucune, il salua Ivo avec raideur, qui n'esquissa pas le moindre geste, fit volte-face et s'éloigna.

Ivo déposa un baiser dans les cheveux de Sofia.

– Ça va aller ma chérie ?

Elle acquiesça, elle tremblait de toutes parts. *Pourquoi ? Juste ce soir ?* Elle avait l'impression que le sol cédait sous ses pieds. *Alors que je venais tout juste de trouver ma place dans ce bas monde.* Sofia ne pouvait exprimer ce qu'elle ressentait, hormis une rage intense. Si intense qu'elle ne trouvait pas ses mots.

Désirée posa la main sur l'épaule d'Ivo.

– Ramène-la chez toi, Ivo. Elle a besoin de toi.

LA COLÈRE de Sofia grondait tandis qu'ils regagnaient la suite de l'hôtel. Elle regarda longuement par la fenêtre, sans rien voir, elle en était malade, en colère... elle soupira. Ivo la prit dans ses bras, elle pivota, il plaqua sa bouche sauvagement contre la sienne. Elle l'embrassait goulument, passionnément, Ivo lui répondit, descendit la fermeture éclair de sa robe pendant que Sofia arrachait sa chemise et embrassait son torse. Enfin nus, ils ne parvinrent même pas jusqu'au lit, Sofia monta sur lui à califourchon, s'empala sur sa verge en gémissant de plaisir. Elle le chevauchait brutalement, se défoulait, mais Ivo n'en avait cure. Il caressait ses seins, effleuraient ses mamelons jusqu'à ce qu'ils durcissent, tout en enfonçant son doigt dans son nombril, mimant le coït, tandis que son sexe plongeait profondément dans sa vulve béante. Il l'allongea sur le dos et replia ses genoux contre sa poitrine. Les yeux de Sofia luisaient de désir et de colère.

– Baise-moi, Ivo », gronda-t-elle. « Fais-moi mal. *Défonce-moi,* Ivo... »

Il sourit d'un air sinistre et l'embrassa sauvagement. Sofia plantait ses ongles dans son dos, l'enserrait entre ses jambes pendant qu'ils baisaient. Ivo plaqua ses mains au-dessus de sa tête et mordit Sofia à l'épaule alors qu'elle l'encourageait.

Ivo jouit, excité par son désir bestial, il bandait à nouveau et la prit en levrette, pilonnant sa chatte en signe de domination. Sofia jouit à plusieurs reprises, le corps frémissant de plaisir.

Ils s'allongèrent, épuisés, et reprirent leur souffle. Sofia contemplait Ivo. – Ivo, j'aimerais bien qu'on joue aux petits jeux dont on a parlé.

Ivo fit les yeux ronds.

– Sofia... je ne pense pas que tu sois en état. Je ne voudrais pas que tu te réveilles demain matin et que tu regrettes...

– Ivo, toute ma vie, les hommes m'ont dit ce que je devais faire. J'ai envie de baiser et de me faire baiser, sauvagement. J'ai envie d'avoir mal, d'avoir... Sa voix se brisa.

– J'ai envie de baiser, Ivo, rien que ce soir. J'en ai besoin.

Ivo se frotta le visage en l'observant attentivement, et finit par hocher la tête.

– Je ferai tout ce que tu voudras, je sais où aller.

Le taxi arriva rapidement au club. Nue sous son manteau, Sofia donnait la main à Ivo et contemplait son regard interrogateur sans flancher. Pourquoi la soirée prenait pareille tournure ? Elle s'en fichait, tout ce qu'elle voulait, c'était le faire avec lui.

Le club était situé au fond d'une ruelle, Sofia vit Ivo discuter à voix basse avec le portier. Il les laissa entrer, regarda Sofia et acquiesça. En toute discrétion. Sofia laissa Ivo la guider dans l'antre du club, il ne s'arrêta pas alors qu'ils traversaient la foule de corps frénétiques en sueur. Ils poursuivirent leur chemin jusqu'à un passage sombre, Ivo poussa une porte et lui fit signe d'entrer. La pièce vitrée sur trois pans surplombait la piste de danse.

– Deux baies vitrées... pour commencer.

Ivo avança lentement vers elle, fit glisser le manteau de ses épaules et enfouit son visage dans son cou.

– Je vais te tringler brutalement contre la vitre, Mademoiselle Amory. Je vais te coller contre cette vitre, enfoncer ma bite dans ta délicieuse chatte, te baiser jusqu'à ce que tu demandes grâce. Quand j'appuierai sur ce bouton la vitre deviendra transparente, tout le club verra ton corps de rêve se faire démonter.

Il glissa une main entre ses jambes tout en parlant, Sofia mouillait. Être vue, qu'on la regarde, l'excitait et la terrifiait à la fois. Ivo déposa un tendre baiser sur ses lèvres.

– On peut mettre des masques la première fois. Tu en veux un ?

Elle hocha la tête, hors d'haleine, lovant son corps contre lui. Ivo souriait.

– Plus tard, si tu veux... il y a des professionnels ici. Si t'as envie qu'on te baise à deux... c'est possible.

– On peut voir ça plus tard ?

Elle effleura ses lèvres, elle avait envie de lui, se débaucher avec l'homme qu'elle aimait.

– Évidemment.

Il lui roulait une pelle, sa langue explorait sa bouche.

– Je vais te défoncer, ma belle.

Ses yeux brillaient de désir tandis qu'il nouait le masque ne révélant que ses yeux.

– Je t'aime, Ivo.

– Moi aussi. Si tu veux que j'arrête, tu n'as qu'un mot à dire. On peut convenir d'un mot de passe si tu veux.

– Je sais que tu t'arrêteras si je te le demande, dit-elle doucement. Mais on peut toujours choisir un mot de passe, pour le fun.

Ivo sourit et l'attira étroitement contre lui.

– Que dirais-tu de « frites » ?

Sofia laissa échapper un gloussement.

– J'adore les frites... mais je me vois mal hurler « frites » en plein orgasme.

– Bien vu.

Elle se lova contre lui.

– Assez discuté. Baise-moi, Zacca.

Ivo la prit dans ses bras en souriant.

– Passe tes jambes sublimes autour de mes hanches et écarte-les en grand, ma beauté.

Sofia l'embrassa alors qu'il l'emmenait vers la fenêtre, sa verge se pressait contre sa vulve.

– Avant que je te partage, dit Ivo en chatouillant son cou et mordillant son épaule, j'ai besoin de t'avoir à moi tout seul.

Il enfonça son sexe en érection en elle, le danger et l'excitation provoqués par la situation les excitaient tant qu'ils jouirent presque sur le champ, Ivo la plaqua contre la vitre froide. Il murmurait à son oreille d'une voix rauque confinant au grognement

– Tu mouilles pour moi, bébé, t'es prête.

Ses seins, son ventre et ses cuisses se plaquaient contre la vitre froide, son gland titillait sa chatte.

– Écarte plus les cuisses, ma beauté, j'ai trop envie de toi, ma bite est si énorme que je sais même pas si elle rentrera dans ta petite chatte étroite.

Sofia poussa un cri devant son coup de rein – il était énorme, ça avait toujours été le cas mais ce soir, son sexe lui paraissait plus large que d'ordinaire...

– Défonce-moi, Ivo, fais-moi mal. Laisse ta marque sur mon corps...

Il cloua ses mains contre la vitre, plaqua ses lèvres et ses dents dans son cou et la pénétra brutalement, sauvagement, sa grosse bite super longue plongeait dans sa chatte béante et mouillée. Sofia hurla mais Ivo était impitoyable.

– T'as envie d'avoir mal, ma chérie ?

– Oui... oh, oui...

Il mordit violemment son épaule et la sentit se cambrer, elle lui marmonnait de continuer, elle pencha sa tête en arrière pour qu'il l'embrasse. Il mordilla sa lèvre et la sentit sourire.

– Je veux qu'ils voient comme t'es belle.

Sofia hocha la tête et Ivo appuya sur le bouton. Les gens se tournèrent soudainement vers le cube vitré et les regardèrent baiser. Les coups de boutoir d'Ivo s'intensifiaient tandis qu'il la plaquait contre la vitre. Sofia aperçut des hommes qui se masturbaient, certains danseurs un peu plus proches se tournèrent vers la cloison vitrée. Le cube était légèrement en hauteur, des mains se plaquaient sur la vitre là où ses seins, son ventre et son sexe se pressaient contre la paroi. Ivo la fit pivoter de côté et la pénétra de face, l'assemblée avait une vue plongeante sur sa bite qui s'enfonçait profondément dans son vagin. Sofia observait son reflet, son corps réagir, ivre de plaisir. Elle eut un orgasme et se cambra, accueillit son foutre dans son sexe, se délectant de cette assemblée admirative. Ivo appuya sur le bouton et la vitre s'opacifia, le temps de reprendre leur souffle, des gémissements de déception et des exclamations d'admiration s'élevèrent.

– Quelle montée d'adrénaline...

Sofia haletait en l'embrassant, Ivo l'attira contre lui, l'embrassa tendrement et retira leurs masques.

– Tu es splendide.

Il était encore plus séduisant, le visage écarlate, en sueur, collés l'un contre l'autre, enlacés.

– Tu te sens mieux ?

Elle confirma.

– Je n'ai pas envie de me lancer dans une partie à trois ce soir, si tu n'y vois pas d'inconvénient.

Ivo éclata de rire.

– Bien sûr que non. Tu veux rentrer ?

Elle acquiesça.

– Dès qu'on aura repris notre souffle. Au fait... c'est « oui », Ivo. On emménage ensemble.

L'effet de surprise et son ravissement lui procurèrent une intense satisfaction, elle savait qu'elle avait pris la bonne décision.

Il se félicitait de les avoir suivis au club et ainsi assister à leur petit spectacle. Sofia Amory avait un corps sublime, la voir se faire démonter en bonne et due forme, la sachant versée dans la débauche, la rendait encore plus désirable à ses yeux.

Grant sortit dans Paris au petit matin, son pic d'adrénaline n'était pas encore retombé. Il avait bien fait d'attendre, il était ravi de ne jamais avoir tué de femme, ravi de résister avant de la toucher. Sofia Amory serait la première...

... UN PUR CHEF D'ŒUVRE.

14

CHAPITRE QUATORZE

P enn Black était épuisé, Tamara réprima un sourire. Son moufflet était déjà né ? Ce qui expliquerait son air éteint ? Elle résista à l'envie de lui poser la question, sachant qu'il la rembarrerait. Elle était si occupée par la rénovation du nouveau club qu'elle n'avait pas eu un seul instant à elle pour harceler sa femme, ou sa petite amie, peu importe.

Tamara caressait ses cuisses en souriant. Elle ne portait que des pinces de tétons et un collier de chien mais il ne semblait pas intéressé le moins du monde.

– Qu'est-ce qui plairait au Maître aujourd'hui ? Une bonne fellation ? Une petite éjaculation ?

Penn la fixa d'un air insondable et hocha imperceptiblement la tête. Tamara descendit la braguette de son froc et empoigna sa bite. Elle était énorme, même au repos, elle la prit dans sa bouche, sa langue parcourut la veine saillante. Elle le branlait mais il ne bandait pas, elle le regarda, visiblement contrariée.

– Mon Maître va bien ?

Penn soupira et l'écarta.

– Excuse-moi, je ne suis pas d'humeur, je te paierai, évidemment.

Tamara se leva, enfila sa robe et but une bonne lampée de vodka à même la bouteille.

– Je peux t'être utile ? On se fréquente depuis des mois. Je peux jouer un autre rôle que l'éternelle soumise.

Penn parut amusé.

– Je n'ai aucun doute là-dessus.

Elle s'assit en face de lui.

– Tu as l'air fatigué.

– Effectivement. Histoire de famille.

Tamara passa la main dans ses longs cheveux blonds et le regarda les yeux mi-clos.

– Ta femme ?

Il lui adressa un demi-sourire.

– Je ne suis pas marié.

La femme enceinte était donc sa petite amie.

– Des gosses ?

– Pas encore. Ce n'était pas une réponse. Et toi ?

– Pas de gosses, je n'en ai jamais voulu, ni de mari, je suis libre comme l'air.

Inutile de lui mentir. C'était *lui* qu'elle voulait, pas une alliance ou une flopée de moutards. Elle avait envie de lui, lui, si énigmatique. Penn Black la fascinait avec son regard dangereux, sa brutalité dont il n'avait pas vraiment conscience. Elle s'installa sur ses cuisses musclées et posa ses lèvres sur les siennes. Il ne la laissait jamais l'embrasser mais ce soir, c'était différent, il enfouit ses doigts dans ses cheveux et, pour la première fois, l'embrassa tendrement.

Tamara se sentait toute chose. Elle contemplait ses yeux marrons. Il la prit dans ses bras sans un mot et la déposa sur le lit qu'ils utilisaient très rarement. Tamara l'embrassait toujours tandis qu'il retirait sa robe et s'allongeait sur elle.

L'heure qui suivit fut une révélation pour Tamara. Ils prirent le temps de découvrir leurs corps, pour la première fois. Elle ferma les yeux lorsque Penn plaça ses jambes sur ses épaules et la lécha, elle s'abandonnait à cette déferlante de sensations. Il déposa un baiser sur sa bouche, elle frémissait, haletait et la pénétra, ils firent l'amour lentement, tendrement, les yeux dans les yeux.

Tamara le laissait faire, il prenait la direction des nouvelles opérations – non plus Dominant/Dominée mais avec une femme, sans l'ombre d'un doute, amoureuse de cet homme.

Une sensation étrange et nouvelle, toute en douceur. Elle lui ouvrit son cœur.

– Je t'aime, murmura-t-elle, sans se soucier que ses paroles puissent choquer. Elle n'avait jamais été aussi sincère de toute sa vie.

Penn Black ôta les cheveux de son visage et l'embrassa, fut stupéfaite par les mots qui glissèrent de sa bouche.

– Je t'aime aussi.

Son cœur blessé, sombre et brisé, s'ouvrait enfin, elle lui souriait.

– Je t'appartiens, Penn Black. Pour toujours.

Il l'attira dans ses bras, ils reprirent là où ils en étaient restés.

CHAPITRE QUINZE

C lémence, rayonnante et sublime, souriait à Sofia qui entrait dans le café. Elle se leva, prit Sofia dans ses bras et l'embrassa sur les joues.

– Félicitations Sofia, j'ai appris que le vernissage s'était soldé par un triomphe, pour vous particulièrement.

Sofia rougit.

– Une expérience irréelle, avoua-t-elle en souriant tandis qu'elles s'asseyaient et commandaient un thé. Doux euphémisme, songea-t-elle.

– Comment allez-vous ? Et le bébé ?

Clémence caressa son ventre.

– On entre dans le vif du sujet, elle n'arrête pas de me donner des coups de pied, tenez.

Elle prit la main de Sofia et la posa sur son ventre.

– Touchez.

Sofia, mal à l'aise devant tant d'intimité, voulut la retirer mais sentit une vague étrange sous sa main. Elle ouvrit grand les yeux.

– Waouh.

Clémence lui souriait.

– C'est bizarre, hein ? elle regardait Sofia affectueusement.

– Je sais que c'est un peu dur de tout concilier Sofia, le bébé d'Ivo et votre relation naissante.

Sofia lui sourit gentiment.

– J'ai l'habitude des familles originales, ça va aller.

– Oh, c'est vrai, Ivo m'a parlé de votre situation. Une sale affaire.

Sofia était stupéfaite.

– Il vous en a parlé ?

– On s'appelle tous les jours, pour le bébé évidemment, on est restés bons amis. Il s'inquiète pour vous.

– Inutile de s'inquiéter.

Sofia était contrariée mais ne savait si elle en voulait à Ivo, Clémence, ou aux deux. Pourquoi Ivo se confierait à son ex-petite amie de sa petite amie actuelle si ce n'est pour se plaindre ? Elle constata qu'elle serrait les dents. Clémence tapota sa main.

– Il se projette forcément. Ce truc de sa mère l'a chamboulé. Adria a beau dire que son cancer ne progresse pas et qu'elle est bien traitée, Ivo s'inquiète.

Sofia était sous le choc en apprenant la nouvelle, la maman chérie d'Ivo avait un cancer. Encore un truc qu'il lui avait caché mais avait confié à Clémence. Pourquoi, putain ?

Elle se sentit honteuse. Il connaissait Clémence depuis des années, Sofia depuis quelques semaines seulement. Clémence était forcément proche d'Adria, Sofia se souvint que ce n'était pas son cas et se ressaisit.

– Je l'ignorais, j'espère qu'Adria va bien.

Sofia prit sa tasse de thé les mains tremblantes. Que lui arrivait-il depuis quelques temps ?

Clémence acquiesça tristement.

– Je crois qu'elle minimise la gravité de sa situation à Ivo et Walter.

Sofia soupira.

– Clémence, je devrais peut-être aller la voir. Je ne la connais pas bien mais...

– Elle en serait ravie.

Clémence fouilla dans son sac et en sortit un morceau de papier.

– J'ai le numéro de sa chambre quelque part. Elle est descendue au *George V*.

Sofia devint livide. Le *George V*. Son beau-père y séjournait. Peu importe, Adria passait avant tout. Elle prit le papier et remercia Clémence. – Je devrais peut-être l'appeler avant de passer ?

– Et si vous lui faisiez la surprise ? Elle s'ennuie à cent sous l'heure entre ses analyses et ses traitements. La chimio l'épuise et elle ne sort pas beaucoup mais elle demeure Adria La Loggia. On a l'habitude de la voir sous un autre tout aspect, certainement pas malade.

Sofia avait le cœur gros.

– La pauvre. Et si je lui apportais des fleurs, une corbeille de fruits ?

– Charmante idée. Excusez-moi de devoir couper court mais j'ai un rendez-vous médical. On se voit la semaine prochaine ?

Sofia hocha la tête.

– Avec plaisir. Si vous avez besoin de quoi que ce soit, n'hésitez pas.

Clémence lui adressa un étrange sourire.

– Vous êtes un amour. Prenez soin de vous, Sofia.

– Vous aussi.

Sofia la regarda s'éloigner, intriguée par son étrange sourire. Elle tripotait le papier dans sa main. Adria La Loggia ne se sentait pas très glamour, Sofia pouvait peut-être remédier.

Elle rentra chez elle et alluma son ordinateur. Adria avait grand besoin de se faire chouchouter. Elle apprécierait certainement d'apprendre à mieux connaître la nouvelle chérie de son fils. Sofia devait admettre que les parents hyper glamour d'Ivo l'intimidaient.

Sofia se demandait, maintenant que son compte bancaire était à flots, quel choix serait le plus judicieux. Mieux valait y aller mollo. Des fleurs, des chocolats fins... Sofia poussa un soupir d'agacement. Et si Adria détestait les fleurs, ou le chocolat ? Et si Adria s'offensait de ses piètres tentatives de rapprochement ?

Le téléphone sonna dans l'appartement de Dési et Sofia sursauta, visiblement surprise. Elle était très étonnée, ignorant que Dési avait un fixe. Elle courut décrocher, pieds nus.

– Allo ?

– Désirée ? une voix masculine chaleureuse. Walter.

– Allo, M. Zacca, non, c'est Sofia. Dési s'est absentée.

– Oh, Sofia, comment allez-vous ma chère ? Je voulais joindre mon fils. Je présume qu'il n'est pas avec vous ?

Sofia sourit. Walter Zacca ressemblait énormément à Ivo, sa présence la mettait immédiatement à l'aise.

– Il est au travail mais doit être joignable sur son portable.

– J'ai essayé de le joindre, tout comme Clémence, mais aucune réponse. Vous pouvez lui dire de m'appeler dès son retour ?

– Bien sûr.

Sofia hésitait.

– M. Zacca, je peux vous poser une question ?

– Appelez-moi Walter, ma chérie, et oui bien sûr, allez-y.

– Mme Zacca, enfin, Mme La Loggia... j'aimerais pouvoir la soulager durant sa chimiothérapie, je me demandais si elle apprécierait un massage, un soin du visage, des fleurs ?

Le silence se fit au bout du fil, Sofia était perplexe.

– M.... Walter, vous êtes là ?

– Adria a un cancer.

C'était une affirmation, mais Sofia réalisa sur le champ qu'il en était autrement. Il s'agissait d'une question. Walter Zacca ignorait que son ex-femme, sa meilleure amie, était malade.

– Oh, mon Dieu, M. Zacca, je suis sincèrement désolée. Je croyais que vous étiez au courant... je...

Sofia sentit ses jambes flageoler et s'effondra.

– Je suis sincèrement désolée.

– Ça va aller, ma chérie. Merci d'avoir eu la présence d'esprit de m'en parler. Savez-vous où ma femme est descendue ?

Sofia le renseigna, il la remercia d'une voix blanche et raccrocha. Sofia se maudissait, au bord des larmes. Putain de merde, qu'avait-elle fait ? Elle prit son manteau dans sa chambre et sortit sans réfléchir. Il pleuvait à verse mais Sofia n'avait qu'une idée en tête – prévenir Adria. Sofia devait arranger les choses.

Elle courut dans les rues ravinées par la pluie, sans se soucier de ses vêtements trempés. Elle se demandait, tandis qu'elle approchait de l'hôtel, si on l'empêcherait d'entrer. Le portier était fort heureusement occupé par l'arrivée d'une limousine, Sofia se glissa dans le hall sans bruit et se dirigea vers les ascenseurs.

Elle monta seule, ô chance, jusqu'à l'étage d'Adria et s'arrêta pour reprendre son souffle devant sa suite. Elle frappa deux coups et attendit. Adria lui ouvrit. Sofia fut surprise de la voir en déshabillé, les cheveux en bataille, les joues rouges.

– Je suis sincèrement désolée Mme La Loggia, mais j'ai accouru au plus vite.

Elle parlait tout à trac et Adria, en bonne maman, la prit dans ses bras.

– Calmez-vous ma chérie, du calme. Que se passe-t-il ? Il est arrivé quelque chose à Ivo ? Il est blessé ? Vous êtes blessée ?

Sofia secouait la tête comme une idiote.

– Non, non... c'est Walter, je voulais dire M. Zacca. Il a téléphoné, j'ignorais qu'il n'était pas au courant au sujet du... cancer. Mon Dieu, je suis sincèrement désolée.

Adria mit un moment avant de comprendre où Sofia voulait en venir. Elle hocha doucement la tête.

– Ça va aller, c'est rien ma chérie.

Elle soupira et conduisit Sofia vers le canapé.

– Asseyez-vous avec moi un moment.

Elles s'assirent en silence, Adria tenait la main de Sofia, elle observait cette femme d'un certain âge avec inquiétude.

– Mme La Loggia ? Si vous saviez à quel point je suis désolée.

– Appelez-moi Adria, voulez-vous, ma chérie ? Il l'aurait appris tôt ou tard.

Elle s'aperçut que Sofia était trempée.

– Dio mio, Sofia, vous êtes trempée. Je vais vous chercher une serviette et un thé chaud.

Sofia était déconcertée.

– Ce serait plutôt à moi de m'occuper de vous, dit-elle d'un air perplexe qui fit rire Adria.

– Ma chérie, je suis *italienne*. Si y'en a une qui sait comment s'oc-cuper de ses proches, c'est bien moi.

Sofia rougit et Adria fit de même.

– J'ignorais qu'Ivo vous avait informée de ma maladie.

– Ce n'est pas lui… mais Clémence, fortuitement. Je l'ai annoncé à Walter par accident. Mon Dieu, quel merdier.

– Tout est de ma faute.

La voix d'Adria lui parvenait d'une autre pièce ; elle était allée chercher une serviette, qu'elle tendit à Sofia, elle lui adressa un sourire de gratitude.

– Walter a téléphoné à l'appartement, il voulait parler à Ivo, j'ai été assez stupide pour ne pas tenir ma langue.

Sofia se frotta le visage, elle n'était heureusement pas maquillée.

– Je lui ai simplement demandé s'il savait ce qui vous ferait plaisir pour que vous vous sentiez un peu mieux malgré votre traitement.

– Vous êtes adorable.

On entendit tousser dans la chambre et Adria sourit devant l'ex-pression choquée de Sofia.

– Ma chérie, je suis une femme. Un charmant cinq à sept avec un homme distingué. Ce genre de *chose* me fait le plus grand bien.

Sofia se mit à rire et Adria fit de même. Sofia, oubliant qu'elle était devant une star de cinéma, leva la main et fit un « check » avec Adria, en souriant, soulagée.

– Super.

Adria la prit dans ses bras.

– Je suis désolée de ne pas avoir pris le temps de mieux vous connaître ma petite. Mon fils est fou amoureux, raide dingue de vous. Nous devrions passer plus de temps ensemble avant que je rentre aux États-Unis."

– Avec grand plaisir. Comment se déroule votre traitement ?

Le sourire d'Adria se dissipa.

– Mieux que prévu. Je n'ai pas envie d'en parler ma chérie, ne prenez pas ça pour de l'impolitesse mais plus j'y pense, moins je vais bien.

– Je comprends. Puis-je faire quelque chose pour vous, puisque je suis là ?

Adria se leva.

– Commandez du thé pendant que je m'habille. Je vais dire à mon ami de revenir plus tard puisque j'ai de la famille.

Elle adressa un clin d'œil coquin à Sofia, qui lui sourit. Adria disparut dans la chambre, Sofia entendit murmurer et rire.

Elle se dirigea vers le bureau et consulta le menu du service d'étage. Elle avait trouvé son bonheur lorsqu'elle entendit Adria revenir.

– Non, tu peux la saluer évidemment, on n'est plus des gamins mais j'aimerais bien passer du temps avec mon amie. On se retrouve pour dîner ?

– Avec plaisir.

Une voix très familière répondit, Adria et son ami rejoignirent Sofia.

Sofia se figea, le regard glacial. Vue son expression, Fergus Rutland était aussi abasourdi qu'elle. Sofia était dans un tel état de confusion et de colère qu'elle sortit le premier mot venu.

– Papa ?

Fergus Rutland vacilla mais se reprit et essaya de sourire, Adria les observait.

– Bonjour ma chérie. Mon Dieu, Sofia, quel plaisir de te revoir.

À sa grande honte, Sofia éclata en sanglots.

CHAPITRE SEIZE

Sofia s'assit, toute raide, sur une chaise de la suite d'Adria La Loggia sans un regard pour son beau-père. Au vu de la situation, Adria avait préféré qu'ils s'asseyent.

– Parlez, ordonna-t-elle, en regardant Sofia sévèrement tout en posant sa main sur son épaule. Elle embrassa Sofia sur la joue.

– Parlez-lui. Si c'est trop pénible, je suis dans la pièce d'à côté ma chérie.

Fergus s'éclaircit la gorge.

– Merci pour ce moment, Sofia.

Sofia gardait le silence. Elle ne pouvait le voir autrement que comme celui qui l'avait abandonnée, qui avait manqué de respect à sa mère. Fergus l'observait.

– Sofia, je voulais te dire... je suis en tort. J'ai eu tort de te jeter dehors. Surtout ce jour-là.

Sofia n'avait pas envie de rire.

– Oui, c'est vrai, tous les autres jours sont bons pour foutre quelqu'un dehors. Je n'ai que faire de vos excuses M. Rutland, épargnez-moi vos discours.

Elle se leva mais Fergus tendit la main vers elle.

– Juste un instant s'il te plait, et tu ne me reverras plus jamais.

Sofia hésita et se rassit.

– Je vous écoute, M. Rutland.

Fergus esquissa un semblant de sourire.

– Tu m'as appelé *Papa*, tout à l'heure.

– Ma langue a fourché. Le *Papa* que je connaissais est mort le jour de l'enterrement de ma mère.

Elle le vit tressaillir, à sa grande satisfaction.

– Sofia... je ne sais pas ce qui m'a pris. J'étais fou de chagrin, je voyais ta mère dès que je te regardais. Je pense qu'elle aimerait qu'on se réconcilie.

– Juste au moment où je deviens célèbre. Quelle coïncidence.

Fergus changea d'expression, visiblement agacé.

– N'importe quoi.

Il soupira.

– Sofia... l'eau a coulé sous les ponts, j'ai fait mon deuil. Je veux revoir ma fille.

– Vous en avez déjà une, une vipère appelée Tamara. Vous croyez vraiment que j'ai envie de vous revoir – ou elle – après ce que vous avez fait à ma mère en lui manquant de respect, en refusant de l'enterrer dans le caveau des Rutland ? Vous l'avez humiliée même après sa mort et vous vous attendez à ce que je vous crois *chagriné* par sa disparition ?

Fergus se leva, son agacement allait grandissant.

– C'est ridicule. Sofia, tu as atterri ici sans visa. Tu travailles illégalement. Rentre avec moi avant de te faire expulser. Voire pire.

Sofia se leva à son tour.

– Est-ce une menace ?

– Je constate simplement. Tu ne crois pas que ta notoriété risque d'attirer l'attention des services d'immigration français ?

Sofia le regarda droit dans les yeux.

– Encore faudrait-il être au courant. Vous insinuez que vous iriez les voir de ce pas si je refusais de vous suivre ?

Fergus ne répondit pas mais ne baissa pas les yeux, Sofia avait envie de hurler.

– Espèce de salaud. J'ai fait ce que tu voulais. Je suis partie pour ne plus être entre tes pattes. Et maintenant ? Mon bonheur te dérange ? T'es complètement taré.

Elle ne vit rien venir. Fergus la gifla de toutes ses forces, Sofia tomba à la renverse.

– Ça suffit !

Adria était là, elle avait tout entendu. Elle s'interposa, ses yeux verts flamboyaient de colère.

– Toi. Dégage, *immédiatement*. On ne frappe *pas* une femme, encore moins quand on l'a abandonnée.

C'était la mamma italienne qui parlait, Fergus recula, inquiet.

– Tu sais que Sofia a failli mourir ? Qu'elle a vécu dans les rues quand tu l'as fichue dehors ? Qu'elle a eu la méningite. Non ? Tu savais pas ? Bien sûr que non puisque tu l'as foutue dehors ! *Dégage, figlio di puttana !*

Fergus hésita l'espace d'une seconde, jeta un dernier regard à Sofia, prit sa veste et tourna les talons. Sofia tremblait, Adria se tourna vers elle, calmée. Elle la prit dans ses bras et la serra étroitement contre elle.

– Pardon de t'avoir demandé de lui parler...

Elle n'arrivait même pas à prononcer son nom.

– Je te fais une promesse ma chérie : il est hors de question que tu rentres aux États-Unis avec lui, on trouvera une solution.

Sofia ferma les yeux. Ça faisait longtemps qu'une vraie maman ne s'était pas occupée d'elle, elle ne voulait pas la lâcher. Cette année difficile, la douleur, la submergeaient.

– Il ira trouver la police, il me fera expulser, il crachera son venin. Je ne m'en étais pas rendue compte tant que maman était en vie mais Tamara lui ressemble.

Elle la regarda, les larmes aux yeux, visiblement gênée.

– Je suis sincèrement désolée, Adria. Vous n'avez vraiment pas besoin de subir mes problèmes de famille.

– Tu fais partie de ma famille.

Adria l'embrassa sur la tempe.

– Mon rendez-vous galant a pris la porte, si on commandait quelque chose et qu'on appelait Ivo.

Sofia acquiesça.

– Avec plaisir. Et Walter ?

Adria soupira.

– Je l'ai appelé et lui ai laissé un message. Il s'en remettra, Sofia. Walter et moi... c'est mon meilleur ami mais on a parfois besoin d'un peu de lest. On est divorcés depuis des années mais on a du mal à couper les ponts. Walter a une nouvelle copine d'après ce qu'il m'a dit, je veux qu'il se lance dans cette aventure sans penser à ma maladie, qu'il ne se sente pas obligé de faire acte de présence.

– Je suis désolée d'avoir tout déballé, quelle idiote, dit Sofia, contrite.

– Clémence croit que Walter est au courant.

Adria secoua la tête.

– Non, Clémence savait que Walter ignorait tout de ma maladie, nous en avons longuement discuté. Elle savait qu'Ivo ne t'en avait pas parlé pour une bonne raison – tu as déjà assez de choses en tête, et je pense de même. Clémence t'en a parlé ?

Sofia hocha la tête, subitement confuse.

– Pourquoi... je ne comprends pas pourquoi elle a fait ça. La grossesse... peut-être ?

Adria sourit.

– Tu es adorable mais nous savons très bien toutes les deux quel est le problème. Clémence est jalouse, Sofia. La naissance est pour bientôt, elle est à fleur de peau. Ce n'est pas facile pour elle de te savoir avec Ivo, follement amoureux.

Sofia se détendit en écoutant Adria. Elle avait une certitude, Ivo l'adorait.

– Je me demande parfois ce que j'ai fait pour mériter Ivo. Votre fils est l'homme le plus merveilleux que la Terre ait porté.

Adria caressa sa joue.

– Il a de la chance de t'avoir, Sofia. De longues années durant – je ne l'ai pas vu pendant des années – il était malheureux, disons plutôt qu'il ne trouvait pas sa voie dans ce bas monde. Dans sa jeunesse, nous espérions qu'il deviendrait acteur. Nous pensions qu'il serait encore plus célèbre que son père vu son charme et sa beauté mais étrangement, il n'en avait pas envie, il n'a eu de cesse de se justifier depuis lors. Il n'imagine même pas combien nous sommes fiers de l'homme qu'il est devenu.

Sofia essuya une larme devant la voix remplie d'amour d'Adria.

– Je ne lui ferai jamais aucun mal, murmura-t-elle. Jamais. Je l'aime plus que tout.

– Je sais ma chérie.

Adria caressa sa joue.

– Il faut que je mange sinon je vais m'évanouir... non, ça va aller. On fait monter à dîner et on s'organise une soirée entre filles, pendant qu'Ivo termine son travail ?

Ivo les rejoignit tardivement et sourit en voyant Sofia et sa mère endormies sur l'immense canapé, Sofia avait posé sa tête sur l'épaule de sa mère. Il la réveilla doucement et aidèrent sa mère, épuisée, à se coucher. Sofia déposa un baiser sur la joue d'Adria.

– Je vous appelle demain.

– Oui.

Adria prit la main de Sofia.

– Je me suis bien amusée aujourd'hui, malgré tu sais quoi.

– De quoi parlait ma mère avec son « tu sais quoi ? » demanda Ivo durant le trajet en taxi les ramenant à leur hôtel. Sofia lui parla des menaces de son beau-père.

– Il a raison. Je peux être expulsée à tout moment.

– Il faudra d'abord me passer sur le corps.

Ivo était furax, elle caressa son visage.

– On avisera. Je suis trop fatiguée pour m'en préoccuper ce soir.

Ils se douchèrent ensemble et firent l'amour. Ivo réveilla Sofia à l'aube, ses yeux verts pétillaient d'excitation.

– Que se passe-t-il mon amour ? demanda-t-elle d'une voix ensommeillée.

Il souriait d'un air triomphal.

– Je sais comment faire pour que tu restes dans ce pays légalement.

Sofia était désormais bien réveillée.

– Ah bon ? Comment ?

Ivo l'embrassa passionnément, sa langue cherchait la sienne, elle recula pour reprendre son souffle.

– C'est simple, tu dois répondre « oui » à ma question.

Ses yeux rieurs la faisaient rire.

– Ok. Oui à tout ce que tu voudras.

– Parfait, répondit Ivo en la caressant, ses doigts s'attardaient sur son ventre.

– Sofia Amory ?

– Oui, Ivo Zacca ?

Son petit jeu l'amusait.

– Veux-tu m'épouser ?

CHAPITRE DIX-SEPT

Il en avait assez d'attendre sa chance de séduire Sofia Amory. Grant se jeta à corps perdu dans la nuit parisienne, les sens en éveil, à la recherche d'une fille qui lui ressemblait, une fille qu'il pourrait sauter comme si c'était elle.

Il la trouva en boîte, elle succomba rapidement à son charme – pas étonnant.

Sauf Sofia. Il l'avait croisée à plusieurs reprises depuis le vernissage, elle s'était toujours montrée amicale mais distante. Ce connard de Zacca ne la lâchait pas d'une semelle, ça faisait des semaines que Sofia avait déserté l'immeuble. Ils s'étaient peut-être installés ?

Il traîna vers la galerie mais aucune trace d'elle. Où était-elle passée, bordel ?

Sofia l'obsédait, il ne cessait de penser à elle, jour et nuit. Tamara se désintéressait de lui, elle lui parlait à peine au téléphone. Il avait fini par ne plus l'appeler au bout de quelques jours, elle n'avait pas cherché à le recontacter.

Peu importe. Elle avait joué son rôle en temps voulu – il n'aurait jamais connu Sofia sans Tamara. Elle occupait toutes ses pensées ; ses formes pulpeuses, ses cheveux raides d'un noir de jais retombant sur ses épaules, son visage sublime, ses grands yeux bruns. Il faisait un effort surhumain pour se retenir en sa présence. Il rêvait de la tringler, elle hurlerait en jouissant.

Grant était excité le soir où elle et Zacca avaient baisé en public, ses seins et son ventre plaqués contre la vitre. Il la désirait, avait envie d'elle, elle lui appartiendrait bientôt – de force, si besoin.

Il fantasmait en tringlant la fille qu'il avait emballée en boîte. Il l'emmena dans un hôtel louant des chambres à l'heure – il put lire sa déception, qui fut bien vite oubliée, lorsqu'il se mit à l'embrasser. Il imaginait le visage de Sofia pendant qu'il la pilonnait sauvagement, faisant fi de ses petits gémissements de douleur. Il jouit en songeant à Sofia, gémit en prononçant son prénom et s'écroula sur la fille, qui s'écarta.

– Je m'appelle pas *Sofia*.

Elle se leva, enfila sa robe, prit son manteau et son sac et claqua la porte. Grant s'allongea sur le dos, l'imaginant en train de pleurer. *T'as d'la chance de pas être Sofia, sale pute, à sa place, tu s'rais pas dans un taxi mais en train de saigner comme une truie, un couteau dans le bide.*

Il s'endormit en rêvant de Sofia rendant son dernier soupir dans ses bras.

CHAPITRE DIX-HUIT

– **M**ariés ?

Clémence regarda Adria, horrifiée et peinée. Non. C'était impossible. Ivo et Sofia s'étaient mariés ?

– Ils ne l'ont dit à personne, répondit doucement Adria en prenant la main de Clémence.

– Je sais que ce doit être un choc mais je dois te dire autre chose – Ivo et elle, ils ont emménagé ensemble.

Clémence sentit sa gorge se nouer et se détourna d'Adria.

– Je suis contente pour lui, pour eux.

– Clémence, je sais ce que tu ressens. Je sais que tu as parlé de mon cancer à Sofia bien qu'Ivo t'ait demandé de ne rien dire. Je vais faire comme si tu ne l'avais pas fait exprès.

Clémence rougit.

– C'est plus fort que moi. Elle est très belle, adorable et... il ne m'a jamais regardée de cette façon, Adria. Ça fait mal, je porte son enfant, je suis désolée.

Elle essuya les grosses larmes qui roulaient sur ses joues.

– Il me manque. C'est bizarre parce que j'adore Sofia, ils vont bien ensemble. C'est encore pire.

Adria la serra étroitement dans ses bras.

– On forme une famille ma chérie. Ivo reste ton ami et fait partie de ta vie mais il est temps de passer à autre chose.

RESTÉE SEULE, Clémence se posta à la fenêtre de son appartement dans le Marais et regarda les gens passer. Adria avait raison. Elle s'en voulait d'avoir mis Sofia en fâcheuse posture, tout était de sa faute. La balle était dans son camp. Clémence espérait pouvoir préserver leur amitié lorsque qu'Ivo et Sofia reviendraient de leur lune de miel.

Bon sang. Une lune de miel. Ivo s'était marié. Clémence donna libre court à ses larmes et son chagrin une dernière fois et s'endormit, épuisée.

Elle se réveilla le lendemain et décida qu'il était temps de passer à autre chose.

TAMARA ATTENDIT que Penn Black sorte de la résidence avant de s'y engouffrer. Elle patienta le temps que son taxi s'éloigne et que la rue soit déserte avant de pénétrer dans l'immeuble ; elle monta les escaliers en évitant les caméras de télésurveillance, elle devait à tout prix éviter de se faire repérer dans l'ascenseur. Penn habitait au dixième et dernier étage – du moins c'est ce qu'il lui avait dit lors de leurs conversations d'après sexe.

Parce que *c'était* du sexe – ou même avaient-ils fait l'amour. La relation Dominant/Dominé n'avait plus lieu d'être pour eux – ils vivaient désormais une vraie relation mais un seul obstacle se dressait en travers du chemin de Tamara. La petite amie de Penn. Pour Tamara, la réponse était simple.

Elle frappa à la porte et attendit, une magnifique brune souriante vint ouvrir.

– Que puis-je pour vous ?

– Bonjour, excusez-moi de vous déranger mais mon amie à l'étage inférieur ne parvient pas à ouvrir sa porte. Je sais qu'elle est là mais je m'inquiète, vu son âge.

– Vous parlez de Mme Kasovitch ?

Tamara acquiesça.

– Je m'affole peut-être pour rien mais...

– Non, je vous en prie, vous avez bien fait de monter. Je m'occupe de son chat en son absence, j'ai le double des clés.

Tamara sourit. Bingo.

– Ça m'ennuie de vous demander ça, vous êtes enceinte, on dirait que l'ascenseur est en panne.

– Encore ? Et merde.

La femme prit un trousseau de clés.

– Ce satané truc ne marche jamais. Ok, c'est pas grave. La petite a besoin d'exercice de toute façon.

Elle s'emmitoufla dans un pull.

– Descendons voir Milly.

Tout marchait comme sur des roulettes. Tamara la suivit dans les escaliers et la poussa violemment tandis qu'elle amorçait la descente. La femme enceinte n'eut pas le temps de crier et fut projetée sur les marches en béton. Tamara regarda d'un air absent la femme tomber, sa tête heurta le ciment et se fracassa dans une mare de sang. Elle gisait dans une posture improbable, Tamara attendit à l'affut du moindre gémissement, du moindre souffle. Elle descendit lentement au bout d'un moment. Les yeux de la femme enceinte étaient vitreux, du sang jaillit de sa bouche. Aucun signe de respiration, de la matière grise jonchait le ciment. Du sang s'écoulait de ses cuisses, elle faisait une fausse couche, l'enfant coupait tout lien avec sa mère morte. Tamara en éprouva une intense satisfaction.

Elle enjamba prudemment le cadavre, descendit les escaliers rapidement et sans bruit. Tamara était fière d'elle, le problème s'était résolu en cinq petites minutes. Comme lors de son premier meurtre, elle s'était contentée de la pousser, ça avait marché, comme cette fois-ci.

À une différence près : cette fois-ci, la victime n'était pas sa propre mère.

CHAPITRE DIX-NEUF

Ivo effleurait le dos de sa femme de ses lèvres avant de mordiller doucement son épaule.

– Debout la marmotte.

Sofia sourit, les yeux fermés.

– J'ai sommeil.

Ivo laissa échapper un gloussement, écarta doucement ses cuisses et la prit en levrette. Son sexe était dur comme de la trique. Sofia rit et poussa un gémissement.

– Tu es insatiable.

Elle se tourna afin qu'il l'embrasse. Il se retira et l'allongea sur le dos.

– J'ai envie de te voir.

Sofia enroula ses jambes autour de sa taille tandis qu'il la pénétrait, l'embrassait sur la bouche en contemplant son beau visage.

– C'est trop bon, murmura-t-elle. Ivo la pilonna plus sauvagement et rit en l'entendant gémir.

– Si tu savais combien je t'aime M. Zacca.

– Autant que je t'aime, Mme Zacca.

Ils étaient en Crète depuis une semaine, dans une luxueuse villa sur la plage. Ils passaient leurs journées à explorer l'île et consacraient toutes leurs soirées, nuits et matinées à faire l'amour et parler d'avenir. Leur parenthèse grecque, seuls au monde, convenait parfaitement à Sofia.

Ils étaient mariés. *Ça* paraissait irréel. Elle avait d'emblée répondu « oui » lorsqu'Ivo avait fait sa demande mais réflexion faite et après discussion, elle se demandait si elle avait pris la bonne décision.

– Ne te sens pas obligé de m'épouser, lui avait-elle dit pour atténuer le choc.

– Tu as le choix. Il doit bien y avoir autre moyen pour que je reste dans ce pays.

Ivo s'était borné à sourire.

– Sofia, Bella, ceci mis à part, veux-tu m'épouser ?

Sofia avait répondu en souriant.

– Oh, mon Dieu oui. C'est un peu précipité mais oui, oui, oui.

– C'est tout ce qui importe. Je t'aime, je veux t'épouser – assez discuté.

Ils s'étaient mariés en toute intimité, avec les parents d'Ivo pour seuls témoins. Walter et Adria, au grand étonnement de Sofia, était enchantés. Walter s'était envolé pour Paris afin d'épauler Adria durant son traitement, Sofia était ravie de voir qu'Adria s'en accommodait largement. Elle se sentait en famille. Adria lui avait offert une simple alliance en or blanc.

– Elle appartenait à ma mère, ma chérie. C'est pour toi.

La petite alliance allait parfaitement à l'annulaire de Sofia, on l'aurait dit faite pour elle, elle l'accepta avec joie et embrassa sa belle-mère.

– Merci. Pour tout.

IVO LUI FAISAIT l'amour au petit matin, Sofia avait enfin trouvé sa place. Elle l'embrassa et passa ses doigts dans ses boucles brunes.

– Je t'aime de tout mon cœur, chuchota-t-elle, Ivo l'embrassa passionnément.

– Je t'aime plus que tout, répondit-il simplement. Il la pilonna plus ardemment, plus profondément, Sofia jouit en se cambrant dans ses bras, elle le sentit éjaculer, son vagin était inondé de sperme. Son mari. Cet homme sublime et généreux était son *mari*.

Sofia se rendit dans la cuisine après qu'ils se furent douchés ensemble et habillés.

– Je meurs de faim. Pas toi, mon trésor ?

Ivo lui souriait, en chemise ou un tee-shirt blanc, il était magnifique et damait largement le pion aux autres hommes.

– Oh, que oui.

Il fit semblant de lui mordre le cou. Sofia gloussa.

– Espèce de fou. Assieds-toi, mari. Femme va cuisiner.

Ivo releva ses emails tout en discutant pendant qu'elle préparait le petit déjeuner.

– Hé, Maceo organise une expo. Il aimerait exposer certaines de tes toiles.

– Super.

Sofia fit glisser les œufs dans son assiette.

– Quand je pense où j'étais y'à un an, j'ai l'impression de vivre sur une autre planète, Ivo. Tout ça c'est grâce à toi.

Il secoua la tête.

– Non. C'est grâce à ton talent.

– Je crois bien qu'on sera toujours en désaccord sur ce point, dit-elle en souriant.

– Mange tes œufs, homme.

Ivo en engloutit une belle fourchetée.

– C'est délicieux, merci. Dis-moi, on devrait songer à s'établir à Paris à long terme. J'aime bien cette ville mais tout dépend de toi.

Sofia approuva.

– Tout me va du moment qu'on est ensemble. Je n'aimerais pas séjourner aux États-Unis trop longuement mais si tel est ton souhait, je ne suis pas contre. Tu sais quoi ?

Elle s'installa à table avec son assiette et entama son petit déjeuner.

– Je ne t'ai jamais demandé où tu vivais avant de venir à Paris.

Ivo sourit.

– On ne se connaît pas si bien que ça au final, même si on prétend le contraire.

– Apparemment.

Ivo caressa sa joue.

– Pour répondre à ta question, j'ai bougé si souvent que je n'ai jamais vraiment eu de maison à moi. J'ai déménagé de Los Angeles en Europe après le lycée et depuis j'ai vécu en location, durant six mois tout au plus. Paris, Venise, Rome, Naples, Vienne, Berlin, Barcelone... voilà.

– Un nomade ?

Il sourit.

– Plus ou moins. Cela dit, je vis à Paris depuis près d'un an.

Sofia se mordit la lèvre.

– Je ne voudrais pas t'emprisonner. Une vie faite de voyages perpétuels ne me dérangerait pas.

– Je n'ai pas l'impression d'être en prison. Pour la première fois, je me sens... à ma place. Je ne dis pas ça pour faire bien, j'ai des racines désormais... non, je ne m'exprime pas correctement. Tout ça... je nous imagine, tels deux dirigeables.

Sofia éclata de rire tandis qu'Ivo poursuivait.

– Deux dirigeables colorés. On volerait où on voudrait, quand on voudrait. On pourrait s'arrimer à la Tour Eiffel quelques temps. Le monde nous appartiendrait.

– *C'est ça*, ta vision du monde ?

Sofia pleurait de rire, Ivo rigolait.

– Je suis sincère.

– T'es fou.

– Fou de toi.

Sofia posa sa fourchette, s'assit sur ses genoux et l'embrassa.

– Va falloir me le prouver.

– Comment ne pas t'aimer ? murmura-t-il d'un air langoureux.

– Tu as tout pour toi... tu es belle, gentille, sexy.

Ils s'embrassèrent sans se soucier de leurs baisers parfumés aux d'œufs brouillés. Ils reprirent leur souffle, Sofia appuya son front contre le sien.

– Je suis la femme la plus heureuse au monde, je ne pouvais demander mieux.

– C'est réciproque. On a tout le temps d'apprendre à se connaître, pour le meilleur et pour le pire.

– Je suis persuadée que tu n'as aucun défaut, dit-elle en souriant, mais Ivo se rembrunit.

– Oh, si tu savais.

Sofia lui souriait.

– Raconte. À moins que tu sois un tueur en série ou le chouchou de sa maman, je ne vois pas.

Ivo rigolait.

– Vu que tu en parles...

Il la plaqua au sol et la chatouilla, elle hurlait de rire.

– Je suis un chatouilleur en série.

– *Divorce !* hurla Sofia en faisant mine de se débattre, elle riait comme une folle. Il l'arrêta et l'enlaça. Sofia déposait des baisers sur ses paupières.

– Abruti, va. Franchement, Ivo, je peux tout entendre, je te demande de ne rien me cacher. Promets-moi que je serai désormais ta confidente.

– Je te le promets, du fond du cœur.

Elle posa sa main sur son bas-ventre, son sexe se dressait sous son caleçon.

– C'est à moi.

Ivo poussa un gémissement tandis qu'elle enserrait son membre.

– C'est à toi depuis le début, Sofia.

– Tu te souviens de notre première rencontre à la piscine ?

– Comment l'oublier ?

Sofia se leva, retira sa robe et son slip. Elle tendit la main et l'attira contre elle, fit passer son t-shirt par-dessus sa tête.

– Je te revois dans la piscine, ton corps splendide enchaînait les longueurs, j'étais dans tous mes états.

Ivo l'embrassa en défaisant le nœud de son caleçon, qu'il descendit avant de s'en débarrasser. Sofia frottait sa verge contre son ventre, il bandait. Elle le regardait les yeux mi-clos, ça le rendait fou de désir.

– J'ai nagé avec toi ; tu t'en souviens ?

– Oui.

– Je n'avais qu'une chose en tête, te toucher. J'ai vu ton visage pour la première fois quand on s'est arrêté à l'extrémité du bassin pour reprendre notre souffle, de l'eau perlait sur tes cils.

Elle effleura ses longs cils épais et embrassa ses paupières.

– Une créature magique. Tes yeux verts étincelaient sous l'éclairage de la piscine...

Ivo pressa ses lèvres sur les siennes.

– Je me souviens que tu ne portais pas de bonnet de bain, ta chevelure ondoyait librement.

Il enroula ses cheveux noirs autour de son poing.

– Ça faisait comme un halo. Quand je t'ai vue, auréolée de tes cheveux je me suis dit « mon dieu, un ange. »

Sofia souriait.

– Qu'est-ce que t'es cucu.

Ivo rigolait.

– Je sais mais c'est ce que j'ai pensé à cet instant précis. J'ai bien cru avoir tout fait foirer lorsque j'ai brisé l'enchantement, en te demandant si tu reviendrais le lendemain.

Sofia l'embrassa en se collant contre lui, sa verge grossissait à vue d'œil, il la serra étroitement contre lui.

– J'avais envie de me réfugier dans tes bras. Mais j'étais une fille des rues, une sans abri, et tu étais...

– Un gars comme un autre.

– Non, tu étais différent des autres. Mon homme-sirène. Je me disais que je ne te reverrais sans doute jamais... j'ai passé la nuit à rêver, à m'imaginer que tu serais peut-être là le lendemain... et si je n'étais pas tombée malade ? En serions-nous là aujourd'hui ?

Ivo soutint son regard.

– J'en ai la conviction. On est faits l'un pour l'autre, Sofia, *amore mio*... faisons l'amour dans la piscine, j'en avais une énorme envie lorsqu'on s'est rencontrés.

– On va se créer un souvenir, faire comme si on venait de se rencontrer.

– Promis...

Ils nagèrent dans la piscine sous le chaud soleil crétois et firent l'amour, savourant chaque instant de leur rencontre, réalisant leurs fantasmes de cette fameuse nuit. Sofia enroula ses jambes autour de sa taille tandis qu'il la pénétrait. Ils firent l'amour dans l'eau, sur le dallage brûlant du patio, Sofia chevauchait sauvagement Ivo. Lorsque la chaleur du soleil devint difficilement supportable, ils se retirèrent dans la chambre fraîche et poursuivirent ce qu'ils avaient commencé.

Ils discutèrent, enlacés et épuisés. Sofia lui raconta sa vie. Elle était née aux États-Unis d'un père blanc inconnu et d'une mère indienne professeur de Physique Moléculaire. Ivo était surpris.

– Waouh. Des passions diamétralement opposées ?

Sofia sourit.

– Oui, mais à sa décharge, elle m'a toujours encouragée à suivre ma voie, mon instinct. Je suis persuadée qu'elle aurait aimé que je fasse « Sciences » mais ça ne s'est pas fait.

– Et ton beau-père ?

Sofia hésita.

– Des années durant, c'était le meilleur père au monde, jusqu'au décès de ma mère. J'ai été énormément peinée – c'est toujours le cas – quand il a fait volte-face. Si je voulais lui trouver des circonstances atténuantes, je dirais que le chagrin lui a tapé sur le système mais...

– Il n'a aucune excuse. Et ta belle-sœur ?

Sofia se rembrunit.

– Elle est détraquée.

Elle regarda Ivo.

– Si je te raconte quelque chose, tu me promets de garder le secret ?

– Parole d'honneur.

Elle parla d'une voix tremblante.

– J'en suis presque certaine à cent pour cent... non, je sais de source sûre que Tamara a tué sa mère.

Ivo était sous le choc.

– Tu en es sûre ?

– Tamara me l'a plus ou moins avoué. Elle détestait encore plus ma mère que moi. Un jour, j'avais treize ou quatorze ans, elle m'a dit « Tu sais, les mamans, c'est parfois très maladroit. » Je n'ai pas compris ce qu'elle voulait dire, ça n'avait ni queue ni tête mais elle a ajouté « parfois... elles tombent », en souriant, j'ai compris où elle voulait en venir malgré mon jeune âge. J'ai demandé à Jonas comment sa mère était morte, il m'a dit qu'elle avait lourdement chuté dans les escaliers bétonnés menant au cellier. Judy était encore en vie lorsque Tamara l'a trouvée. Mais... tout le monde ignorait que Tamara était rentrée en avance de l'école ce jour-là. D'après les médecins, Judy aurait pu être sauvée si les secours avaient été prévenus à temps mais Tamara a mis une demi-heure avant d'appeler, soi-disant sous le choc.

– Dieu du ciel.

Ivo était livide.

Sofia hocha la tête.

– D'après Jonas, Tamara n'a pas pleuré aux obsèques de sa mère, elle est restée plantée là, sans expression aucune, en tenant la main de son père.

Ivo l'attira contre lui.

– Grâce à Dieu, tu ne fais plus partie de cette famille.

Sofia soupira.

– Jonas me manque.

Ivo caressa son visage.

– Il sera toujours le bienvenu.

– Tu l'aimerais à coup sûr, c'est un homme simple, un enseignant – il adorait ma mère, qui l'a poussé à devenir professeur. Il se fiche totalement de la fortune de son père.

– On le contactera à notre retour, ça te va ?

Sofia lui sourit.

– Oh oui alors. On doit aussi annoncer à mon père que son petit chantage est tombé à l'eau.

– Compte sur moi.

20

CHAPITRE VINGT

S on détective privé lui avait fourni l'adresse de l'appartement où elle résidait mais Fergus avait échoué à retrouver Sofia. Désirée finit par tout balancer à Fergus Rutland.

Désirée ouvrit la porte en déshabillé de soie et le regarda méchamment. – Que voulez-vous, Rutland ?

Fergus se mordit la langue. Cette femme sublime et imposante l'intimidait malgré lui mais il ne voulait pas se montrer insultant, elle avait tout de même sauvé Sofia.

– Je vous en prie, je voudrais voir ma fille.

Dési ne souriait pas.

– Elle n'est pas ici.

– Est-ce vrai ?

– Je ne mens jamais, M. Rutland.

– Pardonnez-moi. Elle rentrera plus tard ?

Désirée esquissa un demi-sourire.

– J'en doute. Elle est en voyage de noces.

Fergus vacilla une fraction de seconde et soupira. Il ne comptait pas la faire expulser et mettre sa menace à exécution. Il avait voulu l'impressionner pour qu'elle rentre avec lui. Elle était... mariée ?

– Je vois.

Désirée savourait sa gêne évidente.

– Que vous arrive-t-il, Rutland ? Vous êtes surpris qu'elle ne vous ait pas tenu informé ? Sofia a vécu six mois à la rue – elle a eu le temps de mûrir, vous ne croyez pas ? Ce n'est plus vous qui commandez.

Fergus prit sa tête dans ses mains, abattu.

– Dieu du ciel. J'ai tout foiré.

Un silence s'abattit, Désirée ouvrit la porte en soupirant.

– Entrez. Un verre vous fera le plus grand bien.

DANS LE COULOIR, Grant écoutait, écumant de rage, grâce à une fente dans sa porte. Sofia s'était *mariée* ? Avec ce connard de Zacca ? *Sale pute.* Il attendit que Désirée ait refermé la porte pour réintégrer son appartement et monter sur le toit. Son mugissement de colère se propagea sur les toits avant de se perdre dans le vent et le crachin. Elle était mariée. *Ton « oui » a signé ton arrêt de mort, Sofia.* Grant souriait d'un air sinistre. *Mais non, tu allais mourir de toute façon, ça arrivera juste... plus tôt que prévu. Tu n'auras pas le temps de fêter ton premier anniversaire de mariage ma beauté.*

CHAPITRE VINGT-ET-UN

Tamara exultait, elle s'attendait à ce que Penn ne la contacte pas avant plusieurs jours – après tout, sa petite amie et son enfant étaient morts. L'accident ne fit pas les gros titres mais figura dans les pages locales. *Chute mortelle d'une femme enceinte.* Tamara connaissait le prénom de sa petite amie, Willa. Willa Kline et l'enfant qu'elle portait étaient décédés. Penn Black était en deuil, Tamara ferait preuve de patience. Toute tentative d'approche pourrait lui sembler suspecte. Il ignorait que Tamara connaissait son adresse, qu'elle le savait en couple. Non, elle attendrait son appel.

Entre temps, elle se consacrait à sa petite affaire. Le club *La Petite Mort*, un euphémisme français pour « orgasme », attirait la communauté BDSM. Tamara se fichait que ses connaissances portées sur la chose sachent qu'elle en était la propriétaire ; elle se repaissait de sa récente notoriété. Elle se foutait bien d'avoir englouti les fonds de son père dans l'aménagement de pièces secrètes au sous-sol, si bien dissimulées qu'elle et Grant pourraient s'amuser à torturer leurs proies sans risquer d'être découverts.

Elle décida de l'appeler tout en observant l'architecte mettre la touche finale à la salle du club. Alcôves tendues de velours violet pour l'intimité, lits pouvant accueillir deux à trois personnes voire plus, lumières tamisées, large éventail de sextoys et lubrifiants. Les équipements plus excentriques étaient situés dans des chambres privées, au bout d'un dédale de corridors serpentant dans les entrailles du club. Murs en briques apparentes, éclairage d'un autre âge – le temple de la débauche.

– Ça fait un bail, dit Grant d'un air distrait.

– Tu m'as manqué, susurra Tamara.

– Notre club est une pure merveille. Tu devrais prendre le temps de venir voir.

– Tu sais quoi ? Bonne idée. C'est... plutôt calme ici, en ce moment.

– Comment va mon ex-belle-sœur adorée ? Toujours vivante ?

Tamara souriait d'un air lugubre. Dans son esprit, Willa Black et Sofia incarnaient presque une seule et même personne – un sale moucheron qui méritait de finir écrasé sur un parebrise.

– Pour le moment.

La voix de Grant avait étrangement changé.

– Mon Dieu, ne me dis pas que tu as toi aussi succombé à sa douceur et sa candeur ?

Grant émit un bruit dégoûté.

– Certainement pas. Mon seul regret est de ne pouvoir la tuer *sur le champ*.

Satisfaite, Tamara reprit d'un ton langoureux.

– Parfait. Et si on tuait notre première victime ici ? On pourrait s'amuser un peu avant que tu la plantes.

Cette idée sordide l'excitait, la respiration de Grant s'accéléra.

– Ça peut se faire. Elle aime ça – je l'ai vu baiser en public avec Zacca, dans le cube vitré d'un club privé. Visiblement elle aime ça.

Tamara rit à gorge déployée.

– La petite princesse est une exhibitionniste ?

– Pour sûr. T'as du souci à te faire, vu son corps.

Tamara ne rigolait plus.

– Cette petite salope n'est rien comparée à moi, ne l'oublie pas.

Grant changea de sujet. "On doit la ramener aux États-Unis, Tam. Elle et ce connard de Zacca ont l'air bien intégrés là-bas.

Tamara fit la grimace. Elle *détestait* qu'on l'appelle Tam.

– Il doit bien y avoir un moyen. Elle a percé dans le monde de l'art, apparemment ? Je suis sûre que certains galeristes se laisseront facilement convaincre de se désintéresser de ses croûtes. On va l'enlever.

Elle entendit Grant soupirer.

– Tamara, tu connais les Zacca ? Elle est protégée. Ils ont des gardes du corps... lorsqu'ils apprendront que leur fils a *épousé* une étoile montante, elle bénéficiera d'une protection encore plus rapprochée.

Tamara était pétrifiée.

– Pardon ?

– Sofia a épousé Ivo Zacca.

Le sang de Tamara ne fit qu'un tour.

– Cette parvenue de merde a épousé un *milliardaire* ?

– Oui.

– *Putain !*

Tamara essayait de se calmer mais elle écumait, sachant que Sofia avait décroché le gros lot.

– Elle est morte, Grant, je me fiche du reste. Sofia Amory est *morte*. Tu comprends ?

– Oh, ok mais faudra faire gaffe. Vois ce que tu peux faire de ton côté pour la ramener à New York – ce sera un bon début mais putain calme-toi, tout se passera bien.

Tamara raccrocha et inspira profondément. *Non. Mieux valait tuer Sofia en plein bonheur.* Tamara se calma. *Ce sera encore plus cruel et d'autant plus jouissif.* Elle prit son iPad et chercha Ivo Zacca sur Google. Putain. Sofia savait où les choper. Ivo Zacca était encore plus canon que Penn Black. Elle contempla la photo en souriant, quels splendides yeux verts. Elle se demandait s'il avait une grosse bite, quel amant il était. Elle comptait bien le découvrir avant de l'achever.

Je vais t'anéantir, M. Zacca, je briserai ton cœur. Son portable vibra, elle regarda l'écran, le cœur léger.

– Bonjour mon chéri, comment tu vas ?

Un sanglot étouffé lui répondit.

– Tamara ?

Elle sourit.

– Oui, mon chéri... que se passe-t-il ?

– On peut se voir ?

Penn avait du mal à garder son calme. Tamara paniqua – ils se voyaient habituellement au Tension, mais ce cadre semblait mal choisi aujourd'hui.

– Bien sûr mon trésor, tu veux que je vienne chez toi ? Tu n'es pas en état de conduire.

Il lui communiqua l'adresse qu'elle connaissait par cœur, elle arriverait au plus vite.

Tamara prit son sac en souriant et sortit en trombe du club dont l'ouverture ne saurait désormais plus tarder. Tout marchait comme sur des roulettes.

PENN ÉTAIT saoul et presque inconsolable. Il tomba dans ses bras dès qu'il ouvrit la porte, Tamara le força à s'allonger sur le canapé. Il y avait des photos de Penn et Willa partout mais Tamara ne pipa mot.

– Qu'est-ce qu'il y a mon chéri ? Je vais t'aider et préparer du café, on discutera après.

Elle se rendit dans la cuisine, fit du café et retourna voir comment il allait. Il sanglotait, elle se dirigea dans la salle de bain et fit couler une douche chaude.

– Viens ici mon trésor.

Elle réussit à le déshabiller et le fit entrer sous la douche, se dévêtit à son tour et entra avec lui pour le soutenir. Son haleine empestait le whisky et les cigarettes – au grand étonnement de Tamara – elle ne savait pas qu'il fumait, il s'était consolé avec le premier truc venu. Elle ne recula pas lorsqu'il l'embrassa, elle le désirait bien qu'il soit pété comme un coing, ses yeux bouffis à demi fermés. Ils firent l'amour sur le sol de la salle de bain et au lit, Penn la posséda sauvagement, lima sa chatte jusqu'à ce qu'elle demande grâce et finit par la sodomiser. Tamara avait l'habitude du sexe brutal mais ça n'avait rien à voir. Ils baisèrent jusqu'à l'aube, Penn finit par s'endormir dans ses bras.

Tamara était courbaturée, le sachant profondément endormi, elle se leva pour se rendre dans la salle de bain et contempla son reflet dans le miroir en souriant. Son maquillage avait coulé mais son regard brillait d'excitation. *J'ai réussi... je l'ai fait.* Tamara ouvrit le robinet et se rafraîchit le visage, essuyant l'eyeliner qui avait coulé.

Penn l'appelait.

– Je suis aux toilettes mon chéri, je reviens.

Elle se lava les mains dès qu'elle eut terminé, grimpa dans le lit, se blottit dans ses bras et posa sa tête sur sa poitrine.

– Ça va ?

Penn la regardait, triste au possible.

– Non ça va pas. Je l'ai trouvée y'a quelques jours en rentrant à la maison. J'ai appelé le Samu mais c'était trop tard. Elle était enceinte et... *oh, mon Dieu...*

Il faillit de nouveau éclater en sanglots mais Tamara voulait l'entendre de sa propre voix.

– Qui, mon chéri ? Qui est mort ?

Il ferma les yeux afin de réprimer ses émotions et finit par la regarder en face.

– Ma sœur. Ma sœur est morte. Elle est apparemment tombée dans les escaliers, je ne sais pas ce qu'elle y faisait, les ascenseurs fonctionnaient et... oh, mon Dieu, Tamara, comment je vais faire ? Comment vais-je affronter son mari quand il rentrera ?

Tamara était sous le choc. Sa *sœur* ? *Oh Dieu du ciel... c'était pas* sa copine... ni son *enfant* ... Le choc devait se refléter sur son visage, Penn tomba dans le panneau et se jeta dans ses bras.

– Je voulais te la présenter, que vous fassiez connaissance. Elle t'aurait adorée. Elle et moi... on était constamment fourrés ensemble jusqu'à ce qu'elle fasse la connaissance de Jake. Nos parents sont morts il y a longtemps, elle avait enfin rencontré l'homme de sa vie, ils s'étaient mariés, elle était tombée enceinte dans la foulée. Il est soldat en Afghanistan, on s'est parlé hier, il est anéanti.

– Je suis sincèrement désolée, mon amour.

Tamara ne savait pas ce qu'elle ressentait – son sentiment de victoire était certes amoindri mais elle savait désormais une chose... Penn n'avait plus qu'*elle* au monde.

Son amant dévasté enfouit son visage dans son cou, Tamara Rutland arborait un grand sourire.

CHAPITRE VINGT-DEUX

A dria enlaça étroitement son fils.

– Mon chéri, quel plaisir de te voir. Alors, ce voyage de noces ? Où est ma splendide belle-fille ?

Ivo essaya de ne pas montrer à sa mère le choc qu'il éprouvait de la voir ainsi. Elle avait encore maigri depuis leur mariage, voilà deux semaines. Ses pommettes étaient saillantes, sa peau mate paraissait livide, il se força à sourire.

– Sofia discute dans le couloir avec son ex-beau-père. Elle tenait à lui dire en personne qu'elle ne veut plus jamais le revoir. Ce ne sera pas long.

– Très bien. Vous m'avez manqué tous les deux.

Ivo regarda autour de lui.

– Où est Papa ?

Adria leva les yeux au ciel.

– Parti m'acheter des cadeaux je présume. Pauvre Walter, il ne sait pas quoi faire depuis que je suis malade, il fait de son mieux, il me gâte trop. Il est adorable mais je n'ai plus besoin de diamants.

Elle soupira et s'assit. Ivo s'installa en face d'elle, son cœur cognait dans sa poitrine.

– Mamma… ne me cache rien. Ton cancer a empiré ?

Adria hésita et confirma.

– Je crois que oui, *Piccolo*. Mon chéri, j'ai des métastases au foie et au cerveau.

Ivo ferma les yeux et retint un gémissement de douleur. Sa maman chérie venait de lui annoncer qu'elle était mourante.

– Combien ?

Sa voix était grave et rocailleuse. Adria prit sa main.

– Un an, peut-être moins. Mon chéri, tout ce que je veux c'est qu'on profite le plus possible ensemble. Tu ne m'as procuré que du bonheur, en épousant la magnifique Sofia, et avec la naissance imminente de ma petite-fille.

– Mon Dieu, Mamma, j'aurais voulu que ma fille et les enfants que j'aurais avec Sofia te connaissent. C'est pas juste.

– Ivo Zacca... *la vie* est injuste, tu es bien placé pour le savoir. Rien ne marche jamais comme prévu. Ne crois-tu pas que j'aurais préféré rester mariée avec Walter ? Nous avons certes été volages mais nous aurions dû nous battre ensemble, accepter peut-être un mariage plus libre, mais ce n'était pas envisageable à l'époque.

Elle poussa un long soupir, Ivo l'observait.

– Tu aimes toujours Papa.

– Je n'ai jamais cessé de l'aimer, et lui non plus. On ne voulait pas s'écharper, pour toi. On a fini par divorcer parce que c'était ce qu'il y avait de mieux à faire. On était libres de coucher avec qui on voulait sans se le reprocher. Ton père est, et restera, l'homme de ma vie.

Ivo acquiesça lentement.

– Je comprends ce que tu ressens. C'est pareil avec Sofia.

Adria sourit.

– Vous devez apprendre à vous connaître mais je sais au fond de moi que Sofia est la femme de ta vie.

– Plus que Clémence ?

– J'adore Clémence, mais ce n'était pas une fille pour toi. C'est une scientifique, tu es versé dans les arts. Sofia est ton âme sœur.

Ivo souriait à sa mère, malgré son cœur brisé.

– J'arrive pas à croire que tu sois malade, Mamma.

– Je me battrai contre le cancer, mon chéri. Je ferai tout pour l'oublier, jusqu'à la dernière ligne droite.

IVO RENTRA chez lui sans mot dire en tenant Sofia par la main. Il lui avait annoncé que sa mère était en phase terminale, Sofia avait longuement pleuré avec lui. Il lui demanda ce qui s'était passé entre elle et son beau-père, mais elle lui répondit, d'un air las, qu'elle n'avait pas envie d'en parler.

– Dommage qu'il soit venu. Ce qui est fait est fait. Pensons plutôt à nous.

Il déposa un baiser sur sa tempe. Il était très partagé, épuisé, brisé par la maladie de sa mère et ivre de joie d'avoir épousé Sofia. Il serait bientôt père. Il s'inquiétait pour Sofia, son père ne reculerait devant rien pour qu'elle réintègre la famille des Rutland. Il était hors de question que Sofia ait affaire aux Rutland de près ou de loin, surtout après ce qu'elle lui avait raconté au sujet de cette cinglée de Tamara. Et si elle poussait Sofia… mon Dieu, quel cauchemar.

Il devait aussi songer à son travail – qu'il avait négligé ces derniers temps. Il devait répondre à des tas d'emails et avait rendez-vous avec Désirée à la galerie. Elle comptait développer leur partenariat et était tout excitée. Pour la première fois, à l'âge de trente-sept ans, il se sentait à sa place dans cette ville splendide. Il avait l'impression que Paris l'accueillait à bras ouverts. La mère de Walter, la grand-mère d'Ivo, était française, il se voyait bien élever ses enfants ici. *Pas encore*, songea-t-il, *c'est encore trop tôt pour Sofia et moi*. Sofia était jeune, une carrière prometteuse l'attendait. Ils avaient largement le temps.

De retour à l'hôtel, ils se firent monter à dîner et discutèrent de choses et d'autres.

– On devrait commencer à chercher sérieusement un appart.

Il prit son sac.

– J'ai repéré quelques trucs mais je préfèrerais qu'on choisisse ensemble.

Sofia parcourut les brochures les yeux exorbités, tout était hors de prix. – Ivo... c'est complètement hors budget. On devrait se rabattre sur des biens plus abordables.

Ivo la regarda avec étonnement. Il comptait bien entendu acheter l'appartement sur ses propres deniers. Il comprit que Sofia comptait faire moitié moitié. Non mais franchement...

– Ma chérie, tu veux bien me laisser acheter l'appartement ? On va devoir trouver de quoi se loger rapidement, je sais que ça te paraît bizarre mais j'aimerais vraiment. S'il te plaît. On partagera tout le reste, promis, cinquante-cinquante. Tout le monde sait que j'ai largement de quoi. Ça fait partie du jeu.

Sofia était mal à l'aise.

– Je ne... voudrais pas passer pour une femme entretenue.

Ivo lui sourit.

– Oh, n'aie crainte. Va travailler, femme. Écoute, on va trouver un appart tranquille et assez spacieux pour que tu puisses avoir ton propre atelier. En guise de cadeau de mariage.

Sofia ne savait que penser.

– Tu me laisses y réfléchir ?

Il pestait intérieurement mais opina du chef, cachant son agacement.

– Bien sûr.

Ils mangèrent en silence.

– Ivo ?

– Oui, cara mia ?

– Ne te fâche pas. J'ai parfois encore du mal, je ne me sens pas toujours totalement en sécurité. Je fais des efforts, je sais que je peux te faire confiance mais... et s'il arrivait quelque chose ? Je me retrouverais à la rue. Je m'en fiche, plutôt mourir que vivre sans toi mais...

– Ne dis plus *jamais* ça, rétorqua Ivo un peu durement, prenant Sofia de court. Il s'efforça de sourire. « Pardonne-moi ma chérie. Je ne supporte pas l'idée qu'il puisse t'arriver quelque chose. »

– C'est rien.

Une tension étrange avait plombé la soirée, et, pour la première fois depuis le début de leur relation, ils ne firent pas l'amour.

Le lendemain, Ivo trouva un mot sur la table de chevet à son réveil, Sofia était partie travailler plus tôt.

SOFIA PENSAIT d'abord se rendre à la galerie mais décida de passer à l'appartement de Désirée récupérer quelques vêtements et des livres. L'étrange conversation de la veille lui avait laissé une sensation de malaise, elle se demandait, en fourrant ses affaires dans son sac à dos adoré, si elle avait eu raison de faire preuve d'autant de prudence. Ils étaient mariés bon sang, ils avaient besoin d'un appartement rien qu'à eux. Elle ne pouvait rien offrir de convenable à Ivo, pourquoi ne pas le laisser acheter un appartement confortable ? Ça la gênait – elle se retrouvait une fois encore à dépendre d'un homme. *C'était bien le but du mariage, non ?*

Mon Dieu. Sofia se ressaisit, elle s'en voulait. Ivo l'adorait... elle *devait* apprendre à faire confiance. *Va te faire foutre Fergus, tout ça c'est de ta faute.*

Elle était si absorbée dans ses pensées qu'elle ne vit pas Fergus Rutland qui l'attendait en bas de l'immeuble, dans la rue. Elle aperçut encore moins l'immense garde du corps qui se glissa derrière elle. Elle s'arrêta net, submergée par la colère, en voyant Fergus.

– Je t'avais pourtant dit de ne plus chercher à me voir.

Fergus lui décocha un sourire glacial.

– Ton petit jeu est terminé, Sofia. Ta place est auprès de ta famille, à New York.

Sofia sentit qu'on l'attrapait par les épaules et l'attirait vers la portière ouverte d'un taxi.

– Non ! Lâche-moi, *fils de pute* !

Fergus regarda autour de lui avec nervosité.

– Fourre-la dans la voiture, bordel.

Le vigile essaya de la faire entrer de force dans le taxi mais Sofia appela à l'aide.

– *Hé !*

Felix surgit et arracha Sofia des mains du vigile qui s'en prit à lui. Felix esquiva le balèze sans le moindre effort et lui décocha un violent coup de coude en pleine tempe. Fergus Rutland poussa un juron et sauta dans le taxi qui démarra en faisant crisser les pneus, le vigile gisait inconscient sur le trottoir. Felix passa son bras autour de Sofia, tremblante, et l'entraîna à l'écart.

– Ça va ma belle ?

Sofia secoua mollement la tête, trop secouée pour parler. Felix demanda à un homme qui s'approchait d'appeler la police.

– Je l'amène chez moi, lui préparer un thé bien chaud... vous pouvez surveiller ce salaud pour pas qu'il s'échappe ? Appartement numéro trois.

Sofia le laissa l'entraîner à l'intérieur. Son appartement propre et épuré n'était pas très accueillant mais Sofia n'ergota pas, préférant ne penser à rien. Felix l'enveloppa dans une couverture. Elle avait mal aux bras là où le vigile l'avait attrapée, encore sous le choc de cet enlèvement raté. Felix revint avec du thé chaud et s'agenouilla devant elle, l'inquiétude se lisait dans ses yeux bleus.

– Sofia, vous voulez que j'appelle quelqu'un ? Votre mari ?

Sofia le regarda avec stupeur.

– Vous connaissez Ivo ?

Felix lui adressa un demi-sourire et toucha la petite alliance en or blanc qui brillait à son annulaire gauche.

– Laissez tomber. Félicitations. Qui était le type de tout à l'heure ?

– Mon beau-père, il est complètement malade, je le lui ai déjà dit... peu importe.

Elle but une gorgée de thé.

– Merci, Felix.

– Je vous en prie ma chère. Je descends voir la police pour m'assurer qu'ils embarquent bien ce sale type.

– Ok, merci.

Felix parti, Sofia poussa un profond soupir et tenta de calmer son cœur battant à tout rompre. Ah oui ? Fergus avait failli la kidnapper ? Pourquoi diable tenait-il tant à la ramener ? Elle n'y pensa plus, prit son téléphone pour appeler Ivo et s'arrêta. Elle ne voulait pas qu'Ivo se fâche et aille trouver Fergus – la violence n'engendrerait que la violence. Elle se frotta le visage et parcourut l'appartement du regard.

C'était très dépouillé – de vieux meubles vraisemblablement d'occasion, aucunes photographies, pas de livres, nulle trace de télévision ou de chaîne hifi. C'était plutôt étonnant – Felix était pourtant un homme chaleureux et ouvert, elle s'attendait à ce que son appartement soit à son image, et non glacial. Elle frissonna malgré elle et se leva, emporta la tasse de thé dans la cuisine, la rinça et la posa sur l'égouttoir.

Son regard fut attiré par quelque chose, le passeport de Felix. Elle l'ouvrit d'un air coupable et sourit en voyant sa photo. Felix arborait un air boudeur mais on était tous moches sur ce genre de photo, n'est-ce pas Sauf Ivo, songea Sofia éperdument amoureuse, il est splendide en photo.

C'est alors que son poil se dressa, sous le choc. Le nom. Non pas Felix Hammond mais *Grant Christo*. Elle relut comme si elle avait la berlue. Felix – *Grant* – avait menti sur son identité. *Pourquoi ?* Elle aurait voulu remonter le temps et ne pas avoir regardé le passeport, elle n'en aurait jamais rien su. Elle le feuilleta. Il avait parcouru le monde mais ne comportait heureusement aucun visa pour Venise ou la Crète – du moins pas durant son séjour avec Ivo. *Elle devenait parano ou quoi ?*

Pourquoi avoir donné un faux nom ? *Ça n'a rien à voir avec toi, Amory, il doit avoir ses raisons, ça ne te regarde pas.* Elle reposa le passeport à sa place et retourna dans le salon au moment où Felix/Grant revenait. *Felix,* se dit-elle, *bon sang ne te dégonfle pas, dis-lui que t'es au courant.*

Il lui souriait.

– Ils l'ont embarqué.

Sofia était surprise.

– Ils n'ont pas voulu me parler ?

– Je leur ai tout raconté. Hé, asseyez-vous. Je dois avoir du whisky quelque part.

Sofia hésita mais partir aurait été impoli. Elle avait échappé à un enlèvement grâce à lui. Grant revint avec une bouteille et deux verres.

– Alors dites-moi un peu, à quand la prochaine expo ? J'étais époustouflé par vos toiles lors du vernissage, vraiment passionnant.

Sofia, m'accorderiez-vous une interview ? Je suis en manque d'inspiration, sait-on jamais.

Sofia se mordit la lèvre.

– Je n'aime pas me retrouver sous le feu des projecteurs, Felix. Je l'ai fait pour Elli Navaro parce que c'est une amie.

Grant la regarda en souriant.

– Pas moi ?

Sofia sourit d'un air gêné.

– Excusez-moi, bien sûr que oui, ce n'est pas ce que je voulais dire, pardonnez-moi. Je suis... timide, voilà tout. Je ne voudrais pas, par manque d'expérience, me mettre dans une situation pouvant s'avérer gênante ou porter préjudice à mon mari ou sa famille.

– J'ignore qui est votre mari mais il a *beaucoup* de chance.

Il la regarda un peu trop longuement et se détourna, intimidé. Sofia rougit et toussa, gênée.

– Ivo Zacca. Vous ne le connaissez pas mais vous avez forcément entendu parler de ses parents. Walter Zacca et Adria La Loggia.

Grant ouvrit grand les yeux.

– Waouh.

Sofia poussa un petit gloussement.

– Ouais. J'ai eu exactement la même réaction. Vous savez Felix, je n'ai pas l'habitude d'être sous les feux de la rampe. Je préfère me montrer prudente, surtout vis à vis de mon ex-belle famille.

– Je comprends votre besoin de quiétude.

Grant soupira et regarda par la fenêtre, il hésita avant de parler.

– Sofia, on a tous nos secrets, ou des zones de notre vie qu'on préfèrerait oublier. N'est-ce pas ? Prenez un pseudonyme. On se mettrait d'accord sur un nom, vous me raconterez ce que vous voudrez bien me raconter. L'histoire d'une sans abri qui a réussi.

Sofia trouvait le sujet passionnant vu sous cet angle.

– Personne ne saurait qui se cache derrière mon pseudo ?

– Absolument pas, à moins que vous le souhaitiez. Je dois m'absenter quelques jours, ça vous laissera le temps d'y réfléchir.

Il prit une carte de visite dans sa poche et la lui tendit.

– Appelez-moi quand vous voudrez.

. . .

Grant salua Sofia avant qu'elle s'engouffre dans le taxi qui la déposerait à l'hôtel d'Ivo. Son sourire s'effaça, il rentra une fois le taxi parti. La présence de Sofia l'avait fortement perturbé, un désir lubrique s'était emparé de lui, il se déshabilla, fila sous la douche et se masturba vigoureusement, il s'imaginait en train de la toucher, l'embrasser, la baiser, la tuer. Bon sang, que lui arrivait-il ? Il n'avait jamais ressenti pareille obsession, ça l'effrayait. Il avait du mal à se retenir en sa présence.

Rentrer quelques jours à New York lui ferait le plus grand bien. Ici, à Paris, il ne pensait qu'à lui coller aux basques, il craignait que son obsession ne lui fasse commettre une imprudence. À New York, il pourrait penser à autre chose, assouvir ses besoins sexuels sur Tamara. Ils mettraient sur pied le meurtre de Sofia, prépareraient son exécution dans les bas-fonds du club. Grant jouit en pensant à Sofia, entravée, nue sur la croix de Saint André, sanguinolente et épuisée à force de coups de fouet, elle le supplierait de la tringler, il pilonnerait sa chatte toute douce avec sa grosse bite. Il la poignarderait alors qu'elle l'embrasserait passionnément, il poussa un gémissement rauque et éjacula abondamment. Il l'imaginait le remerciant tandis qu'elle rendait son dernier soupir, ses yeux deviendraient vitreux, elle girait, exsangue.

Deux heures plus tard, il s'envolait pour New York, son fantasme plus vivace que jamais. *Bientôt, ma Sofia chérie, très bientôt, tu me diras que tu m'aimes. Ta fin approche.*

Sofia avait décidé de ne rien dire à Ivo concernant sa tentative d'enlèvement. Elle avait retourné la question dans tous les sens tandis que le taxi l'accompagnait à son hôtel. Elle voulait aller de l'avant, oui, elle était d'accord pour qu'il achète leur appartement. Pour le reste, ils feraient cinquante-cinquante, elle pensait qu'il serait d'accord, tant qu'elle le laissait la gâter. Elle ne voulait pas que sa fortune soit le ciment de leur couple, mais elle n'était pas née de la dernière pluie.

Ivo était un homme fier, un rien suffisait pour le mettre mal à l'aise. Il aurait fait de même à sa place.

Elle ouvrit la porte de sa suite et lança doucement pour ne pas déranger :

– Salut mon amour.

Ivo se leva du canapé tandis qu'elle approchait ; un homme beau comme un dieu et sincèrement désolé lui adressa un demi-sourire depuis son fauteuil.

Ivo embrassa Sofia, il rayonnait.

– Salut ma beauté, je suis content de te voir. Sofia, je te présente mon meilleur ami et colocataire à la fac. Viens dire bonjour, mon pote.

Il tendit la main en souriant.

– Bonjour, Sofia. Ivo m'avait dit que vous étiez splendide mais il était loin du compte. Ravi de vous rencontrer. Penn, Penn Black.

CHAPITRE VINGT-TROIS

– **P**enn t'a plu ? demanda Ivo à Sofia, après avoir dîner avec son ami.

– Oui, beaucoup. Je suis vraiment peinée pour sa sœur. Quelle horrible façon de perdre un proche, enceinte, qui plus est. Mon Dieu !

Sofia secoua la tête, en larmes.

– Il est venu me l'annoncer de vive voix. Willa était adorable, une chouette copine. Mon Dieu, la mort est partout, soupira tout doucement Ivo.

– Hé, arrête. C'était un accident et ta mè... Adria est toujours parmi nous, ok ? Ne baisse pas les bras.

Ivo se pencha en souriant et l'embrassa.

– Je t'aime.

Elle effleura ses lèvres à plusieurs reprises.

– Je t'aime aussi, M. Zacca, tu sais j'ai réfléchi ; allons-y. bingo. C'est que de l'argent, après tout.

Ivo était enchanté.

– Vraiment ?

– Absolument. Je me suis comportée comme une idiote. Ta

richesse fait partie intégrante de ta personne, tu ne cherches pas à en mettre plein la vue, ou à vouloir paraître mieux que les autres. Alors c'est oui, Ivo Zacca, achetons une maison mais là je travaillerai comme une dingue pour apporter ma pierre à l'édifice. Marché conclu ?

– Marché conclu. À une condition.

Sofia sourit, il fallait toujours qu'il ait le dernier mot.

– Dis-moi ?

– On cherche ensemble.

Sofia grommela.

– Ok, ok. Qui sait quelle crise de la quarantaine tu nous ferais et dégoterais un taudis ?

Ivo rit à gorge déployée.

– Tu ne me fais pas confiance, femme. Ne compte pas sur moi pour garder tes talons aiguilles à paillettes.

– Oh, je vois que monsieur me connait bien, répondit Sofia impassible, avant d'éclater de rire.

– On va bien s'amuser.

CE FUT LE CAS. Trois jours plus tard, ils avaient déjà visité cinq appartements et savaient parfaitement ce qu'ils recherchaient, et où. Le troisième appartement était un toit-terrasse dans le quartier branché du Marais avec une vue à couper le souffle, une vaste terrasse qu'Ivo jugea assez spacieuse pour y installer « un matelas extérieur ». Ils échangèrent un regard – il y aurait visiblement du sexe au programme.

Sofia quitta la pièce pendant qu'Ivo négociait avec l'agent immobilier. Le bien valait plusieurs millions d'euros. Ça la dépassait franchement. Elle se rendit sur la terrasse et contempla la ville. En moins d'un an, la sans-abri avait réussi à épouser un séduisant milliardaire et dormirait bientôt dans un luxueux toit-terrasse ?

Maceo Bartoli l'avait contactée, une place lui était réservée dans sa future exposition à Venise. C'est louche, songea-t-elle, tout va trop bien. Une vague de culpabilité l'envahit au souvenir d'Adria, sa belle-mère chérie n'en avait plus pour longtemps. Elle devait savourer la vie, elle le valait bien.

– Coucou.

Ivo vint à sa rencontre.

– J'ai dit à l'agent qu'on prendrait notre décision d'ici quelques jours, qu'on avait d'autres appartements à visiter.

Sofia acquiesça et susurra :

– On prend bien celui-là ?

Ivo la contemplait d'un air espiègle.

– Oh oui, mais *elle* n'a pas besoin de le savoir.

Sofia gloussa. Ils remercièrent l'agent immobilier, et tout à leur bonheur, partirent honorer leur prochain rendez-vous.

Plus tard, alors qu'ils décidaient où aller dîner, Penn Black les contacta et leur proposa de le rejoindre sur une embarcation privée pour un dîner au clair de lune, sur la Seine.

– Ça peut paraître étrangement romantique mais on va vite dissiper ce petit malentendu à nous *trois*, dit-il en rigolant.

– Ha, répondit Sofia lorsqu'Ivo lui relata les dires de Penn.

– Il ne s'avancerait pas autant s'il savait qu'on kiffe les trucs cochons.

Ivo souriait.

– Je ne pense pas ça le choquerait. Penn est plutôt ouvert d'esprit, je veux dire par là qu'il a des tendances quelque peu particulières.

– Ah bon ? Raconte.

Sofia se contorsionnait dans une robe bandana violette, Ivo se distrait l'espace d'un instant. Elle le vit la reluquer et remua son popotin, ce qui fit rire Ivo.

– Bon sang, je bande à cause de toi. Concernant Penn...

Il s'arrêta net et contempla son érection, visiblement désolé.

– Non, je ne peux pas te parler des penchants sexuels de Penn avec une trique pareille, ça me ferait vraiment bizarre.

Sofia ricana mais s'agenouilla devant lui.

– Laisse, je m'en charge, faisons comme si les fantasmes de Penn étaient les tiens, dis-moi ce que tu aimerais me faire... ou ce que tu aimerais que je te fasse. Je suis prête à tout, mon chéri.

Ivo poussa un gémissement tandis qu'elle l'avalait et titillait son gland du bout de la langue.

– Dieu du ciel, Sofia... en fac, Penn... enfin, *je* fréquentais les clubs BDM du coin. Tous les soirs. Mon colocataire savait très bien ce que *j'y* faisais. *Je* baisais et me faisais baiser, puis, en tant que Dominant, *je* partais en quête d'une Dominée pour la nuit. Elle faisait tout ce que je lui demandais, elle était ravie. Elle me laissait lui donner des claquer sur les fesses, la fouetter avec une cravache, lui faire mal...

Sofia, émoustillée par son récit, poussa un gémissement de plaisir. Elle lui taillait une pipe lorsqu'elle le sentit frémir. Son sperme épais et salé gicla sur sa langue. Ivo l'allongea par terre, remonta sa robe jusqu'à sa taille et enfouit sa tête entre ses cuisses. Il mordilla son clitoris, enfonça profondément sa langue dans sa vulve. Sofia jouit en frémissant, il plongea sa bite raide comme un piquet dans sa chatte trempée, elle haleta et poussa un cri de plaisir.

– Raconte-moi ce qu'Ivo et Penn me feraient... vous seriez d'accord pour me baiser ensemble ?

– Oh bon sang oui. Penn enfouirait sa bite dans ta chatte pendant que je sodomiserai ton joli p'tit cul. On t'embrasserait, on caresserait tes seins, ton joli ventre. La marque de mes mains resterait imprimée sur tes hanches, je planterais mes ongles dans ta chair, jusqu'au sang...

– Oh oui, *oui*...

Sofia se contorsionnait sous lui, elle haletait.

– Encore, Ivo, continue...

– Tu accueillerais ma bite turgescente dans ton cul, sur ton ventre, dans ta bouche. La douleur serait exquise, tu me supplierais de continuer. Tu sucerais ma verge pendant que je branlerais ton clitoris, Penn lui, te sodomiserait. Nous disposerions de ton corps à notre guise... tu le chevaucherais, tu t'empalerais sur lui pendant que je te baiserais par derrière... je jouirais sur ton ventre...

Ils crevaient de désir, ils jouirent en chœur en hurlant, ils étaient si épuisés qu'ils restèrent allongés une vingtaine de minutes sans parler. Ivo roula sur le côté et la regarda en souriant.

– Waouh.

Sofia riait.

– Waouh. C'est fou, l'idée qu'un autre homme se joigne à nous s'avère follement excitante.

Ivo gloussa.

– J'avoue que ça me fait fantasmer de t'imaginer en train de te faire démonter – tant que j'ai confiance. Penn est comme un frère pour moi, quoique dans ce contexte, le terme « frère » soit mal choisi.

– Meilleur ami.

– Voilà. Je fais entièrement confiance à Penn.

Sofia l'observait.

– Tu crois que... ?

Ivo hocha la tête.

– Et comment. Il te plaît, n'est-ce pas ?

– Je n'ai d'yeux que pour toi.

Elle battit des cils, en comédienne accomplie, Ivo riait aux éclats.

– Oui, il est effectivement très séduisant, mais tu restes le premier sur ma liste. Ça t'embêterait pas qu'il me saute ?

– Non. Tant que ça a lieu en ma présence, dit-il en plaisantant. Il paraissait moins sûr de lui tout à coup.

– Hé, elle se redressa et le fit asseoir.

– Rien ne nous y oblige. En parler nous a fait vivre un orgasme explosif, tu n'as aucune crainte à avoir au sujet de ma fidélité...

– C'est pas ça, je sais que tu serais partie prenante, dit-il avec détermination, puis il hésita.

– En fait... je voudrais être certain de ne pas te forcer si tu ne te sens pas prête. Tu étais vierge il y a encore quelques mois. Et maintenant...

– Tu es adorable, Sofia l'embrassa tendrement.

– Et oui, j'étais vierge. Tu crois que je ne fantasmais pas quand j'étais vierge ? Que je ne me suis jamais masturbée ? Bon sang, la quantité de piles que j'ai utilisées...

Elle loucha et tira la langue, ce qui fit rire Ivo.

– Mais Ivo, j'ai envie de tout vivre avec toi. J'ai envie que tes fantasmes se réalisent, te rendre la pareille. Je suis prête à *tout*.

Ivo pressa son front contre le sien.

– Si tu savais combien je t'aime, Mme Zacca.

– Je n'ai pas encore l'habitude mais je t'aime aussi.

Ivo l'embrassa.

– J'oublie parfois notre différence d'âge. Tu es mon âme sœur.

– Et toi, la mienne.

Sofia se leva et l'aida à faire de même.

– Rien ne pourra nous arrêter, tant qu'on est ensemble.

Elle se mordit la lèvre, la tête ailleurs.

– Ivo, je dois te dire un truc. Il m'est arrivé quelque chose le jour où j'ai rencontré Penn. Je ne t'ai rien dit pour pas que tu t'énerves et fasses une bêtise mais je te dois la vérité. Promets-moi juste de ne pas m'interrompre.

Ivo inspira profondément.

– Je t'écoute.

– Mon beau-père a essayé de me kidnapper.

Sofia vit la rage et la crainte exploser sur le visage d'Ivo mais il se contint et les musela.

– Raconte, Sofia.

Elle s'installa sur le lit, lui fit signe de s'asseoir et prit sa main.

– J'étais devant l'appartement de Dési. Il était accompagné d'un garde du corps baraqué, il a voulu me faire entrer de force dans un taxi. Heureusement, Felix... ou Grant... peu importe son nom, est venu à ma rescousse. Il a appelé la police, qui a embarqué le garde du corps. Mon beau-père, ce lâche, s'était barré.

Ivo serrait les poings, ses jointures blanchissaient, elle caressa ses cheveux.

– Hé, tout va bien, j'ai rien.

– Le fils de pute.

Ivo ferma les yeux, il ne parvenait plus à se contenir. Il finit par les rouvrir.

– Qui est Felix Grant ?

Sofia gloussa.

– Quand je l'ai rencontré il m'a dit s'appeler Felix mais... oh, peu importe. C'est le voisin de Dési.

– Je lui dois un verre, et pas de la piquette.

– Il est sympa. Je croyais que tu l'avais rencontré lors du vernissage mais apparemment pas.

Elle se leva et arrangea sa robe.

– Je tenais à ce que tu le saches.

– Merci de m'en avoir parlé mais la prochaine fois, n'attends pas, ok ?

Elle l'embrassa.

– Promis. Merci de ne pas t'être mis en colère.

Elle lui sourit d'un air taquin.

Si tu veux que je te taquine...

– Vilaine fille.

– Je ne t'apprends rien.

Elle le trouva préoccupé, dans le taxi qui les conduisait vers la Seine. Sofia se blottit contre lui pendant qu'ils cheminaient jusqu'au bateau de Penn.

– Hé, oublie ça.

Ivo lui sourit mais le cœur n'y était pas.

– Ça risque pas mais je vais essayer ce soir.

Sofia l'embrassa sur la joue et effleura sa barbe naissante du bout du nez.

– Tout ce qui compte c'est que je t'aime, mon chéri. N'oublie pas qu'on a quelque chose de prévu, t'as pas oublié ?

Elle effleura sa lèvre inférieure du bout de sa langue et lui arracha un gémissement.

– Je bande à nouveau. Bon sang, Sofia, dit-il en riant tout en passant plus étroitement son bras autour de ses épaules.

– Tes fantasmes se réaliseront d'ici la fin de la soirée, Ivo, du moins, je l'espère.

Penn les accueillit en souriant et leur donna l'accolade, il admirait Sofia en connaisseur.

– Putain, Sofia... Ivo Zacca, t'es un beau salaud.

Ivo et Sofia échangèrent un regard de connivence. Sofia prit la main de Penn et effleura ses lèvres des siennes, Penn était sous le choc. Elle gloussa tandis qu'il les regardait tous deux. Ivo lui sourit alors.

– Passons à table, voulez-vous ? La soirée s'annonce prometteuse.

CHAPITRE VINGT-QUATRE

Tamara ressentait une pointe de culpabilité tandis qu'elle chevauchait Grant Christo et s'empalait sur son sexe en érection. Grant lui souriait.

– J'adore ta chatte toute mignonne.

Tamara aboya :

– Mignonne ? J'crois pas non, mais elle peut faire *ça*... Elle contracta les muscles de son vagin et enserra son membre, lui tirant un gémissement.

– Putain, dire que j'aurais pu passer à côté de ça.

– Effectivement.

Elle le chevauchait en ondulant doucement, se concentrant sur son propre plaisir.

– Pince mes tétons, ordonna-t-elle, elle hurla de plaisir tandis qu'il les tordait violemment.

– C'est bon. Parle-moi de la petite salope.

– Ton père a essayé de la kidnapper et la ramener de force à New York.

Tamara haussa les sourcils, visiblement impressionnée.

– Waouh, et ben Papa, c'est pour le moins risqué. Je suppose qu'il a échoué.

Grant enfonça ses ongles dans ses hanches.

– Non, je l'en ai empêché. Je n'allais pas laisser ton Papa Chéri foutre en l'air nos plans pour notre chère Sofia, n'est-ce pas ? Pourquoi voudrait-il la ramener d'ailleurs ? Pour la garder dans sa tour d'ivoire ?

– Je préfère notre plan. Mon Dieu je rêve de notre précieuse Sofia, toute tailladée, en train d'agoniser, de nous supplier de lui laisser la vie sauve.

– Je la baiserai d'abord, ajouta Grant d'une voix glaciale.

– Je t'imagine bien nue, toute de cuir harnachée, avec un énorme gode-ceinture. Tu la baiseras pendant que je la tuerai.

– T'es qu'un fils de pute bien vicelard.

Grant se redressa, fourra sa main dans ses cheveux et dégagea son cou afin d'embrasser sa gorge.

– C'est ce qui te plaît en moi Tamara, ne prétends pas le contraire.

Tamara frémit tandis qu'un orgasme la parcourait et lui sourit.

– Je le sais bien. Branle-toi, je dois aller au club.

Grant sourit tandis qu'elle s'écartait de son membre dressé. Il empoigna la base de son sexe et se mit à se masturber, il avait hâte de jouir. Il voulait voir le fruit du travail de Tamara. Le club. Leur club.

L'endroit où il abrégerait la courte vie Sofia Amory Zacca...

CHAPITRE VINGT-CINQ

Ivo regardait Sofia de l'autre côté de la table, son visage sublime auréolé par la lueur des chandelles. Elle était vraiment splendide... il la partagerait peut-être avec un autre homme ce soir... l'idée l'excitait au plus haut point, son sexe en érection le gênait.

Ils avaient apprécié la balade en bateau et le dîner. Ils étaient désormais confortablement installés dans le box privé d'un club enfumé et bas de plafond.

Penn avait vu clair dans leur jeu. Il contemplait Sofia les yeux brillants de désir, Ivo s'en aperçut.

– Penn, mon ami, les cuisses de Sofia sont incroyablement douces, dit-il doucement.

Penn souriait.

– Vraiment ?

Sofia et Ivo échangèrent un regard lourd de sous-entendus, Sofia se pencha vers Penn.

– Donne-moi ta main, Penn.

Il la lui donna, Sofia la fit descendre lentement à l'intérieur de sa cuisse, sous sa robe.

– Touche-moi, murmura-t-elle tout en embrassant Ivo sur la

bouche tandis que Penn effleurait sa peau douce. Il hésita un court instant et caressa son sexe à travers son slip.

Ivo souriait à Penn qui poussa un soupir de ravissement, tout en glissant ses doigts dans son slip pour la branler.

– Penn, ça te dirait de baiser Sofia ?

Penn hocha la tête et regarda Ivo.

– Énormément. Et toi ?

– Oh, je la baiserai en même temps que toi.

Sofia souriait à son mari.

– Oui. Sauvagement, à fond. Penn... t'as envie de moi ?

Penn acquiesça et Sofia regarda Ivo en souriant.

– C'est parti.

Elle se pencha et l'embrassa.

– Fais-toi plaisir...

Elle souleva sa robe, s'assit sur les genoux de Penn et s'empala sur son sexe dressé...

– Sof ?

Sofia se ressaisit, les images s'évanouirent.

– Désolée j'étais... ailleurs. J'ai raté un épisode ?

Les deux hommes se mirent à rire, Ivo caressait sa joue.

– On parlait de ta prochaine expo. Tu pensais à quoi ?

Sofia avait le visage en feu.

– Oh, rien de spécial. Penn, excuse-moi mais je ne t'ai jamais posé la question. Tu as une petite amie ?

Penn esquissa un demi-sourire.

– Pas vraiment... je fréquente quelqu'un mais je ne sais pas trop où j'en suis avec elle. Elle est très différente de moi.

– Tu l'aimes ?

Penn émit un drôle de gloussement.

– Je suis amoureux d'elle mais je ne suis pas sûr de *l'aimer*. Tu comprends ?

– Je crois que oui. Qui est-ce ?

Ivo donna un coup de coude à Sofia.

– Je crois que Penn n'a pas très envie d'en parler, dit-il en lui souriant afin que le reproche paraisse moins acerbe. Sofia regarda Penn d'un air contrit.

– Excuse-moi.

Penn pressa sa main.

– Ne t'inquiète pas, c'est juste que je ne sais pas si notre relation est des plus bénéfiques. Tu seras la première informée s'il s'avère que c'est la bonne.

Ivo avala une lampée de scotch.

– Une dernière question – oui, je sais, j'avais dit plus de questions, désolé.

Il se rassit en souriant à Sofia :

– Tu fréquentes toujours ce genre de clubs ?

Penn sourit à son tour.

– Oui, c'est là que je l'ai rencontrée.

Il regarda Sofia.

– Je crois comprendre qu'Ivo t'as parlé de mon, hum, hobby.

Sofia acquiesça.

– Oui. Ivo et moi sommes allés chez « Le Chat » voilà quelques semaines.

Penn ouvrit de grands yeux.

– Ah bon ? C'est l'un de mes clubs préférés. Vous avez vu le cube vitré ?

Sofia rougit et décocha un regard à Ivo, qui sourit avec suffisance. Penn rit et leva son verre.

– Je vous admire. J'aurais bien aimé y être pour voir ça.

Ivo se racla la gorge.

– Tu pourrais... nous y rejoindre, un soir, si ça te tente.

– Ah.

Penn sourit, son beau visage se détendit.

– Avec grand plaisir.

Il regarda Ivo, qui acquiesça, puis Sofia, qui soutint son regard malgré sa gêne.

– J'ai comme l'impression que nous passerons une soirée inoubliable.

.   .   .

Ils prirent congé de Penn peu après minuit et rentrèrent en taxi. Tout excités par la conversation du dîner, Ivo et Sofia arrachèrent leurs vêtements dès qu'ils eurent pénétré dans la suite.

Ivo retira sa robe, mordilla son épaule tandis qu'elle descendait son pantalon. Sofia haletait alors qu'Ivo donnait l'assaut, il suça son téton, libéra sa verge de son caleçon et commença à se branler.

– J'ai envie de te goûter.

Elle s'agenouilla mais Ivo fit « non » de la tête. Il la prit dans ses bras et l'emmena dans la chambre.

Sofia était perplexe mais Ivo souriait.

– Tu connais le *soixante-neuf* ?

Elle sourit en connaissance de cause. Ivo l'allongea sur le lit de façon à ce que sa bouche soit pile sur son sexe, Sofia avalait sa bite et excitait son gland du bout de la langue. Ils passèrent leur temps à se goûter, l'excitation grimpait, les soubresauts de l'orgasme parcoururent Sofia, Ivo éjacula de grosses giclées de sperme bien épais dans sa bouche. Ivo la retourna sur le dos sans lui laisser le temps de récupérer, replia ses genoux contre sa poitrine et fit passer ses chevilles sur ses épaules, avant de s'enfoncer jusqu'à la garde dans sa chatte béante. Sofia soupira, mains clouées au-dessus de sa tête et poussa un long gémissement de plaisir tandis qu'il la baisait, ils ne se quittaient pas des yeux. Elle adorait la douleur de son corps massif plaqué contre le sien, les muscles de ses cuisses lui faisaient mal, ça la brûlait, le pilonnage de sa bite épaisse dans son vagin... Sofia était comme envoûtée, la tête lui tournait.

– Je t'aime, haleta-t-elle tandis qu'elle se cambrait, elle jouit violemment en hurlant à n'en plus finir. Ivo se retira alors que son orgasme approchait, il éjacula sur son ventre doux et plat.

– Dieu du ciel, tu es magnifique.

Il haletait et embrassait sa bouche comme pour la dévorer. Elle adorait l'expression presque diabolique de ses splendides yeux verts, l'amour bestial, un puissant désir s'y reflétaient. Sofia poussa un petit cri de plaisir alors qu'Ivo mordillait ses tétons et caressait son corps.

– Tu sais à quoi je pensais ce soir à dîner ?

– Dis-moi.

– Je m'imaginais en train de me faire démonter par toi et Penn. J'étais tout excitée.

– Tu n'as qu'un mot à dire. Penn te trouve à son goût, c'est flagrant, répondit Ivo en souriant. Il s'écarta d'elle et prit appui sur son coude. Il caressait son corps de sa main restée libre tandis qu'ils récupéraient, ses doigts s'attardaient sur son nombril. Sofia l'observa.

– Tu ne serais pas jaloux ?

– La question est épineuse mais je sais pourquoi tu la poses, dit-il en souriant.

– Tu es l'amour de ma vie, la femme que j'aime. Ce serait complètement différent si tu me trompais.

– Je ne ferai jamais une chose pareille.

– Je sais. Je te fais entièrement confiance, Sofia, j'espère que c'est réciproque. Il s'agit d'un tout autre scénario. Un accord mutuel concernant une expérience sexuelle. J'ai confiance en toi et Penn, mais je m'inquiète pour toi. T'es bien sûre d'en avoir envie ?

– Je crois que oui. Pour tout te dire ça m'excite et m'effraie en même temps, mais dans le bon sens, tu comprends ? Je me sens enfin adulte. Non, c'est du n'importe quoi après tout, tu as fait de moi une vraie Carole King.

Ivo éclata de rire.

– Une quoi ?

Sofia sourit et l'embrassa.

– Mais oui tu sais, elle se mit à chanter « *You make me feel like a natural woman...* »

Son regard s'attendrit.

– C'est une belle déclaration, merci.

– Je n'aurais jamais imaginé me retrouver nue devant un homme, sans me sentir mal à l'aise, moche, ou avoir honte. J'ignore pourquoi je ressens tout ça. Ma mère était très directe niveau sexualité. Elle m'a toujours dit d'être moi-même, de m'accepter telle que j'étais. Mais j'ai fini par me persuader, va savoir pourquoi, que j'avais... rien d'attirant.

Elle le regarda d'un air contrit.

– Excuse-moi, ça devient lourdingue.

– On est mariés. Pour le meilleur et pour le pire.

Elle lui sourit.

– Tu crois que je vais finir par m'habituer au fait d'être ta femme ?

– J'espère bien. Surtout quand on aura des enfants.

Il l'embrassa joyeusement mais se rembrunit devant son regard hésitant.

– Sof ?

– Ivo... je ne sais pas...

Elle poussa un profond soupir et se redressa.

– On aurait dû aborder le sujet avant le mariage. Je n'ai pas très envie d'avoir des enfants.

Son air peiné lui fendait le cœur. Il se reprit et se frotta le visage.

– Je... m'en doutais. Pourquoi ?

– Je ne serai jamais à la hauteur et incapable de les élever correctement, je manque de confiance en moi. J'aurais aimé connaître mon passé, avant que ma mère n'épouse Fergus. Savoir pourquoi je me sens si meurtrie, mais je ne le découvrirai probablement jamais. Je me sens hyper égoïste, même si je rêverais d'attendre un enfant de toi, Ivo. Je suis peut-être foncièrement mauvaise ?

Ivo la contemplait, abasourdi.

– Mais d'où tu sors tout ça ? Tu ne m'en as jamais parlé... Sofia, qu'est-ce qui te fait penser que tu as tant souffert, au point d'être incapable de donner l'amour nécessaire à un enfant ?

– La question la plus cruciale dans tout ça, et s'il te plaît, sois honnête Ivo, réponds-moi, est-ce que toi, tu veux des enfants ? Tu seras bientôt papa d'une petite fille, pourrais-tu vivre avec une femme qui ne te donnerait jamais de descendance ?

Sofia ne voulait pas vraiment entendre la réponse à sa question mais Ivo soupira.

– Tout ce que je sais c'est que je t'aime. Le reste importe peu.

Elle voulut le toucher mais il s'écarta et se leva.

– J'ai besoin d'aller aux toilettes.

Sofia avait les larmes aux yeux. Pourquoi cette magnifique journée se terminait en eau de boudin ? Pourquoi diable ne pas avoir parlé « enfants » avant le mariage ? Grossière erreur. Se seraient-ils trompés sur toute la ligne ?

Ivo sortit de la salle de bain et se recoucha. Il l'attira dans ses bras, elle se blottit contre lui.

– On réglera ça plus tard, dit-il en déposant un baiser sur son front.

– Inutile d'y penser ce soir.

Au bout d'un moment, sa respiration se fit régulière, Sofia comprit qu'il s'était endormi. Elle caressa son visage, effleura la cicatrice près de son œil, la petite constellation de taches de rousseur sur sa joue semblable au Grand Chariot, sa bouche sensuelle. *Si tu savais combien je t'aime, Ivo Zacca.* Elle déposa des baisers sur ses paupières, de longs cils épais ombraient ses joues. Elle imaginait son fils, tout bouclé, avec de grands yeux verts et son cœur se serra. Elle lui avait parlé en toute franchise, elle ne méritait pas de donner la vie. Elle se demandait s'il lui était arrivé quelque chose dans son enfance qui la bloque mais sa mère ne lui avait jamais parlé de cette époque, alors que Sofia n'était encore qu'un bébé, ni de son père... jamais. Sofia ignorait tout de lui hormis qu'il était américain. Sa mère était désormais morte...

Une idée germa dans son esprit. Sofia se demanda, pendant un instant, si elle prenait la bonne décision ou pas. Elle se glissa silencieusement à bas du lit et s'éloigna sans bruit vers le salon. Elle chercha son téléphone dans son sac et regarda l'heure ; la soirée touchait à sa fin à New York. Elle se ressaisit, composa le numéro et attendit. Elle qui croyait ne plus jamais entendre sa voix chaleureuse qui lui fit monter les larmes aux yeux.

– Jonas ? C'est moi. Sofia.

CHAPITRE VINGT-SIX

I vo signa pour leur nouvel appartement dans le Marais vendredi et s'arrêta à la galerie de Dési pour lui annoncer la bonne nouvelle. Sofia était aux anges.

– C'est chez nous, mon amour.

Elle leva la tête de la liasse de documents qu'elle remplissait en souriant.

– Pour de bon ?

– Pour de bon. Ça se fête, non ?

Ivo pressa ses lèvres sur les siennes et l'embrassa à perdre haleine.

– Je sais *exactement comment.*

Sofia sourit.

– T'as envie de t'amuser un peu ce soir ? On pourrait retourner au club.

– On opte pour le cube vitré ou une chambre privative et sa cohorte de sextoys ? demanda Ivo en souriant.

Le pouls de Sofia s'emballa.

– Oh, une chambre privative… on pourrait peut-être… inviter Penn ce soir. Comme tu veux, à toi de voir, se dépêcha-t-elle d'ajouter, Ivo acquiesça.

– Pourquoi pas ?

Il se blottit dans son cou.

– Je trique comme un malade à l'idée que tu te fasses démonter par un autre. Touche, chuchota-t-il. Elle glissa sa main vers son entrejambe. Il avait une érection d'enfer. Sofia jeta un bref coup d'œil dans la galerie vide, se baissa et descendit la braguette du pantalon d'Ivo, libéra sa verge et engloutit son énorme gland dilaté dans sa bouche. Ivo respirait bruyamment pendant qu'elle titillait le bout de son sexe du bout de la langue. Elle léchait et suçait son gland, descendit le long de la veine saillante, sa bite à la peau douce avait un petit goût de sperme salé.

– Bon sang Sofia, murmura Ivo, le souffle court.

– Tu vas te faire démonter ce soir.

Elle esquissa un sourire, ses joues se creusèrent. Elle avala discrètement son foutre tandis qu'il éjaculait abondamment dans sa bouche. Il reprit ses esprits, la prit dans ses bras et l'embrassa jusqu'à ce qu'elle ait le vertige.

– La soirée s'annonce prometteuse, ma beauté. Je vais contacter Penn.

Sofia se blottit dans son cou.

– Oui.

Ivo lui téléphona peu après depuis son bureau.

– Penn est partant.

– Y'a intérêt, gloussa Sofia, sa respiration s'accéléra en songeant à ce qui les attendait.

– Ivo, j'aurais une demande à te soumettre.

– Laquelle, *amore mio* ?

– *Toi* et *toi seul* a le droit d'éjaculer dans ma bouche. Je ne lui ferai pas de fellation. C'est ma seule et unique exigence.

Ivo répondit d'une voix haletante

– Bon sang Sofia, je suis l'homme le plus heureux du monde.

– Je t'aime.

– Je t'aime aussi. On se rejoint à la maison. Prends un taxi ma chérie, fais attention.

SOFIA QUITTA la galerie à dix-huit heures. Il pleuvait, aucun taxi en vue, elle décida de rentrer au pas de course malgré la pluie. Elle était trempée. Les poils de sa nuque se hérissèrent une fois parvenue à un croisement. Il faisait très sombre, des rideaux de pluie obscurcissaient le ciel et les lampadaires n'étaient pas encore allumés.

Sofia avait l'impression d'être observée. Elle scruta les alentours, sur ses gardes, tous ses sens en alerte. La rue était quasiment déserte, les quelques passants étaient plus occupés à s'abriter qu'à observer. Sofia se ressaisit et entra dans le hall de l'hôtel. Son sac s'accrocha quelque part et tomba, elle se baissa pour le ramasser et sentit une main effleurer ses cheveux, elle se releva, sur la défensive. Un homme en blouson à capuche s'écarta d'elle prestement. Elle ouvrit la bouche pour le héler mais n'en fit rien. Que lui avait-il fait ? Il avait simplement effleuré ses cheveux, rien de plus. Elle ne savait même pas si son geste était délibéré. En se penchant, sa tête s'était retrouvée au niveau de sa main, simple coïncidence. Sofia décida ne plus y penser. Fergus avait bien reçu le message ; il n'oserait pas se pointer à l'hôtel. Elle était contente, ils auraient bientôt leur chez eux.

Ivo l'attendait en haut.

– Salut ma beauté. Jonas a téléphoné. Il arrive en fin de semaine. Je lui ai proposé mon jet privé mais il a poliment mais fermement décliné.

Sofia sourit.

– Je me soucie de l'environnement mais c'est de la gnognote à côté de Jonas. Il n'est pas dépensier pour deux sous, tu sais.

Ivo leva les yeux au ciel.

– T'es sûre que c'est un Rutland ?

– Je me suis souvent posé la question. J'aurais tellement voulu qu'on soit frère et sœur.

Ivo s'assit sur le canapé et lui tendit les bras.

– Tu m'as dit l'avoir appelé. Tu me racontes sa réaction ?

Sofia se réfugia dans ses bras et se blottit contre lui.

– Il pleurait, je pleurais. Je me suis excusée de ne pas l'avoir contacté avant. Il s'est excusé de ne pas avoir mis plus d'ardeur à me retrouver. Il n'est pas riche – Fergus lui a coupé les vivres quand Jonas est tombé amoureux d'une afro-américaine.

– Tu plaisantes.

– Non, Fergus est un vrai salaud. Putain, comment ne m'en suis-je jamais aperçue ? Bref, Jonas s'en contrefiche – il s'est toujours débrouillé seul. Il était très proche de ma mère, ce qui explique notre lien si fort. C'est le meilleur des frères.

Ivo déposa un baiser sur sa tempe.

– Je suis content que vous ayez renoué.

– Moi aussi. Je l'ai contacté vue la relation qu'il avait avec ma mère. Elle se confiait à lui, étant plus âgé que moi. Je veux lui demander si elle lui aurait dit quelque chose qui me concernerait, qui m'affecterait sans que je n'en sache rien.

Elle regarda Ivo.

– Ivo... notre conversation au sujet des enfants, je veux tout faire pour me guérir d'un éventuel traumatisme psychologique et en parler calmement. Je rêve de porter ton enfant, un garçon avec de beaux cheveux bruns bouclés, de grands yeux verts, je serais la plus heureuse des femmes mais tant que je ne serai pas sûre de ne pas représenter un danger, d'être une mère absente ou...

– Chut, arrête de gamberger. On a tout le temps de décider si on aura des enfants oui ou non mais je pense que renouer avec ton frère est une bonne chose. J'ai hâte de le rencontrer.

Sofia était submergée par un amour immense.

– Ivo Zacca, tu es l'homme idéal.

– Ha.

Ivo lui adressa un sourire taquin.

– Je saurais m'en souvenir en cas de dispute.

Sofia gloussa.

– Allons grignoter avant de nous changer. J'ai comme l'impression qu'on va devoir pendre des forces pour ce soir.

. . .

Ivo l'embrassa en arrivant au club.

– Je lécherai ta chatte jusqu'à ce que tu dégoulines, ma belle.

Sofia poussa un petit gémissement de plaisir tandis qu'il se blottissait dans son cou.

Ils entrèrent au club, main dans la main. Des gens baisaient, certains dans le cube vitré qu'ils avaient testé voilà quelques semaines. Sofia se tourna vers Ivo et défit une fine bretelle de sa robe, dévoilant un sein, elle se fichait qu'on la voit. Ivo suça son téton en fourrant sa main sous sa robe, dans son slip, branlant son clitoris. Sofia poussa un cri au contact de sa bouche et ses mains, elle sursauta en voyant Penn Black arriver. Il croisa son regard alors qu'Ivo la faisait jouir. Sofia hurla et jouit en frémissant.

– Ivo, chuchota-t-elle en adressant un bref signe de tête à Penn. Elle ne ressentait étonnement pas la moindre honte ni la moindre gêne. Ivo se tourna et sourit à Penn, qui dévisageait Sofia.

– Rejoins-nous, lança Ivo à Penn, qui acquiesça. Il s'approcha, échangea un bref regard avec Ivo, se pencha et suça son téton tandis qu'Ivo tombait à genoux, fourrait sa tête sous sa robe et léchait le clitoris de Sofia. Une petite foule les encercla, admirant ces trois séduisantes personnes s'adonnant librement au plaisir.

– Baise-la ! lança quelqu'un vulgairement. Ivo laissa échapper un gloussement.

– Oh, avec plaisir... si madame est consentante.

Sofia était littéralement ivre de plaisir.

– Ah oui... oui...

Ivo et Penn échangèrent un regard de connivence.

– Frérot ? demanda Penn à Ivo, qui confirma.

– Frères de sang.

Sofia les laissa la déshabiller entièrement. Ce mélange d'alcool et de désir l'entêtait. Ivo se glissa derrière elle.

– Ecarte bien tes jambes ma chérie. Tu vas nous prendre tous les deux en même temps.

Sofia le sentit enduire son anus de lubrifiant avant de la sodomiser, Penn enfouit sa queue dans son sexe. Ils la tringlaient, tâtonnèrent avant de trouver la bonne allure. Sofia crut défaillir de plaisir.

Elle ignorait la foule qui les observait. Elle ne pensait plus à rien hormis se faire défoncer par ces deux hommes séduisants. Plus rien n'avait d'importance. Elle jouit si violemment que ses jambes en tremblaient. Ivo dut la soutenir. Les deux hommes jouirent en gémissant. Sofia n'arrivait pas à en croire ses yeux.

Ils se reposèrent dans la chambre, au grand déplaisir de l'assemblée littéralement captivée. Penn regarda Ivo.

– Merci, frérot.

Ivo sourit.

– Ce n'est pas *moi* qu'il faut remercier.

– Bien sûr, excuse-moi, Sofia, sublime Sofia, merci.

Sofia se pencha et embrassa tendrement Penn sur la bouche, non sans avoir au préalable questionné Ivo du regard.

– Tout le plaisir est pour moi, vraiment, sourit-elle devant leur air amusé. – C'est pas juste les gars, je suis toute nue et vous êtes encore habillés.

Elle s'allongea de côté sur le grand lit et lança :

– À poil, les mecs.

Ivo rit devant son plaisir évident.

– On dirait que tu y prends goût.

Sofia leur sourit.

– Oui, à mon grand étonnement. Je crois qu'on forme le trio idéal, Penn.

Il l'embrassa sur la bouche et regarda Ivo.

– Mon ami, je ne t'imaginais pas si large d'esprit. Je te fais le serment de respecter les désirs de Sofia. Si vous voulez que je m'en aille...

– Non.

Ivo et Sofia secouèrent la tête en répondant en chœur. Penn éclata de rire.

– Je suis très honoré.

Ivo s'allongea auprès de Sofia.

– Allonge-toi avec nous.

. . .

Ivo prit Sofia dans ses bras, elle souriait tandis que Penn s'allongeait contre elle et caressait sa joue. Elle était si belle que son cœur se serra. Il pensa à Tamara, à New York, il se demandait si elle verrait ça comme une tromperie ou ferait bonne figure. Ils n'avaient jamais parlé de parties à trois. Elle serait trop jalouse pour accepter de le partager avec une autre femme. Inutile de lui parler de cette soirée.

Ivo embrassait sa femme tendrement, leur amour était palpable. L'amour *et* la confiance. Penn caressa la cuisse de Sofia, glissa sa main entre ses jambes et caressa son clitoris. Elle frémissait de plaisir. Ivo sourit à Penn.

– Touche son ventre, elle adore ça.

Sofia poussa un gémissement tandis que les deux hommes caressaient son ventre doux. La main de Penn descendit sur sa vulve mouillée. Sofia embrassait Ivo.

– J'ai envie de sucer ta bite pendant que Penn me baise, murmura-t-elle en souriant. Ivo l'informa qu'il allait changer de place avec Penn.

– Prends-la par derrière pendant que je lèche sa chatte.

Sofia gloussa en l'entendant parler vulgairement. Elle prit dans sa bouche le sexe d'Ivo qui léchait son clitoris. Penn, excité par ce couple séduisant, pilonna sa chatte pour commencer et finit en la sodomisant.

Les heures s'écoulèrent dans un tourbillon de sexe, de rire, de passion et de baisers. Ils utilisèrent certains accessoires, se frappèrent, Sofia voulut qu'ils fouettent son ventre et ses fesses mais ils passèrent le plus clair de leur temps à se sauter dessus, bras, jambes et langues mêlés.

Ils quittèrent le club peu avant quatre heures. Ivo passa son bras autour de Sofia, qui donnait la main à Penn. Ils se saluèrent au niveau de la station de taxis. Il embrassa Sofia sur la joue et serra la main d'Ivo.

– Vous ne pouvez pas imaginer le plaisir que vous m'avez fait, tous les deux. Tu as beaucoup de chance, Zacca.

Ivo lui souriait.

– Il faudra que tu viennes nous voir quand on sera installés dans notre nouvel appartement.

– Avec grand plaisir.

Sofia pressa sa main.

– À bientôt, Penn. Je n'aime pas te savoir seul et triste dans ton coin.

Penn l'enlaça étroitement.

– Grâce à ce soir, je ne me sentirai plus jamais seul. Je vous aime, tous les deux.

SOFIA ET IVO se douchèrent une fois rentrés.

– Quelle soirée incroyable, dit-elle en soupirant tandis qu'il la savonnait.

– Je ne crois pas que mon vagin appréciera, demain, au réveil, mais ça valait le coup.

– À propos...

Ivo la pénétra en souriant. Sofia poussa un cri, grimaça imperceptiblement et sourit tandis qu'il s'enfonçait dans sa vulve endolorie.

– Tu es insatiable.

– Une vraie déesse du sexe.

Ils firent l'amour en prenant tout leur temps, lentement, et s'endormirent dans les bras l'un de l'autre.

LE PÈRE d'Ivo téléphona à sept heures, Adria était morte.

CHAPITRE VINGT-SEPT

Ivo avait l'impression qu'on lui avait arraché le cœur. Trois jours s'étaient écoulés depuis le décès de sa Mamma adorée, il était dans un état second.

Adria avait sous-estimé le cancer qui n'était pas la cause de son décès mais un infarctus, un accident. Sofia, sous le choc, ne savait que trop bien ce qu'on ressentait à la mort d'un proche, elle essaya de consoler Ivo du mieux qu'elle put ainsi que Walter, fortement ébranlé et anéanti, ça la dépassait.

La notoriété d'Adria lui valut une couverture médiatique mondiale. Ivo et Walter étaient envahis par la presse. Désirée et Sofia esquivaient les questions de leur mieux tandis que Walter et Ivo organisaient le rapatriement de la dépouille d'Adria à Los Angeles. Elle avait exprimé le désir, bien qu'ils soient divorcés, de reposer auprès de Walter le jour où il mourrait. Ils avaient acheté des caveaux voisins à Forest Lawns, voilà des années. Le gratin du cinéma, les plus grandes stars seraient présentes aux obsèques. Sofia se demandait, dans toute cette agitation, dans quelle mesure la famille avait encore sa place. Ivo n'était pas prêt à perdre sa mère. Il resta plusieurs jours sans parler ni manger, ne dormait plus.

· · ·

Elle le rejoignit alors qu'il préparait ses affaires pour s'envoler à Los Angeles quelques jours avant, afin de préparer les obsèques et ramener son père, anéanti, chez lui. Walter était un homme brisé, déambulant tel un automate. Ivo aurait voulu que Sofia l'accompagne mais le vol de Jonas atterrissait à Paris ce soir. Ivo lui annonça qu'il était préférable de rester.

– Tu es à cent lieues d'imaginer la folie qui s'empare des médias à Hollywood. Ils ne nous laisseront pas en paix. Ici au moins, tu es en sécurité. Jonas sera là, mieux vaut que tu restes.

Sofia avait le cœur brisé à l'idée de ne pas assister aux obsèques d'Adria mais comprenait son point de vue.

– Oui mais toi, Ivo ? Tu n'as pas besoin de moi ?

Ivo l'embrassa et pressa son front contre le sien.

– Si, constamment. Je reviens au plus vite. Je suis désolé de ne pouvoir passer qu'une soirée avec Jonas.

– On aura d'autres occasions.

– Je sais.

Sofia avait contacté Penn. L'ami d'Ivo lui avait promis qu'il veillerait sur lui.

– L'essentiel est que tu ailles bien, je m'occupe d'Ivo, adorable Sofia.

Sofia était stupéfaite de l'absence totale d'ambigüité entre elle et Penn, bien que leur étreinte sexuelle ait eu lieu en public, lors de cette fabuleuse soirée. Elle se demandait à tout hasard s'ils renouvelleraient l'expérience, elle éprouvait une certaine culpabilité à penser au sexe en pareilles circonstances.

Ils allèrent récupérer Jonas à l'aéroport. Sofia éclata en sanglots et courut vers lui en se frayant péniblement un passage aux Arrivées. On aurait dit un hipster débraillé. Ils restèrent longuement enlacés, en larmes, Sofia finit par se calmer et lui présenter Ivo, qui patientait.

Jonas lui serra la main.

– Je suis sincèrement désolé pour ta maman, mon pote, vraiment désolé. Une grande dame nous a quittés.

Ivo, à deux doigts d'être submergé par l'émotion, se borna à hocher la tête.

– Oui, merci. Je suis très heureux de faire enfin ta connaissance Jonas.

– Moi aussi mec. Merci d'avoir aidé ma sœur, de lui avoir sauvé la vie. Je... j'aurais tant voulu être là.

Sofia prit ses mains.

– Ça suffit vous deux. Laisse tomber les « si j'avais su ». On est ensemble, c'est tout ce qui compte.

Ils décidèrent de dîner à l'hôtel d'Ivo. Malgré ses protestations, Ivo avait réservé une suite contigüe à la leur pour Jonas, qui n'eut pas l'énergie de protester après plus de sept heures de vol.

– Tu me rends service. Ça me rassure de savoir que tu veilleras sur Sofia pendant que je serai à Los Angeles, se justifia Ivo.

Jonas acquiesça.

– Comme tu voudras... mais je dois avouer que Sofia est tout à fait capable de me ficher une dérouillée. Je ne suis pas d'une grande utilité.

Ivo souriait pour la première fois depuis des jours.

– Comme si j'le savais pas !

Sofia leur adressa un grand sourire.

– Les deux hommes de ma vie, ici, devant moi.

Jonas leur apprit qu'après la tentative d'enlèvement, Fergus s'était radiné à New York la queue entre les jambes. Jonas ne l'avait pas calculé. – Il passe son temps à sauter sur tout ce qui bouge, jusqu'aux femmes de ses amis, il boit. Je crois qu'il a perdu la boule depuis la mort de Maman, dit-il à Sofia, parlant clairement de *sa* mère à elle. Sofia était très émue de l'entendre parler d'elle en ces termes.

– Elle l'aidait à garder les pieds sur terre. À sa décharge, je crois sincèrement qu'il l'aimait profondément. C'est pour ça qu'il veut que tu reviennes.

– Si tel était vraiment le cas, il n'aurait pas mis Sofia à la porte, répondit Ivo d'un ton glacial. Jonas acquiesça.

– Je suis tout à fait d'accord avec toi, mon ami.

– Oui mais je ne t'aurais pas rencontré, répondit Sofia, Ivo remua la tête.

– On se serait forcément rencontrés, d'une façon ou d'une autre.

Il regarda Jonas.

– Et toi, Jonas ? Et Megan ?

Jonas sourit tristement.

– On s'est séparés. Nous n'avions pas la même vision des choses, elle voulait des enfants, moi pas, que je fasse autre chose que simple prof – c'est à mon avis ce que je suis capable d'offrir de meilleur à la société. On est restés amis. Megan n'était pas intéressée par la fortune de Papa, elle ne m'a pas poussé à accepter les actions qu'il m'a proposées y'a pas si longtemps. Il utilise son argent comme instrument de pouvoir. C'est pas mon truc.

– On est bien d'accord, frérot.

Sofia trinqua avec Jonas. Il sourit en admirant la suite luxueuse.

– Je vois ça.

Ivo sourit mais Sofia était gênée.

– Hé, je plaisantais, répondit Jonas en prenant sa sœur dans ses bras, enfin détendue.

– Fergus t'a parlé de mon enlèvement raté ?

Sofia aurait voulu apprendre que Fergus était désolé, qu'il savait qu'elle ne reviendrait jamais. Jonas haussa les épaules.

– J'en sais rien, désolé. Je tiens ces infos de Tell Draven, son partenaire au golf. Son gamin fréquente notre école. Je ne parle plus à Papa.

Ivo échangea un bref regard avec Sofia.

– Et ta sœur ? Tamara, c'est ça ?

Le regard de Jonas s'assombrit.

– Je ne la vois pratiquement plus et crois-moi, c'est bien mieux comme ça.

Il regarda Sofia.

– C'est devenu la grande prêtresse du S&M. Elle a racheté un club dans Manhattan et l'a retapé de fond en comble.

Sofia faillit avaler son vin de travers.

– Tamara ? Un club pour les maris de ses copines ?

Elle éclata soudain de rire.

– Tamara Rutland, *Madame*. Tu parles.

Jonas sourit en voyant Ivo rigoler.

– Elle ne te manque pas apparemment ?

– Oh putain non.

Elle soupira.

– J'aime ma vie ici, Jonas. Pardonne-moi de ne pas avoir donné signe de vie avant.

– J'aurais dû te chercher mais sans argent, je devais travailler...

– Tout va bien frérot. On est enfin réunis. C'est tout ce qui compte.

SOFIA ET IVO prirent un bon bain une fois que Jonas, épuisé par le décalage horaire, fut parti se coucher.

– Tu sais que ce sera la première fois qu'on sera séparés aussi longtemps depuis notre rencontre.

Ivo la caressait tout en mordillant son lobe d'oreille.

Sofia sourit.

– Oui, tu vas me manquer mais on n'y peut rien.

Elle posa la tête sur son torse musclé et le contempla.

Tu peux changer d'avis, je peux très bien t'accompagner.

Leurs lèvres se frôlèrent.

– Non, reste avec Jonas. J'ai oublié d'aller voir Clémence dans tout ça. Je peux... me permettre de te demander de lui rendre visite ? Elle était proche de Maman, la naissance est imminente...

– Bien sûr, j'irai, sans problème. Je t'ai dit qu'on s'était vues à plusieurs reprises autour d'un café ?

– Non. Ah bon ?

– Pardonne-moi de ne pas t'en avoir parlé, ça m'est sorti de l'esprit. Clémence est venue me voir au début de notre relation, entre toi et moi, elle voulait qu'on devienne amies, à cause du bébé. J'ai accepté et on s'est vues quelques fois. Elle est agréable, je l'aime bien mais je ressentais un truc étrange, comme si elle était jalouse, et puis y'a eu cette histoire où ton père a appris pour ta mère. On ne s'est pas revues depuis.

Ivo l'embrassa sur la tempe.

– Ça te gêne d'aller la voir ?

Sofia secoua la tête.

– Non, pas du tout vue les circonstances. De plus, je dois renouer. Ce serait mieux qu'il y ait une bonne entente après la naissance du bébé.

– Tu fais preuve d'une sacrée sagesse en dépit de ton jeune âge, Sofia Amory Zacca. Merci, ma chérie.

Elle se tourna et le chevaucha.

– Tu vas vachement me manquer. Je rapplique au moindre coup de téléphone, ok ?

Ivo caressa son visage en la contemplant.

– Je sais. Sofia, tous mes « je t'aime » ne reflètent pas à quel point je t'aime.

Des larmes brillaient dans ses yeux.

– C'est réciproque, M. Zacca. On vit un moment dur mais on va y arriver. L'avenir nous attend.

Ivo plaqua sa bouche sur la sienne.

– Ton joli p'tit cul en est la preuve.

LE LENDEMAIN, Sofia avait le cœur brisé lorsqu'Ivo partit à l'aéroport. Elle l'embrassa passionnément et lui indiqua la sortie, ce qui fit rire Ivo.

– Ma diablesse. Je t'aime. Je t'appelle dès mon arrivée.

Sofia monta les escaliers telle une écolière boudeuse. Elle avait pris quelques jours de congés pour profiter de Jonas, il frappa à sa porte au bout de quelques minutes.

– Salut sœurette.

– Bien dormi ? Sofia le prit dans ses bras, heureuse de penser à autre chose. Jonas s'affala en souriant sur le canapé.

– Incroyablement bien. Vivre dans le luxe n'est pas pour me déplaire.

Sofia rigola, elle savait que Jonas n'en pensait pas un mot.

– Mais oui, c'est ça. Jonas, on a des tas de trucs à faire, je ne sais même pas par où commencer. Partant pour discuter en jouant les touristes ?

– Ça me va. J'ai comme l'impression que t'as envie de parler de Maman, je me trompe ?

Sofia acquiesça.

– Oui, enfin... je voudrais plutôt savoir si elle t'a parlé de sa vie, avant d'épouser Fergus.

Jonas était mal à l'aise.

– Pourquoi m'en aurait-elle parlé ?

– Jonas.

Sofia s'assit à côté de lui.

– Ivo et moi... on aura des enfants un jour. En fait, *Ivo* veut des enfants. Elle frotta son visage en soupirant.

– Moi, je ne sais pas. Quelque chose est brisé en moi, quelque chose qui m'empêche de devenir mère, qui remonte à mon enfance. Maman t'en a parlé, n'est-ce pas ? Elle t'a parlé de mon père biologique ?

Jonas se détourna et se tut longuement, Sofia attendait. Jonas finit par répondre, l'air peiné.

– Elle ne m'a pas donné de détails. Elle m'a juste dit que c'était un homme foncièrement mauvais. Ils ont couché ensemble et lorsqu'elle lui a appris qu'elle était enceinte... il a essayé de la tuer. Il vous est tombé dessus dans un centre commercial, il était armé, il a frappé ta mère et t'a tiré sur l'épaule mais tu as hurlé comme une possédée et il est parti. La police l'a rattrapé mais il s'est suicidé en retournant l'arme contre lui, il s'est tué d'une balle dans la bouche.

– Oh, mon Dieu...

Sofia mit sa main sur sa bouche tandis que les souvenirs affluaient. La douleur, la peur, le sang. Elle fonça vomir aux toilettes. Jonas vint l'aider, lui frottait le dos.

– Tu n'as *rien* à voir avec lui. Tu es la gentillesse et la bonté incarnées, comme ta mère. Si un étranger faisait la connaissance de notre famille, il jurerait que Tamara est la fille biologique de ton père. Une vrai *tarée*.

Sofia le regardait à travers ses larmes.

– Tu sais ce qu'elle a fait ?

Jonas acquiesça, le visage fermé.

– Je sais qu'elle a tué ma mère. Papa aussi mais il a étouffé l'affaire.

Sofia se rinça la bouche et se rafraîchit le visage avec une lingette.

– Mon vrai père était un assassin.

– Mais *pas* toi, et ce ne sera jamais le cas. Tu crois que ça t'empêcherait d'avoir des enfants ?

Elle secoua la tête.

– Franchement non. Je suis partagée. D'un côté je vois déjà notre fils, un brun aux yeux verts comme Ivo, j'en rêve et de l'autre... ça me terrorise.

– Tu n'as que vingt-et-un ans, répondit affectueusement Jonas.

– Tu as tout le temps.

– Ivo en a trente-sept.

– Je sais, je me suis renseigné. Écoute Sofia, vous êtes faits l'un pour l'autre, ça saute aux yeux. Arrête de stresser. Cette femme, son ex enceinte... elle est sympa ?

Sofia acquiesça.

– Oui, d'ailleurs il faudrait que je passe la voir aujourd'hui. Ça t'ennuie de m'accompagner ?

– Absolument pas.

– On y va d'abord, comme ça on sera débarrassés ? Et après, la journée nous appartient, on fera ce qu'on voudra.

– Allons-y.

GRANT ÉTAIT de retour à Paris depuis deux jours. Après avoir surveillé Sofia de près hier – elle avait été visiblement effrayée – il avait vu Ivo Zacca monter en taxi. Il présumait que Zacca s'était envolé pour les États-Unis – il avait appris le décès de sa mère, la star de cinéma, par voie de presse. Sofia était donc seule ?

Seule et sans protection. Grant frémissait à l'idée de la voir et la toucher. Il attendait qu'elle sorte, planqué à l'extérieur de l'hôtel, caché dans l'encoignure d'une porte. Il était prêt à attendre toute la journée si nécessaire mais la vit sortir de l'hôtel une heure après en compagnie d'un homme mal coiffé et débraillé. Ils discutaient, visiblement très proches. Jonas Rutland. Il ressemblait à Tamara. *Putain.*

Calme-toi. Si tu la tues maintenant, c'est foutu. Basta. Son heure approche. Allait-il courir le risque de la tuer maintenant ? Alors que tous les regards étaient tournés vers les Zacca ? *Non. Ne fiche pas tout en l'air.*

Il les prit en filature, alors qu'ils se baladaient et s'arrêta lorsqu'ils entrèrent dans un immeuble du 3ème Arrondissement. La grande classe, luxueux. Grant était perplexe. Voilà du nouveau – qui habitait là ? Il décida d'aller voir ça de plus près... il devait à tout prix réussir sa mission et anéantir Sofia Amory Zacca.

CHAPITRE VINGT-HUIT

Clémence enlaça Sofia.

– *Bonjour*, ma chérie, ça fait un bail. Je suis vraiment peinée pour Adria. J'aurais pris l'avion pour Los Angeles et assister aux obsèques si je n'étais pas enceinte.

– Ivo ne voulait pas que toute la famille soit obligée d'assister à des funérailles en grande pompe. Walter et lui organiseront une cérémonie intime pour Adria, une fois que la presse aura lâché l'affaire. Clémence, je te présente mon frère, Jonas.

Jonas lui serra la main et Sofia constata avec amusement qu'il rougissait à vue d'œil alors que Clémence l'embrassait sur la joue.

– Ravie de te rencontrer... entrez, je vous en prie.

Elle les précéda au salon. Une jeune femme tapait à l'ordinateur, assise derrière un bureau.

– Sofia, Jonas, je vous présente Mireille, mon assistante de recherche.

Les cheveux noirs relevés en chignon de la jeune femme tenaient à l'aide d'un crayon, elle haussa les sourcils sous ses lunettes à imposante monture noire, se leva et leur serra la main.

– Un thé, ça vous dit ?

Clémence lui sourit.

– Ça ne te dérange pas ?

Mireille lui sourit.

– Pas du tout. Clémence est mon tuteur à la fac, je la cocoone durant les dernières semaines de sa grossesse, histoire de m'améliorer. Thé pour tout le monde ?

Elle disparut dans la cuisine de Clémence qui en profita pour les faire asseoir.

– Sofia, avant toute chose... je suis désolée pour le quiproquo avec Walter. Je ne me cherche pas d'excuses, je me suis comportée comme une vraie garce, tu ne méritais pas ça. Je suis désolée.

Sofia pressa sa main.

– Ce n'est rien, Clémence, je t'assure. Vraiment. Je ne suis qu'une petite arriviste qui a débarqué dans la vie d'Ivo tel un chien dans un jeu de quilles.

– Tu l'aimes et il t'aime, c'est tout ce qui compte. Allez, parlons de choses plus agréables.

Clémence souriait à Jonas.

– Je suis vraiment contente que Sofia ait retrouvé son frère. Elle m'a dit que tu étais le gent... pardon, ce n'est pas diplomate de ma part.

Sofia se mit à rire.

– Non, tu as raison. C'est le gentil de la famille, le seul qui en vaille la peine.

Jonas, rouge de confusion devant le compliment, confirma à Clémence d'un signe de tête.

– En parlant de famille... c'est pour quand ?

– Deux semaines tout au plus. Elle n'arrête pas de bouger et me donner des coups de pieds dans la vessie, c'est la suite logique.

Clémence pâlit légèrement, Sofia s'en inquiéta.

– Tu te sens bien ?

Clémence hocha la tête.

– Oh oui, c'est juste que... je me rends compte du poids qui pèse sur mes épaules en tant que mère célibataire.

– Je te jure que tu ne seras pas seule, Clémence. Ivo et moi serons toujours là pour toi.

Sofia s'installa à côté de la jeune femme.

– Sans vouloir faire ma prétentieuse... si tu as besoin de nous pour l'accouchement, Ivo ou moi serons là. Tous les deux, si tu veux.

Clémence pressa la main de Sofia.

Tu es adorable. Ma mère est là mais oui... je n'hésiterai pas à te contacter si nécessaire, merci.

Elle sourit à Jonas.

– Ta sœur est vraiment adorable.

Jonas avait le sourire.

– Tu vas vite changer d'avis si je te raconte nos aventures d'adolescents.

Ils discutaient avec Clémence pendant que Mireille apportait le thé. Sofia sourit à la jeune femme – Mireille devait avoir son âge.

– T'es une geek des science ?

Mireille rigola.

– Absolument, et fière de l'être.

– Ma mère était professeur de Physique Moléculaire à l'Institut de Recherche du Massachusetts.

– Waouh.

Clémence sourit.

– Je l'ignorais.

– Maman était un génie, répondit Jonas en souriant à Sofia.

– Mon père était fière qu'elle soit plus calée que lui.

Il se rembrunit.

– Personnellement, je n'ai jamais compris ce qu'elle lui avait trouvé, il devait avoir des talents cachés.

– Et comment !

Sofia donna un coup de coude à son demi-frère.

– Écoute, Clémence, on ne va pas te prendre trop de temps. Sache qu'on est là si besoin est.

– Merci, ma chérie. Terminez au moins votre thé, ça me donnera une bonne raison de ne pas bosser. Joins-toi à nous Mirry, demanda Clémence en souriant à sa jeune assistante.

– Il est grand temps de faire plus ample connaissance.

Ivo s'assit à côté de son père dans la voiture qui les conduisait de l'aéroport de Los Angeles à la résidence paternelle d'Hollywood Hills. Le vol retour aux États-Unis s'était avéré long et ennuyeux. La tristesse pesait sur eux telle une chape de plomb. Son père aurait voulu accompagner Adria au funérarium mais Ivo avait réussi à le convaincre du contraire.

– Ils vont s'occuper d'elle avant les funérailles Papa. C'est mieux comme ça, je t'assure. Rentrons nous occuper des préparatifs.

Walter était anéanti. Ivo ne l'avait jamais vu dans un tel état, c'était un homme brisé. Walter n'avait jamais cessé d'aimer Adria malgré leur divorce. C'était son âme sœur. *Est-ce donc si surprenant ?* se demanda-t-il, ça paraissait évident pour tout le monde. Il était heureusement présent lors du décès d'Adria... était-ce bien ou mal que Walter ait assisté à sa mort ? Aurait-il préféré garder le souvenir d'elle bien vivante, plutôt que morte ? Était-il content d'avoir été à ses côtés jusqu'à la fin ?

Mon Dieu. Ivo en était malade. Sa maman chérie, sa championne, son guide. Son heure n'avait pas encore sonné... Ivo était fou à l'idée qu'elle ne connaîtrait jamais sa petite-fille. Une vie s'en allait, une autre naissait. *À quelques semaines près, elle aurait connu ma fille.*

Sofia lui manquait cruellement. Il aurait tant voulu qu'elle soit à ses côtés, mais sa place était à Paris, aux côtés de Jonas. Il imaginait la folie qui se serait emparée des médias devant la magnifique jeune femme du fils unique d'Adria La Loggia. Ils auraient fouiné dans le passé de Sofia, l'aurait fait passer pour une croqueuse de diamants, et qui sait quoi encore. *Non*, se persuada Ivo, *c'était mieux ainsi.*

Deux jours après, tout le gratin d'Hollywood assistait aux obsèques. Ivo était complètement ailleurs, acceptant les condoléances de personnes dont il n'avait que faire, bien qu'il ait grandi dans ce milieu. Une débauche de chirurgie esthétique, de visages bouffis –

trop de chirurgie ou de drogue, des femmes d'une minceur effrayante, des hommes trop bronzés... La-La Land dans toute sa splendeur. Ivo rêvait de l'élégance raffinée des parisiennes, du côté garçon manqué si naturel de Sofia...

La veillée fut une vraie torture. Son père pénétra dans la pièce, masquant son chagrin derrière son comportement naturellement extraverti. Ivo se réfugia dans un coin, courtois avec ceux qui l'approchaient mais attendant l'heure de s'échapper.

Certains amis de sa mère vinrent le saluer et lui présentèrent leurs condoléances. Une blonde qu'il ne connaissait pas s'assit à côté d'Ivo et fit la conversation.

– Votre mère était une force de la nature, dit la blonde. Ivo hocha la tête tout en l'observant. Elle était ultra-mince, ses cheveux blonds lisses lui arrivaient aux épaules, l'éclat de ses yeux bleus rehaussé par des lentilles de contact. Elle était belle mais laissait Ivo de marbre – trop glaciale à son goût. Il repensa à sa femme douce et chaleureuse restée à Paris, se demandant combien de temps son père le garderait à ses côtés.

La blonde toucha son bras.

– Je vous observais à l'autre bout de la pièce. Vous étiez si triste que je me suis dit que je devais venir vous saluer. Madison Flynn.

Ivo serra poliment sa main.

– Ivo Zacca. Comment avez-vous connu ma mère ?

Elle hésita légèrement.

– Par connaissance. Quelle femme adorable, très spirituelle. Elle vous manque ?

Ivo partit d'un rire sans joie.

– Et comment ! Je n'ai pas un cœur de pierre.

La blonde effleura son alliance, Ivo était mal à l'aise. Le geste était bien trop intime venant d'une inconnue.

– Où est votre femme ?

Ivo se sentit agressé, il connaissait bien ce genre de femme : prédatrice, trop sûre d'elle.

– Elle attend mon appel, je vous laisse.

Il se leva mais la blonde fit de même.

– Attendez. Je voulais simplement vous dire à quel point je suis désolée. Tenez, elle prit une carte dans son sac.

– Voici mon numéro si vous avez envie de déjeuner ensemble ou discuter.

Ivo prit poliment la carte, sachant pertinemment qu'il ne l'appellerait jamais.

– Merci. Heureux d'avoir fait votre connaissance Madison, si vous voulez bien m'excuser.

Elle posa la main sur son bras et le regarda.

– Bien sûr.

Elle soutint son regard plus longuement que nécessaire et s'éloigna.

Ivo se refugia dans la chambre de sa mère – son père l'avait laissée en l'état – et prit son portable, il était presque minuit à Paris. Sofia répondit dès la première sonnerie.

– Mon amour.

Ivo se détendit sur le champ.

– Bonsoir ma beauté, je t'aime. Tu me manques.

– Tu me manques aussi. Comment se sont déroulées les obsèques ?

Ivo soupira et s'assit sur le lit.

– Très tristement, Sof. Je ne vois pas quel autre terme employer – hormis celui de cirque peut-être. J'ignore qui sont la moitié des personnes présentes, trop occupées à boire le champagne de mon père et parler affaires.

– Oh, mon chéri. Quand tu reviendras avec Walter, je te promets qu'on rendra l'hommage qui se doit à Adria.

Ivo était éperdument amoureux de sa femme.

– Comment ça va avec Jonas ?

– Très bien mais il a malheureusement dû écourter son séjour. La fac a demandé à tous les profs de réintégrer l'établissement en vue d'une semaine de formation. Il est vraiment furax.

Ivo se rembrunit.

– Je n'aime pas te savoir seule là-bas.

– Je ne suis pas seule, y'a Désirée et Clem. Je vais bien. Tu veux que je te rejoigne ?

– Non ma chérie, la presse ne nous lâche pas d'une semelle. Je rentre dès que possible.

– Je t'aime mon trésor.

– Moi aussi. Je t'appelle demain mon amour.

– Vivement demain.

IVO SENTIT la tristesse l'envahir tandis qu'il lui disait au revoir. Il passa quelques minutes à essayer de se consoler avant de rejoindre les autres. Les portières des voitures claquaient, il vit par la fenêtre, à son grand soulagement, que les gens commençaient à partir. Il attendit dix bonnes minutes et descendit retrouver son père.

Walter avait perdu de sa superbe et se tenait devant les portes-fenêtres, Ivo posa son bras sur ses épaules. Walter hocha la tête et Ivo vit l'étendue de son chagrin.

– Pourquoi elle est partie, Ivo ? Pourquoi ?

– Je ne sais pas, Papa. Ça paraît pas vrai.

Walter se tourna et l'observa.

– Elle était très fière de toi fiston. Nous étions – nous sommes – très, très fiers de toi, de l'homme que tu es devenu. Tu as bien fait de ne pas suivre cette voie merdique. Pour Sofia aussi... ta mère a au moins eu le bonheur de te voir heureux avec la femme de ta vie.

Walter soupira.

– J'aurais tant voulu... ne pas avoir perdu tout ce temps avec le divorce... tu sais, j'ai accepté parce que je ne croyais pas que ta mère irait jusqu'au bout.

– Je sais Papa. Je crois que Maman regrettait elle aussi.

– On a perdu trop de temps, répéta Walter. Il poussa un long soupir et donna une tape dans le dos d'Ivo.

– Tu as peut-être envie de rentrer retrouver Sofia...

– Je resterai aussi longtemps que tu en éprouveras le besoin, Papa.

Walter faillit lui répondre mais acquiesça, la tête basse.

– Merci fiston. Quelques jours tout au plus, le temps d'y voir plus clair.

PLUS TARD, Walter monta se coucher dans le lit d'Adria et Ivo s'occupa des derniers invités. Il était sur le point de fermer la porte lorsqu'il entendit un bruit provenant de l'une des cuisines. Il ouvrit la porte et vit Madison Flynn ranger la vaisselle sur l'égouttoir. Elle avait lavé les verres, les assiettes, tout ce qui traînait.

– On a du monde pour faire ça, vous savez.

Madison lui sourit.

– Oh, je leur ai dit de rentrer. J'ai pensé que vous préféreriez ne plus être dérangé par des étrangers. Faire la vaisselle ne me dérange pas – ça me détend.

Ivo était quelque peu contrarié par la présence de cette femme, par sa trop grande familiarité, son assurance.

– Eh bien...

Madison posa le torchon et s'essuya les mains.

– Comment va votre père ?

Ivo soupira.

– Épuisé, vidé.

Madison s'approcha lentement de lui.

– Et vous ?

Ivo recula légèrement.

– Pareil. Nous avons besoin de rester seuls.

Madison esquissa un demi-sourire et fit délibérément glisser la bretelle de sa robe.

– Je pourrais vous aider à vous détendre...

En un instant, sa robe fluide en soie glissa jusqu'au sol, elle se tenait nue devant lui.

Ivo sentit la moutarde lui monter au nez.

– Rhabillez-vous et allez-vous-en. J'ignore pour qui vous vous prenez mais...

Madison se jeta sur lui et l'embrassa sur la bouche avant qu'il ait le temps de dire « ouf ». Ivo tourna la tête pile au moment où un flash crépitait dans l'obscurité de la cuisine. Ivo s'écarta vivement de Madison et courut après le photographe en criant :

– Ramassez vos vêtements et dégagez.

Dehors, nulle trace du paparazzo.

– Merde ! Putain c'était quoi ce bordel ?

Ivo rentra en trombe dans la cuisine et trouva Madison Flynn habillée, ses grands yeux bleus écarquillés d'effroi.

– C'est vous ? Vous l'avez payé pour qu'il nous prenne en photo ?

Madison secoua la tête.

– Non, je vous jure que non... je suis désolée. Je ne sais pas ce qui m'a pris. C'est juste que... vous êtes vraiment très séduisant et... mon Dieu. Je dois y aller. Je suis sincèrement désolée. Je vous supplie de me pardonner.

Elle se glissa hors de la cuisine, Ivo entendit la porte se refermer. Il se frotta les yeux. *Bon sang*, il manquait plus que ça. C'était quoi ce bordel ? Comment ce putain de paparazzo avait-il réussi à passer outre les vigiles ? Ivo sentit sa colère s'évanouir. Il s'assit sur le carrelage froid de la cuisine. Quel merdier. Il était trop tard désormais pour appeler Sofia, il la contacterait demain à la première heure. Si cette photo faisait la une des journaux... Sofia le connaissait par cœur, elle avait confiance en lui. Elle savait qu'il ne la tromperait jamais, ô grand jamais, encore moins avec une parfaite inconnue le jour de l'enterrement de sa propre mère. Sofia le savait...

... n'est-ce pas ?

MADISON FLYNN, alias Tamara Rutland, avait le sourire aux lèvres dans le taxi qui la ramenait en ville depuis Hollywood Hills. Sofia avait raison – Ivo Zacca était *canon*. Dommage qu'elle n'ait pas réussi à le convaincre de la baiser – il n'avait pas vraiment de point commun avec son père, un coureur de jupon invétéré, mais elle était parvenue à ses fins. Le mec embauché avait envoyé la photo sur son portable à la seconde. Il avait soudoyé le vigile à la propriété la veille de la réception. Les gens étaient d'un vénal.

Tamara sourit en imaginant la réaction de Sofia devant la photo.

La colère, le cœur brisé, la douleur. La trahison. Le paparazzo l'enverrait à TMZ ou Radar Online, voire l'Enquirer. Nul ne pourrait l'ignorer, même à Paris. Tamara espérait que Sofia serait profondément
humiliée. Si elle n'était plus sous l'emprise de Zacca et ne bénéficiait
plus de sa protection, Grant aurait le champ libre pour la kidnapper
et la ramener aux États-Unis, dans leur club de torture. Elle pourrait
tomber amoureuse de Grant, éprouverait encore plus de plaisir à le
voir la tuer, contempler sa douleur, la perplexité dans son regard,
pendant qu'elle mourrait.

Délicieux. Elle regarda à nouveau la photo. Putain, Ivo Zacca... je
retenterai mon coup avant de quitter Los Angeles. J'aimerais bien
recevoir la même chose que Sofia.

Elle souriait. Oui, la vengeance est un plat qui se mange froid –
elle informerait Ivo, pendant qu'ils baisaient, que Grant Christo avait
poignardé Sofia, en prenant tout son temps, sans état d'âme.

Tamara ne tenait plus en place.

CHAPITRE VINGT-NEUF

S ofia serra fort Jonas dans ses bras avant qu'il monte en taxi. Ils avaient passé un merveilleux séjour, elle n'avait pas envie qu'il reparte mais finit par le lâcher. Jonas lui souriait.

– Je t'aime sœurette. Promets-moi de venir à New York avec Ivo. Je sais que tu détestes cette ville mais...

– Non. Tu vis là-bas, on viendra *forcément*. Je suis contente qu'on ait renoué, Jon. Tu es ma seule famille.

– Tu es ma sœur chérie, que j'adore et que j'aime.

– Moi aussi je t'aime.

Sofia lui dit au revoir les larmes aux yeux. Elle appela Désirée une fois dans le taxi.

– J'arrive, Dési.

– Non, ne viens pas à la galerie, le sous-sol est inondé – rien de grave mais moins y'a de monde, mieux c'est pour les ouvriers. Désolée ma chérie.

– Non, je t'en prie. J'ai bientôt plus de batterie, je risque de pas être joignable pendant un moment.

– J'appellerai à l'hôtel si besoin ma chérie. Profite de ton jour de congé.

Sofia cherchait son chargeur lorsque son téléphone sonna à nouveau, c'était Clémence.

– Tu es occupée, ma chérie ? Mirry m'a plantée pour aller sur le terrain, je me m'ennuie à cent sous l'heure. Je suis affalée comme une baleine échouée.

Elle avait l'air malheureuse, Sofia était désolée pour elle.

– J'arrive. J'amène des gâteaux ?

Clémence poussa un grognement de bonheur.

– Oh oui s'il te plait... et du café noir. Bien serré. Un en passant ne me fera pas de mal, ni au bébé.

Sofia gloussa.

– Je suis chez toi d'ici une demi-heure.

Elle se rappela avoir laissé son portable charger à l'hôtel une fois arrivée devant chez Clémence et frappa.

– Sofia ? C'est ouvert... ahh...

Sofia entra, inquiète, Clémence gémissait, pliée en deux sur le dossier d'une chaise. Sofia posa le café et les gâteaux et se précipita au chevet de son amie.

– Clem, qu'est-ce qui se passe ?

– Le bébé... arrive...

– Oh, mon Dieu... J'appelle les pompiers.

Clémence agrippa son bras.

– Non, c'est trop tard... mon Dieu... *ooh, ooh, ooh,* je la sens, Sofia... aide-moi je t'en supplie...

Le cœur battant à cent à l'heure, Sofia allongea Clémence par terre et alla prendre de l'eau chaude et des serviettes. Clémence releva sa robe de grossesse trempée de liquide amniotique tandis que Sofia s'agenouillait, après s'être lavé les mains. Inutile de faire ma timide, pensa-t-elle, elle aida Clémence à baisser sa culotte. Sofia vit, sous le choc, que la tête du bébé était déjà engagée, la panique dut se lire dans son regard.

– Je croyais... que la première fois... le travail durait *des heures,* haletait Clémence en plantant ses ongles dans le bras de Sofia.

– Eh ben ma belle, on n'a pas des heures, va falloir y aller.

Sofia essayait de se souvenir des accouchements qu'elle avait vus à la télévision.

– T'as envie de pousser ?

Clémence acquiesça, Sofia inspira profondément.

– Ok, prends mes mains, plaque-toi contre le canapé et pousse aussi fort que tu peux. Un, deux, trois... pousse ! Allez, Clem, plus fort !

Clémence poussa un hurlement déchirant tandis qu'elle poussait, Sofia vit la tête du bébé avancer d'un centimètre. Elle lâcha momentanément les mains de Clémence pour voir si elle pouvait l'aider. La tête du bébé était toute gluante mais Sofia ne se démonta pas.

– Ok, inspire profondément et pousse quand tu en éprouveras le besoin, ça va aller. La tête du bébé est presque là, dit-elle en souriant à Clémence. – Je vois ses cheveux, le plus dur est fait.

– Le bébé d'Ivo arrive trop tôt, grommela Clémence, Sofia rigola.

– Ça va ? Ok, ça va ma chérie ? On essaie une autre fois, ok ? Prends mes mains.

Clémence poussa et broya quasiment les mains de Sofia qui tenait le choc, la tête du bébé progressait de façon satisfaisante. Elle l'aida un peu, pas gênée le moins du monde par le contact d'un autre vagin. La situation était toute naturelle, dans l'ordre des choses. Clémence poussa deux fois et s'écroula, épuisée, la tête du bébé était sortie. Sofia prit la tête et glissa une serviette sous Clémence qui poussa une dernière fois, Marguerite Brochu Zacca était venue au monde. Sofia la donna à sa mère, les deux femmes pleuraient de bonheur. Clémence serrait sa fille contre sa poitrine, l'embrassait. Sofia essuya la tête du bébé, émerveillée devant tant de perfection, ses petites joues rebondies, elle ouvrit sa petite bouche et bâilla.

– Oh, *tu es fatiguée* ? plaisanta sa mère en souriant entre ses larmes. Sofia déposa un baiser sur la tête du bébé et sur la joue de Clémence.

– Tu as réussi, Clem... tu as réussi.

Clémence appuya sa tête contre celle de Sofia.

– Merci, merci, merci. Oh, Sofia, comment aurais-je fait sans toi ?

Sofia essuya ses larmes de ses doigts.

– Toi ? Clem, t'es Wonder Woman, tu t'en serais sortie comme une chef. Je vais stériliser des ciseaux pour couper le cordon.

Clémence pressa ses lèvres sur la tête de sa fille.

– J'ai encore envie de pousser.

Sofia paniqua un bref instant et se détendit.

– Ce doit être le placenta. On va s'en occuper, on va devoir aller à l'hôpital.

QUELQUES HEURES PLUS TARD, Clémence et Marguerite étaient confortablement installées dans une chambre individuelle dans la meilleure maternité de Paris. Sofia essayait de joindre Ivo. Elle tomba sur sa messagerie et lui demanda de la rappeler immédiatement. Elle ne voulait pas lui annoncer la naissance de sa fille par répondeur.

Clémence endormie, Sofia se rendit à son appartement récupérer le sac qu'elle avait préparé pour sa visite à l'hôpital. Elle fit un détour à l'hôtel et récupéra son portable dans la chambre d'Ivo, elle arpentait le trottoir lorsqu'elle entendit qu'on l'appelait, elle se retourna en souriant.

– Bonjour Felix, comment allez-vous ?

Felix lui souriait.

– Heureux de vous voir.

Il indiqua le sac. "Vous partez en voyage ?

– Oh, non, ce n'est pas le mien. Je vais à l'hôpital. La fille d'Ivo vient de naître, j'essaie de me rendre utile.

– Ok...

Il était désorienté.

– Excusez-moi, la fille de votre *mari* vient de naître ? dit-il en regardant son ventre plat, ce qui fit rire Sofia.

– Waouh, c'est une longue histoire mais oui, la fille d'Ivo vient de naître, elle est splendide. Excusez-moi je dois retourner à l'hôpital, contente de vous avoir vu.

– Écoutez... Il lui prit le sac des mains.

– Permettez que j'appelle un taxi et vous offre un café.

Sofia acquiesça.

– Ok.

Elle était tout excitée et aurait du mal à se poser, la compagnie de Felix – ou Grant – lui était agréable. Elle était très étonnée qu'Ivo n'ait pas rappelé ; elle avait besoin de raconter ce qui s'était passé.

CLÉMENCE ET MARGUERITE dormaient lorsque Sofia entra dans la chambre, elle posa le sac et referma la porte donnant dans le couloir.

– Elles dorment à poings fermés. Descendons à la cafétéria.

Felix prit deux cafés et insista pour que Sofia mange quelque chose.

– Vous êtes à deux doigts de vous évanouir, ma belle.

Elle lui sourit tandis qu'il lui apportait une soupe et un sandwich.

– Vous êtes un mec bien, Felix... je voudrais tirer quelque chose au clair.

– À quel sujet ?"

Elle se sentait coupable.

– Quand j'étais chez vous, dans la cuisine, j'ai vu votre passeport.

Il lui sourit.

– Et vous avez regardé ?

– J'avoue. Je suis désolée.

– C'est pas grave. Oui, je m'appelle Grant. Felix est mon nom de plume, celui que je donne en général aux étrangers, mais nous sommes amis désormais. Bonjour, je me présente, Grant Christo.

Elle rit et lui serra la main.

– Sofia Amory Zacca. Un nom à rallonge.

– Où est l'heureux élu ? demanda Grant en sirotant son café. Sofia se rembrunit.

– À Los Angeles. Sa mère est décédée brutalement la semaine dernière, il s'est rendu aux obsèques, quant à son père... c'est une période difficile.

– Et entre temps sa fille est née ?

Sofia acquiesça.

– Clémence – l'ex-petite amie d'Ivo – a eu des contractions prématurées, on n'a pas réussi à aller à l'hôpital avant la naissance. Alors on s'est débrouillées seules – enfin, elle s'est débrouillée seule – je n'ai fait que l'épauler.

Grant n'en revenait pas.

– Waouh. Waouh. Vous avez aidé cette femme à accoucher de la fille de votre mari ?

Sofia éclata de rire.

– Ça peut paraître bizarre vu sous cet angle, mais oui. Clémence est une amie, je suis contente d'avoir pu l'aider.

Elle repensait à la naissance.

– Avec le recul, ça paraît dingue mais sur le coup, on ne réfléchit pas.

– Vous êtes sa belle-mère alors ?

Sofia rit doucement.

– Oui. Waouh.

Elle regarda son téléphone.

– Ah bon sang, si seulement Ivo pouvait décrocher, je pourrais lui annoncer la naissance de sa fille.

Grant hocha la tête sans rien dire. Lui et Sofia étaient assis dans un silence plaisant pendant qu'elle terminait son en-cas.

– Merci pour tout, vous aviez raison, c'était pas du luxe.

– Vous avez besoin de repos. Je vous raccompagne à votre hôtel ?

Sofia réalisa qu'elle était plus fatiguée que prévu.

– Je vais laisser un mot à Clémence. Je ne voudrais pas qu'elle croit que je l'ai abandonnée.

GRANT la regarda écrire un mot et embrasser tendrement la femme endormie sur le front pour ne pas la réveiller. Sofia Amory est une femme admirable, pensa-t-il, songeur. Quelle immense preuve d'amour envers la femme ayant porté l'enfant de son mari – quelle compassion, malgré son jeune âge. *Si j'avais été différent, je serais enclin à penser qu'il serait dommage de la tuer, priver le monde de tant de bonté...*

mais je ne suis pas comme ça. Sa gentillesse et sa beauté corsent la chose. Me suppliera-t-elle avant de mourir ? J'espère bien...

Ça l'amusait de se balader et discuter avec elle comme si de rien n'était. Il songeait au plaisir qu'il éprouverait en la poignardant, elle écarquillerait grand ses yeux, sous le choc, et agoniserait tandis qu'il plongerait son couteau dans son corps sublime. Il avait du mal à ne pas la toucher, il effleura sa peau par inadvertance et eut l'impression qu'un million de bombes avait explosé dans son corps. La seule chose qui le préoccupait était sa *trop grande* joie, son trop grand bonheur. Il voulait être la cause de son tourment, de sa douleur, de son angoisse. La culpabilité. Oui, oui, bonne idée... Ivo était absent, Grant pourrait peut-être la mettre mal à l'aise... un petit flirt, facilement explicable. Jouer à ce petit jeu jusqu'à ce qu'elle se sente gênée... il adorait jouer et lorsque la victime était aussi adorable que Sofia...

Elle poussa un soupir de soulagement alors que le portable sonnait.

– Enfin. Excusez-moi, Fel... *Grant,* c'est Ivo.

– Y'a pas d'mal, je vous laisse tranquille.

Il s'éloigna et en profita pour consulter ses messages. Tamara lui avait envoyé une photo, Grant faillit éclater de rire. Il devait avouer que Tamara était sublime. Quel culot, une photo d'elle, nue, en train d'embrasser Ivo Zacca aux funérailles de sa propre mère. Tu as gagné la partie, Tamara. Il se demanda comment elle comptait l'utiliser. Il regarda en direction de Sofia, elle était assise et souriait, discutait au téléphone, racontant la naissance à son mari. La photo l'anéantirait forcément. Il se demandait s'il parviendrait à persuader Tamara d'attendre un peu. Si Ivo n'en parlait pas à Sofia, la photo serait une menace suspendue au-dessus de sa tête, telle une épée de Damoclès, la confiance qui régnait entre Ivo et Sofia serait d'autant plus ébranlée.

Une fois kidnappée, Sofia se retrouverait seule au monde, sans personne pour l'aider. Et s'ils attentaient à sa sécurité afin qu'elle n'ait plus le moindre espoir d'être secourue ? Grant Christo adorait vraiment l'idée. ...

Et il savait exactement par où commencer. Il rappela Tamara et lui exposa son plan, elle partit d'un grand rire.

– T'es vraiment taré, c'est pour ça que je t'aime.

– Tu penses pouvoir faire ce que je t'ai demandé ? Vraiment ?

Tamara riait d'un air sinistre.

– Avec un immense plaisir, crois-moi. On va tous les anéantir.

Grant avait le sourire.

CHAPITRE TRENTE

Ivo quitta Walter et atterrit à Paris le lendemain. Son père ne se remettait pas de la mort d'Adria mais au moins à Los Angeles, il était entouré de ses amis. Il avait annoncé à Ivo qu'il viendrait bientôt voir le bébé et le serra étroitement contre lui.

– Je suis tellement fier de toi Ivo, si tu savais.

SOFIA SE JETA à son cou une fois passée la douane. Il la prit dans ses bras et la fit tournoyer en plaquant ses lèvres sur les siennes.

– Tu m'as trop manqué.

– Moi aussi ma chérie, si tu savais.

Ils rentrèrent à l'hôtel.

– Clémence dort énormément depuis l'accouchement, on peut la voir pendant les heures de visite mais je suis sûre que la clinique fera une exception pour le papa.

– Plus tard, dit-il en jetant sa valise dans leur chambre et en l'attirant dans ses bras.

– Je vais commencer par prendre une douche bien chaude pendant que tu...

Sofia gloussait tandis qu'il lui ôtait ses vêtements. Ils se retrouvèrent bientôt nus sous le jet de la douche brûlante. Sofia lui faisait une fellation, sa langue glissait le long de son membre tandis qu'il enfouissait ses doigts dans ses cheveux en poussant un long gémissement de plaisir. Elle suçait, léchait et taquinait son gland du bout de la langue, elle le sentit frémir, il la souleva et la pénétra d'un coup d'un seul tandis qu'elle enroulait ses jambes autour de sa taille. Ils firent l'amour sauvagement contre la paroi carrelée de la douche et faillirent glisser. Ils riaient, s'embrassaient, il l'allongea sur le sol de la salle de bain et la pénétra brutalement, clouant ses mains par terre.

– Mon Dieu, je t'aime, dit-elle, le souffle court. Elle se cambra et jouit en gémissant. Ivo éprouvait un désir frénétique, il suçait ses tétons, restait enfoncé en elle jusqu'à ce qu'elle sente sa bite durcir comme de la pierre, il la pilonna encore plus brutalement, avec une intensité impressionnante, ses sublimes yeux verts ne quittaient pas les siens. Elle lui appartenait corps et âme à cet instant précis, elle l'aimait de tout son être. Il jouit en poussant un long grognement et éjacula de grosses giclées de sperme dans son vagin. Son corps était en ébullition tandis qu'Ivo se retirait et lui faisait un cunnilingus, la faisait hurler de désir et de plaisir. Elle vit des étoiles et jouit pour la troisième et dernière fois. Ils s'écroulèrent, épuisés et haletants, elle se blottit dans ses bras, il la serra fort contre lui.

– Je t'aime, Sofia Amory, ne laisse personne te dire le contraire. Je t'appartiens.

– Je t'appartiens, pour toujours.

Elle pressa ses lèvres contre les siennes.

– Pour toujours.

QUELQUES HEURES PLUS TARD, Sofia le vit prendre sa fille dans ses bras pour la première fois, elle l'aimait d'autant plus. Elle souriait à Clémence tandis qu'Ivo prenait, berçait Marguerite, les yeux grands ouverts et interrogateurs.

– Elle a tes yeux, Ivo, dit doucement Clémence, et tes cheveux.

– Elle est vraiment magnifique.

Ivo était béat d'admiration, Sofia rigolait.

– Normal, vu ses parents.

Clémence pressa la main de Sofia.

– On dirait une marguerite, n'est-ce pas ?

– Carrément.

Clémence regarda longuement Sofia d'un air indéchiffrable une fraction de seconde, Sofia pensa qu'elle voulait rester un moment seule avec Ivo et le bébé.

– Je descends chercher du café.

– Non, attends.

Clémence attrapa son bras.

– On forme une famille, Sofia, tous les quatre, un étrange ménage à quatre certes, mais une famille tout de même. Tu m'as aidée à mettre Marguerite au monde et je... Ivo... j'aimerais l'appeler Marguerite Sofia Brochu Zacca. Je pensais aussi à Marguerite Adria mais il vaut mieux réserver le prénom de ta mère pour la fille que tu auras avec Sofia.

Sofia avait les larmes aux yeux.

– Oh, Clem...

Ivo leur sourit et hocha la tête.

– C'est parfait. Marguerite Sofia... j'adore.

Sofia se mit à rire.

– Marguerite Zacca ça me fait penser à Beurre de Cacahuète.

Clémence rigola tandis qu'Ivo levait les yeux au ciel.

– Non, pas du tout, tu dis n'importe quoi.

– Cacahuète c'est marrant comme surnom.

Clémence sourit.

– Oh, au fait, ton ami m'a fait livrer un magnifique bouquet.

– Quel ami ?

– Grant Christo. Il t'a raccompagnée ici, apparemment. Il te félicite et te dit que le bébé est magnifique.

Ivo était légèrement agacé.

– Ton ami écrivain est venu ici ?

Sofia haussa les épaules.

– Je l'ai heurté alors que je courais récupérer les affaires de Clem à l'appartement. Il m'avait dit qu'il passerait – il a été sympa, il m'a proposé de me poser un instant et de manger un bout.

– Il a vu ma fille avant moi ?

Pour la première fois, Sofia sentit qu'Ivo était à cran, elle le regarda droit dans les yeux.

– Il l'a contemplée sans la toucher, ni la tenir ou la réveiller, il ne s'est même pas approché du berceau, il l'a juste regardée, Ivo.

Ivo se contenta d'acquiescer, tendu. Clémence jeta un œil à Sofia, très contrariée – elle n'avait rien fait de mal.

– Comment se sont déroulées les obsèques ? Comment va ton Papa ?

Sofia regarda Clémence avec gratitude. Ivo hocha la tête.

– Ça va. Complètement perdu mais je suppose qu'on en est tous au même point. Surtout toi, ma petite princesse.

Il enfouit son nez contre le bébé, Sofia sentit son agacement se dissiper.

DANS LE TAXI, il était clair qu'Ivo était indéniablement contrarié par la visite de Grant Christo.

– J'arrive pas à comprendre que tu aies cru bon de l'amener à la clinique.

Sofia soupira.

– Il s'est proposé, j'étais épuisée. Je venais tout juste d'aider à la naissance de *ta* fille, Ivo.

Elle regarda par la fenêtre du taxi. Il pleuvait de nouveau, les lampadaires étaient nimbés d'un halo lumineux.

– Tu l'as vu souvent ?

Sofia ignora la question. Que lui arrivait-il ? Ivo n'était pas jaloux de nature. Son comportement était excessif, même au vu des évènements récents particulièrement stressants.

À l'hôtel, Ivo se fit couler un bain tandis que Sofia se préparait un sandwich sans lui demander s'il en voulait un. Elle étalait le beurre sur le pain lorsque des bras se glissèrent autour d'elle.

– Pardonne-moi, murmura-t-il. Je suis de mauvaise humeur. Les obsèques de Maman ont été une épreuve et... plus tout le reste, Beurre de Cacahuète a été la goutte qui a fait déborder le vase... ch'uis en vrac.

Elle se retourna et contempla son expression dénuée de méchanceté ou de colère. Elle ôta ses cheveux de son visage et lissa sa ride du lion. – Tu es et tu seras le seul homme de ma vie, Ivo.

Il hocha la tête.

– Moi aussi. Je t'aime. Désolé de m'être montré jaloux.

Elle posa ses lèvres sur les siennes.

– Tu es pardonné.

Il fourra ses doigts dans ses cheveux.

– Rejoins-moi dans la baignoire.

Sofia sentit ses muscles se détendre dans l'eau chaude, elle avait soudainement très sommeil. Elle s'allongea contre la poitrine d'Ivo tandis qu'il savonnait ses seins, son ventre, entre ses cuisses.

– Tu sais qu'on a oublié quelque chose dans tout ça. Notre appartement est prêt, on pourra emménager dès qu'il sera meublé.

Ivo titilla son oreille et mordilla son lobe.

– Je peux demander à un architecte d'intérieur de s'en charger.

Sofia fit la grimace.

– À condition que je travaille avec elle, ou lui, sinon ça ne nous ressemblera pas. Je veux que cet appart' nous ressemble.

– Tu as raison. J'ai pas vraiment de style vu mon côté nomade.

Sofia se redressa et le regarda droit dans les yeux.

– Je peux te dire comment je te perçois ?

– Je t'écoute.

– Quand je pense à toi je pense élégance, des couleurs nature, bleu marine, coquille d'œuf, vert émeraude, comme tes yeux. Ton odeur est boisée et épicée, très virile, je vois des meubles artisanaux en bois. Une bibliothèque – je crois qu'on a fait le tour.

Ivo était impressionné.

– L'idée me plait beaucoup.

Elle passa ses bras à son cou.

– Je réaliserai des visuels, un chien ça te dit ? On pourrait prendre un chien.

– Tout ce que tu veux ma chérie.

Elle souriait tandis qu'il l'embrassait.

– Ça va être génial mon amour. On sera enfin chez nous.

Ivo lui sourit en l'embrassant tendrement.

– J'ai trop hâte...

CHAPITRE TRENTE-ET-UN

Tamara appliqua une deuxième couche de gloss rouge et contempla son reflet dans le miroir. Son club ouvrirait ce soir, on ne parlerait plus que d'elle en ville... du moins, la frange de la ville qui salivait à l'idée de découvrir un nouveau lieu de débauche.

Elle portait un harnais en cuir noir sous son élégante robe fourreau de la même couleur, le cuir souple serpentait sur son corps, s'entrelaçant entre ses seins ornés de pinces à tétons en argent. Tamara se tortillait de douleur et de plaisir en sentant les pinces qui enserraient étroitement ses mamelons.

La soirée d'inauguration du club ne l'excitait pas outre mesure – Penn Black l'avait contactée ; il était rentré d'Europe et voulait la voir, elle avait accepté en l'invitant à la soirée. « Je sais que tu n'aimes pas les réunions mondaines mon chéri mais on pourra toujours s'éclipser dans une chambre privative. »

Penn, bien qu'hésitant, avait fini par accepter. « On verra. »

Grant serait là lui aussi, Tamara était excitée à l'idée de se faire tringler par deux hommes en même temps. Elle le méritait, elle avait travaillé dur pour que ce club voie le jour.

Grant arriva largement en avance pour la soirée, il plaqua Tamara contre le bar et la posséda pendant que le personnel s'organisait, enfonçant sa bite engorgée dans sa chatte humide et béante, clouant ses mains sur le comptoir en marbre. Tamara adorait se faire démonter par son associé tout en se faisant mater par le personnel silencieux.

Grant murmura à son oreille.

– Ton ex-belle-sœur aime ça, elle aussi, susurra-t-il. Elle et son milliardaire ont baisé devant tout le club.

Il la limait gaiement, Tamara poussa un gémissement de douleur et de plaisir.

– Tu me l'as déjà dit.

– Ah oui ?

– Oui.

Tamara se contracta et soupira, elle avait eu son orgasme.

– Tu peux jouir ? On a encore des choses à régler.

Grant imprimait de violents coups de rein, sans se préoccuper de lui faire mal ou pas, puis Tamara le sentit éjaculer, des flots de sperme épais giclèrent dans son vagin. Il se retira, son foutre dégoulinait le long de ses cuisses. Elle voulait être comblée avant que la fête commence. Elle lui indiqua la direction du bureau d'un signe de tête, alluma une cigarette et l'observa.

– Tu restes longtemps à New York ?

Grant s'assit et piqua une clope dans son paquet.

– Quelques jours. Le temps de voir le club et discuter de la marche à suivre. J'ai tellement hâte d'avoir le sang de Sofia sur les mains mais je veux qu'elle se sente désespérément seule et sans défense lorsque son heure sera venue.

Tamara souriait.

– T'as toujours envie de la baiser.

– Oui.

Tamara haussa les épaules, quelque peu jalouse.

– Je m'en fous, l'essentiel c'est qu'elle crève, non ?

– Tu as toujours la photo ?

– Oh, que oui.

Tamara esquissa un sourire.

– Je présume que tu vas l'utiliser pour qu'elle et Zacca se séparent.

– Ouais. Puis, dès lors qu'elle sera des plus vulnérables, on organisera l'accident qui la ramènera à New York. T'es toujours partant ?

Tamara souriait.

– Oh que oui. Je n'ai jamais aimé mon frère... jamais, on a le même ADN, c'est tout. Je te garantis que Sofia arrivera ventre à terre lorsqu'il sera mort – sans la protection de son cher milliardaire...

– Elle est à *nous*.

Grant avait le sourire.

– Seuls toi, moi et les architectes connaissent l'existence des pièces au sous-sol.

– Les architectes croient avoir créé un cachot S&M, et non une salle de torture. On prendra notre temps avec cette chère Sofia... la salle du meurtre est insonorisée, nos réserves sont suffisantes pour la maintenir en vie tant qu'il nous plaira. Pourquoi se précipiter ? On jettera son corps dans l'Hudson. On ne retrouvera jamais son cadavre.

– J'ai une meilleure idée.

– Laquelle ?

Grant sourit d'un air mauvais.

– Zacca va forcément partir à sa recherche. On pourra lui coller le meurtre de Sofia sur le dos vu ses penchants sado-maso.

Tamara avait le sourire.

– Je t'adore, Christo. Banco.

– Je retourne à Paris en fin de semaine. On va accélérer le mouvement.

Tamara se leva et l'embrassa sur la bouche.

– On va bien s'amuser.

PLUS TARD, après avoir accueilli ses hôtes, elle retira sa robe fourreau et monta sur l'estrade, prête à faire son discours inaugural, tout sourire sous le feu des projecteurs, le corps offert en pâture à la foule. Elle prononça son discours de bienvenue et vit Penn Black entrer, elle l'appela et lui demanda de monter sur l'estrade avec Grant, moqueur. Elle les embrassa tous deux, Penn semblait pensif. – Que la fête commence !

Elle plaça une chaise au milieu de l'estrade et se pencha sur le dossier. Grant la pénétra pendant que Tamara extirpait la bite de Penn de son pantalon et la prenait dans sa bouche. Penn, choqué, resta planté un moment et s'écarta, remis son sexe en place et descendit de l'estrade. Tamara, furieuse, prétendit se ficher de son comportement et jeta son dévolu sur un autre mec séduisant qu'elle encouragea à monter sur l'estrade. Les trois individus offrirent à l'assemblée un spectacle qui leur valut des applaudissements enthousiastes ; ce n'est que bien plus tard, après que Tamara eut échangé quelques mots avec ses convives, en parfaite maîtresse de maison, ravie du succès de son club, qu'elle s'éloigna des corps nus entrelacés occupant le dance-floor et se réfugia dans son bureau faire une pause. Grant baisait à tout-va avec de jolies filles, tringlant même un beau mec, pour le plus grand plaisir de Tamara.

Elle s'assit en soupirant à son bureau et sursauta en s'apercevant que Penn Black occupait le canapé, le regard noir, visiblement furieux.

– Tu joues à quoi, *bordel* ?

Tamara prit une cigarette.

– D'après toi, mon chéri ? On est dans un club libertin.

– Tu sais pertinemment que je le dominant c'est moi. C'est moi qui décide si tu me suces, pas toi.

– Oh, arrête ton char, Ben Hur. C'est mon club, mes règles.

– On s'était pas mis d'accord là-dessus.

Tamara se radoucit.

– Ok, tu as raison. Penn, je croyais qu'on avait franchi une étape toi et moi.

Elle se leva et s'approcha de lui, le visage avenant, la voix aguicheuse.

– Toi et moi...

Elle pressa ses lèvres sur les siennes, reconnaissante et soulagée qu'il ne se refuse pas.

– Toi et moi c'est autre chose... excuse-moi pour tout à l'heure, j'aurais dû m'en souvenir.

Le regard de Penn se fit moins hostile.

– Vraiment ? On joue à quoi là ? On se voit jamais en dehors des clubs.

Tamara était piquée au vif.

– Mais si... je suis venue chez toi, tu te rappelles. Après le meurtre de ta sœur ?

Penn fronça les sourcils.

– Pardon ?

Tamara s'aperçut de son erreur. *Putain.*

– Excuse-moi, je voulais dire après sa mort, je me suis mal exprimée. Je suis venue chez toi, tu t'en souviens ?

Penn était toujours perplexe et Tamara se maudit intérieurement. Quelle imbécile... il ne la soupçonnerait jamais d'avoir tué sa sœur... à moins quoi que ?

Penn se racla la gorge et secoua la tête.

– Désolé, c'est encore très frais. Bien sûr que je m'en souviens. Tamara... on est quoi, en fait, l'un pour l'autre ?

– Tu m'as dit que tu m'aimais.

Merde, pourquoi sa voix tremble-t-elle ?

– Oui... je crois. J'ignore ce qu'est l'amour. J'ai déjà eu des aventures mais j'ai appris récemment ce qu'était l'amour véritable, la confiance totale, je ne sais pas si je serais capable de te l'offrir.

Tamara se leva.

– Le sempiternel « C'est pas toi, c'est moi l'problème » ?

Penn prit sa main et la fit asseoir sur ses genoux.

– Je suis pas en train de rompre, j'essaie d'être honnête avec toi, c'est tout nouveau pour moi. J'essaie de discuter, de voir comment on peut se fréquenter sans se faire de mal.

Tamara se détendit légèrement.

– Qu'attends-tu de moi ?

Penn se tut un moment.

– Si je te demande d'être avec moi... j'aimerais que tu sois rien qu'à moi, que tu ne couches pas avec d'autres, pas même les clients, que tu arrêtes de baiser à droite à gauche. Je sais ô combien tu adores dominer... c'est ton droit. Écoute, j'ai pas à te dire ce que tu dois faire Tamara, ce que je suis en train de te dire... c'est qu'on doit être fidèles l'un envers l'autre autant que possible. Je suis adulte, les tentations existent, j'aimerais juste que tu me le dises en face si jamais tu faisais un écart.

– Et tu feras de même ?

– Parole d'honneur.

Tamara l'observait. Elle savait qu'elle l'aimait, sans nul doute... mais un seul homme lui suffirait-il ? Adieu les clients, au revoir Grant... elle pouvait compter sur la discrétion de Grant, ils pourraient toujours baiser en secret mais en avait-elle vraiment envie ?

– Et si on faisait un essai ? Un mois. Si aucun de nous ne trahit l'autre durant ce mois... on en conclura que notre relation est solide et qu'on peut envisager l'avenir. Sinon, on arrête là et on reste bons amis ?

Penn approuva.

– Ça marche.

Tamara lui souriait.

– Ça va être génial, Penn Black.

– Je pense aussi, ma chérie.

GRANT N'EUT par l'air plus contrarié que ça lorsqu'elle l'informa qu'il ne coucherait plus ensemble.

– Ok. Je sais pas si tu parviendras à ne pas le tromper mais n'oublie pas que je dois me taper Sofia avant de la tuer, disons que c'est mon petit fantasme perso.

– Je sais. Écoute, Penn et moi on est adultes et il est au courant de ce que je fais. Je lui ai dit qu'on ne coucherait avec personne d'autre, ni hommes – ni femmes – pendant un bon mois. S'il m'est fidèle, je lui serais fidèle. C'est là que tu entres en jeu.

– Moi ?

Tamara lui adressa un sourire glacial.

– Penn va séjourner une semaine à Paris avec une amie. Garde-le à l'œil.

Grant soupira. Ça empièterait sur le temps qu'il consacrait à Sofia, Tamara fronça les sourcils.

– Lorsque tu te seras débarrassé de ma belle-sœur. Écoute... après notre petite période d'essai, si Penn et moi on se met vraiment ensemble, je veux que ce soit officiel, qu'il n'y ait plus de secrets, ce qui implique une chose.

– Laquelle ?

– On a un mois pour anéantir, enlever et tuer Sofia Amory à compter d'aujourd'hui.

Tamara souriait.

– Le compte à rebours a commencé.

CHAPITRE TRENTE-DEUX

S ofia posa son carnet à dessin en soupirant. Elle s'escrimait à trouver des idées pour la chambre d'amis depuis une semaine maintenant, sans parvenir à se décider pour la déco, masculine ou féminine. *Que de problèmes*, se reprocha-t-elle en allant se préparer un thé. Ils avaient emménagé durant le weekend, l'appartement n'était qu'à moitié décoré mais ils avaient tellement hâte d'y être qu'ils se fichaient complètement des cartons, de la peinture et du bazar. En dépit de leur accord, Sofia avait décidé qu'elle voulait tout faire elle-même – c'était une artiste, après tout. Ivo était occupé à dénicher de nouveaux talents aux Beaux-Arts – se plaignant de ne trouver personne qui lui arrive à la cheville – il l'aidait le soir pour la déco pendant que Sofia travaillait à ses toiles. Sofia était nerveuse et excitée à la fois, elle devait livrer trois nouvelles œuvres à Maceo Bartoli pour sa Galerie Municipale Flottante à Venise.

Elle entendit la porte s'ouvrir et des voix depuis la cuisine, Ivo entra, suivi de Penn. Sofia embrassa son mari et sauta au cou de Penn.

– Ça me fait plaisir de te voir. Tu veux boire quelque chose ?

Ivo sortit deux magnums de champagne.

– On a prévu quelque chose pour toi ce soir, mademoiselle.

Son regard pétillant fit battre le cœur de Sofia.
– Oh, vraiment ?
– *Vraiment.*

DEUX HEURES APRÈS, ils se retrouvaient dans leur club favori, le cube vitré leur était réservé. Ivo déshabilla lentement Sofia pendant que Penn les observait. Une fois nus, les deux hommes s'emparèrent des bouteilles de champagne et l'aspergèrent avec, elle riait et poussait des cris perçants, c'était glacé. Sofia s'adonna au plaisir intense de leurs caresses lorsqu'ils léchèrent la moindre goutte sur son corps, elle devenait une vraie déesse grâce à ces deux hommes séduisants. Elle ne se rendit même pas compte qu'Ivo avait appuyé sur le bouton qui rendait les vitres du cube transparente, elle voyait la salle comble les contempler. Ivo, le visage entre ses jambes, lui faisait un cunnilingus tandis que Penn, derrière elle lui malaxait les seins de ses grosses mains tout en mordant ses épaules, son sexe en érection se pressant contre son dos. Elle tendit la main et le branla, enfouissant sa main libre dans les boucles brunes d'Ivo. Ivo se leva en souriant et écarta sa jambe afin de pouvoir pénétrer avec sa grosse bite sa chatte humide et béante. Il l'embrassa sur la bouche, sa langue cherchant avidement la sienne. Sofia sentit la verge de Penn se contracter dans sa main, elle se pencha et murmura quelque chose à Ivo. Il hésita une fraction de seconde et acquiesça. Sofia l'embrassa sur la bouche et se tourna vers Penn tandis qu'Ivo la pénétrait par derrière. Penn était perplexe, Sofia le poussa légèrement, il se détendit lorsqu'elle se baissa et prit sa queue dans sa bouche. Sofia léchait son gland sensible – il avait un goût différent d'Ivo, pas désagréable, Sofia aimait faire courir sa langue de haut en bas sur son membre soyeux. Ivo lui procura son premier orgasme, suivit de près par le sien, Sofia se leva tandis qu'il se retirait. Penn hocha la tête, comprenant qu'elle ne souhaitait pas qu'il éjacule dans sa bouche, c'était exclusivement réservé à Ivo, elle le guida dans sa chatte tandis qu'Ivo la sodomisait. Les deux hommes la baisaient, leurs mains parcouraient son corps,

Sofia s'abandonna à une extase indicible. Ils la possédèrent à tour de rôle contre le verre froid, leurs spectateurs se pressaient contre la vitre pour toucher ses seins et son ventre.

GRANT les regardait à l'autre bout de la salle avec un désir croissant. La petite caméra intégrée à ses lunettes enregistrait tout, il en profiterait ultérieurement, se branlerait en matant le corps sublime de Sofia.

Mais pour le moment il s'en donnait à cœur joie avec Penn Black. Le fameux Penn Black qui, quelques jours auparavant, avait juré fidélité à Tamara, baisait joyeusement sa belle-sœur détestée en public. L'extase se lisait sur le visage de Black pendant qu'il sodomisait Sofia, qu'il regardait Ivo éjaculer sur ses seins et son ventre, l'embrasser avec une passion telle que Grant sentit sa bite se dresser et se tortiller. Il aurait tant aimé partager ce moment avec eux. Il s'imaginait avec une de ses armes favorites, son calibre 22, il tirerait une balle à bout portant dans le ventre de Sofia, plaquée contre la vite, son sang giclerait partout. Il la regarderait agoniser. Le plaisir serait bientôt au rendez-vous, très bientôt, mais pas ce soir. Il devait récupérer un maximum de preuves. *La jalousie.* Ivo laissait sa femme se faire démonter par son ami. Il l'imaginait aisément regretter son acte et rentrer dans une rage folle pour avoir tué l'amour de sa vie, n'est-ce pas ? Il en était ainsi depuis que le monde est monde. Une preuve supplémentaire obtenue par Grant. Il attendrait que les médias s'emparent de la nouvelle de la disparition de Sofia et enverrait sa vidéo à la presse. Les médias se chargeraient d'anéantir Ivo Zacca – affaire classée. Lorsqu'ils découvriront le cadavre de Sofia, torturé et mutilé, le coupable sera tout trouvé, jeté en pâture aux médias. Zacca n'aurait aucune chance de s'en tirer.

Grant quitta Paris avant la fin de la soirée, satisfait et comblé, il se ferait un malin plaisir d'anéantir le petit conte de fées de Tamara. Grant grogna en se souvenant de son regard à l'évocation de son avenir avec Penn Black. Salope. Les femmes comme Tamara ne méritaient pas de vivre heureuses, elle n'échapperait pas à la règle. Grant la laisserait savourer le meurtre de Sofia et des conséquences, mais il savait qu'ensuite, il égorgerait Tamara et jetterait son cadavre aux rats, qui se chargeraient d'elle. Grant Christo ne dérogeait jamais à une sacro-sainte règle.

Ne jamais faire l'impasse sur les détails. *Jamais.*

CHAPITRE TRENTE-TROIS

Tamara regardait la vidéo que Grant lui avait envoyée, une rage sourde coulait dans ses veines. Penn Black. Son Penn chéri, en train de baiser son âme damnée de belle-sœur, en public, avec un bonheur évident et la bénédiction de son sublime milliardaire. Tamara avait envie de vomir en voyant l'expression de pure extase sur leurs beaux visages. Sa colère grondait doucement, le choc initial passé, elle allait exploser si elle ne criait pas, ne pleurait pas ou autre. Une rage sourde la terrassait.

– Sale pute, siffla-t-elle, tu baises la *chatte* de cette catin. T'as tout fait foirer, *tout*.

Elle mit la vidéo en pause, on voyait Sofia sourire pendant que Penn la pinait profondément. Tamara aurait voulu s'immiscer dans la séquence et ôter l'envie de rire du joli visage de Sofia. Sa seule consolation résidait dans le fait que Sofia serait bientôt morte, aucun de ces hommes ne la baiseraient jamais plus. Sofia serait morte et Ivo Zacca serait emprisonné pour meurtre.

Et Penn... Penn qui avait éconduit Tamara en public semblait visiblement heureux de tringler Sofia devant tout le club. Tamara sentit son cœur se serrer. *Connard. Tu croyais que je n'en saurais jamais rien ? Je vais faire de ta vie un enfer.*

Tamara referma à jamais son cœur pour Penn. *J'ai mal*, songea-t-elle, *tu vas me le payer.*

PENN REPOSA SON PINCEAU.

– Je crois qu'on a terminé.

Il recula et s'écarta du mur du salon, Ivo lui souriait.

– C'est ce que tu crois, Sofia va rentrer déjeuner d'une minute à l'autre, elle remarquera le moindre détail qui nous aura échappé.

Penn contempla le mur apparemment parfait du salon. La peinture bleu marine paraissait impeccable – du moins à ses yeux.

– Non, c'est parfait, mec.

Ivo se borna à sourire en secouant la tête. Ils entendirent la porte s'ouvrir.

– J'ai apporté de quoi manger les gars, lança Sofia d'une voix forte, à la cantonade. Elle leur montra des baguettes toutes chaudes et un pack de bières.

Ils se jetèrent sur la nourriture comme des affamés. Penn logeait chez eux depuis une semaine, aidant à la décoration. Sofia et Ivo adoraient l'avoir avec eux et bien qu'ils n'aient pas renouvelé leur soirée sensuelle au club – Sofia avait mis les choses au clair dès le départ, à la maison, elle couchait avec Ivo – leur amitié se renforçait de jour en jour.

En plein déjeuner, Sofia montra le mur qu'ils venaient de peindre.

– Pas mal, dit-elle la bouche pleine, Penn regarda Ivo en souriant.

– Alors ?

Ivo haussa les épaules tandis que Sofia poursuivait.

– Encore quelques couches de peinture, des retouches par ci par là, et ce sera bon.

Penn se décomposa, Sofia et Ivo éclatèrent de rire. Il les regardait d'un air boudeur.

– Oh, je vois, c'est un complot ?

– Bienvenue dans le monde merveilleux des sms, Ivo lui tendit son téléphone. – T'es d'un crédule, Black.

Sofia donna un coup sur l'épaule de Penn.

– Beau boulot mon pote, franchement.

Penn sourit mais se raidit. Sofia s'en aperçut immédiatement.

– Qu'est-ce qu'il y a ?

– Elle me manque, tu comprends ? On rigolait constamment avec Willa. Depuis qu'elle est morte...

Sofia se leva et le prit dans ses bras.

– Je suis sincèrement désolée, Penn.

Il hocha la tête et se ressaisit.

– Merci. Tu as des frères et sœurs ?

– Par alliance. Jonas mon demi-frère est formidable, c'est comme un frère pour moi. Ma belle-sœur est une harpie, une meurtrière et une cinglée, un mélange détonnant, lança Sofia l'air de rien, néanmoins visiblement contrariée.

– Une meurtrière ? Penn était sous le choc, Ivo hocha la tête et s'assombrit.

– Elle a de toute évidence tué sa propre mère – elle a pratiquement avoué son geste à Sofia. Tamara est l'archétype de la fille à papa.

Penn s'était figé, pâle comme un linge.

– *Tamara* ?

– Tamara Rutland est ma belle-sœur. Tu la connais ? Peu importe, adolescente, Tamara avait décrété que sa mère la gênait, elle l'a poussée dans les escaliers. Évidemment, on n'a jamais eu la preuve – qui imaginerait qu'une jeune fille commettrait un tel geste ?

Penn se redressa d'un bond et tituba jusqu'à la salle de bain. Sofia et Ivo se regardèrent avec une vive inquiétude.

– Penn ?

Ils l'entendirent vomir tripes et boyaux. Sofia se précipita l'aider tandis qu'Ivo cherchait de l'eau froide dans la cuisine. Sofia caressait la nuque de Penn.

– Penn ?

Elle se rendit compte avec horreur qu'il pleurait et elle s'en voulait. Willa était morte de la même façon que Judy Rutland – putain, qu'est-ce qui lui avait pris d'en parler à Penn ?

Ivo les rejoignit, fit asseoir Penn et lui donna à boire. Sofia adressa un regard coupable à son mari.

– Penn, je suis sincèrement désolée, je ne pensais pas à mal.

Penn secoua la tête.

– Tu n'y es pour rien, c'est juste que... mon Dieu. *Mon Dieu... mon Dieu...*

Sofia se mit à paniquer en constatant son affolement.

– Penn, ça va aller... ça va aller...

Il la regardait, éperdu de douleur.

– Non, ça va pas Sofia. Pas du tout, je ne vois pas comment ça pourrait aller... il faut que j'y aille.

Il se leva d'un bond et passa à côté d'Ivo, perdu, jusqu'à la chambre d'ami. Il fourra ses affaires dans la valise, Ivo alla voir son ami.

– Penn, viens t'asseoir, calme-toi.

– Je peux pas, je dois y aller... tu comprendras bien assez tôt, promis. Je dois rentrer.

Il s'arrêta, ferma les yeux et prit Ivo dans ses bras.

– Ça va aller... j'ai un truc à régler. Je vous aime tous les deux, n'oublie pas.

Il embrassa Sofia sur la joue et sortit en trombe.

LE SILENCE RETOMBA, Sofia et Ivo se dévisageaient.

– Putain qu'est-ce qui lui a pris ?

Ivo secoua la tête.

– J'en sais rien ma chérie. Je ne l'ai jamais vu dans un état pareil.

– J'aurais jamais rien dû dire à propos de Tamara, de sa mère. Qu'est-ce qu'il m'a pris ? C'est juste que... je me sens de plus en plus proche de Penn – en tant que famille, évidemment, mon chéri, s'empressa-t-elle d'ajouter. Ivo lui souriait.

– Je sais ma chérie. J'espère que Penn va bien.

Il attira Sofia dans ses bras et déposa un baiser sur son front.

– Je ne pense pas que ce soit lié à ce que tu as dit – pas directement. Ça cache quelque chose. Je l'appellerai plus tard.

Il la serra fort dans ses bras.

– Que ça ne nous empêche pas de vivre. On essaie de terminer la dernière couche ?

Sofia acquiesça, ils débarrassèrent leur dîner et achevèrent de peindre, sans se gêner. Une fois terminé, Ivo lui sourit.

– Il ne reste plus que la chambre.

Sofia, acquiesça, toujours perdue dans ses pensées.

– Je ferai d'autres collages.

– On dirait que ça te plaît plus que peindre, il la taquinait. Il piqua des bières dans le frigo, prit sa main et l'emmena sur la terrasse. Le soleil se couchait sur la ville, les lampadaires s'allumaient peu à peu. Sofia but une gorgée de bière et sentit la tension se dissiper.

– J'arrive toujours pas à croire à mon bonheur. Toi, cet appart', cette ville... Pourquoi ai-je autant de chance ?

Ivo l'embrassa.

– Ça n'a rien à voir avec la chance. Tu le mérites.

Sofia lui rendit son baiser mais quelque chose la travaillait.

– Tu crois ? Qu'ai-je fait pour mériter tout ça ? J'ai pas fait grand-chose Ivo, mais je compte y remédier.

Ivo fronça les sourcils.

– Ma chérie, tu es adorable, douce, intelligente et affectueuse. Tu prends soin d'autrui, tu aides tout le monde. Pourquoi te sous-estimer ?

Elle sourit d'un air las.

– C'est pas ça, je pourrais faire plus. Je te jure que je ne suis pas du genre à me faire entretenir mais je me borne à peindre des œuvres en dilettante exposées dans les galeries de tes amis, non pas que je ne te sois pas reconnaissante mais...

– Je comprends, *Piccolo*. Tu veux voler de tes propres ailes et tu y arriveras. Mais à cheval donné, on ne regarde pas les dents. Si tes œuvres étaient de vulgaires croûtes, mon influence ne suffirait pas à ce que tu exposes. Nada. Tu as vingt-et-un an Sofia, tu as tout le temps.

Il posa la tête sur son épaule et la regarda avec son fameux air de chien battu qui faisant tant rire Sofia.

– Je t'aime, grand fou.

– Je t'aime aussi, coquine. Quand on a acheté cet appartement il me semble qu'on avait prévu de faire l'amour sur la terrasse... je serais d'avis de tenir promesse...

Il l'embrassa et la poussa par derrière, Sofia riait tandis qu'elle déboutonnait son jean et le baissait.

– Tu es insatiable, Zacca.

Il souriait en descendant le long de ses jambes.

– J'ai une bonne raison, dit-il avant d'enfouir son visage entre ses cuisses.

TAMARA ÉTAIT ALLONGÉE sur la chaise-longue dans son bureau, comblée après une après-midi passée à baiser. Un couple de séduisants jumeaux s'était pointé dans le club à l'heure du déjeuner, elle n'avait pas perdu de temps et les avait invités dans son bureau. Pendant qu'ils la baisaient, elle s'imaginait à la place de Sofia, baisée par Penn et Ivo Zacca, c'était étonnamment excitant. Ces beaux gosses étaient partis en promettant de revenir mais Tamara s'en fichait, ainsi va la vie – pas d'engagement, pas de sentiments. Du sexe. Point barre.

Son portable sonna, elle grogna en voyant de qui il s'agissait.

– Penn Black, voyez-vous ça.

Il y eut une petite hésitation.

– Tamara, je rentre à New York. J'ai besoin de te voir.

Tamara se retourna.

– Ah bon ?

Il lui communiqua une adresse.

– Mon vol atterrit peu après minuit. Rejoins-moi là-bas. S'il te plaît.

– Très bien.

Elle ne pouvait résister à l'envie de le titiller une dernière fois concernant Sofia.

· · ·

Q‌UELQUES HEURES PLUS TARD, elle gara sa voiture devant le chalet en pleine forêt. Penn lui avait parlé de cet endroit, sa sœur et lui y allaient pour déconnecter du boulot. Elle frappa à la porte.

Penn lui ouvrit sans décocher le moindre sourire et la laissa entrer. La pièce était tapissée de film plastique. Tamara sourit à Penn et se pencha pour l'embrasser.

Il s'écarta et s'assit. Tamara le regardait d'un air perplexe. Qu'est-ce qui lui prenait ?

– Alors, Paris ?

– Instructif, lâcha-t-il, laconique.

Oh, il voulait jouer à ce petit jeu ?

– Tu t'es bien amusé ? Autrement dit... c'était bien, de baiser ma belle-sœur ? Connard.

Penn ne répondit pas mais lui tendit un document.

– C'est un rapport d'autopsie. Je voudrais te le lire.

Tamara s'assit, croisa les jambes et soupira.

– On peut pas trouver un truc plus sympa à faire ? C'est un peu morbide.

– Ça ne prendra qu'une seconde.

Il regarda le document.

– Blessures à la tête, multiples fractures du crâne, consécutives à un impact sur une surface dure. Une hémorragie cérébrale interne a provoqué la mort instantanée.

– T'es en train de me le lire le rapport d'autopsie de ta sœur ?

Il l'ignora.

– Toutes les blessures correspondent à une chute. Des éraflures au niveau de l'omoplate indiquent qu'une force a pu être appliquée mais rien ne le prouve.

Tamara commençait à avoir la chair de poule.

– Je croyais que tu m'avais dit que ta sœur était tombée ? Que c'était un accident.

– Cause de la mort – blessures consécutives à une chute. Que la chute soit accidentelle ou pas n'est pas encore définie. Je peux donc en conclure qu'il s'agit d'un accident comme pour...

Tamara s'agitait sur sa chaise, agacée.

– Penn, où veux-tu en venir à la fin ?

– ... comme pour Judith McClelland Rutland.

Tamara sentit son cœur s'arrêter. Évidemment. *Sofia avait parlé, cette putain de...* elle poussa un cri alors que Penn lui sautait à la gorge et la forçait à se mettre au sol.

– Tu as tué ma sœur, salope de psychopathe, grondait-il en serrant ses mains autour de son cou.

Tamara le tapait et se débattait mais il était trop fort pour elle, l'air lui manquait. Elle chercha du regard quelque chose susceptible de l'aider – et comprit tout à coup pourquoi la pièce était recouverte de plastique.

– Tu veux me tuer... vas-y, haleta-t-elle, la pression se relâcha. Penn se leva et la regarda, dégoûté.

– C'est ce que tu crois. Non, Tamara, je ne vais pas te tuer. Tu vas te rendre à la police et avouer.

Tamara s'écarta de lui et palpa sa gorge endolorie.

– Et pourquoi donc ?

– Pourquoi tu as fait ça ?

– Ça quoi ?

– Tuer ma sœur ? Tuer ta propre mère ? Pourquoi ?

Tamara haussa les épaules.

– Parce qu'elles me gênaient.

Elle avait glissé sa main dans sa poche pour prendre son portable.

– Je t'ai rendu service. Une sœur enceinte qui se radine à tout bout de champ ? Quand *aurais*-tu trouvé le temps de baiser mon ex-belle-sœur ?

L'expression de Penn changea.

– Tu m'as fait suivre ?

– Pas toi, éructa Tamara, cette petite garce de Sofia.

Elle poussa un cri perçant en voyant Penn avancer, elle recula et sentit quelque chose de dur dans son dos. Penn s'agenouilla pour la regarder droit dans les yeux.

– Pourquoi ? Elle ne fait plus partie de ta vie, pourquoi emmerder Sofia ? Tu as tout ce que tu désires, Tamara, tout. Laisse Sofia tranquille. Elle a droit au bonheur.

Tamara ricana, elle se souvint du visage sous le choc d'Ivo Zacca lorsqu'elle s'était retrouvée seule avec lui et l'avait embrassé lors des obsèques de sa mère. Le moment était peut-être venu de divulguer cette information... si Tamara parvenait à sortir de ce guêpier. Elle devait la jouer fine.

– Écoute, Penn, mon chéri... je suis sincèrement désolée pour ta sœur. C'était un malentendu, je te jure qu'elle est *vraiment* tombée...

– C'est faux, cracha Penn. Ne mens pas. N'essaie pas de cacher ce que tu as fait.

Il se leva et la regarda avec tant de haine que le cœur de Tamara se serra. Mon Dieu, il était d'une beauté... mais elle n'était pas stupide. Elle l'avait perdu. Tout ce qui lui importait était d'en sortir vivante.

– Et maintenant, Penn ?

– Maintenant... rien. Je vais t'avoir à l'œil. Au moindre faux pas, je m'assurerai que tout le monde, ton papa chéri le premier, sache que tu es une meurtrière. Ne m'approche pas, n'approche pas de Sofia, retourne à ta petite vie de merde.

Penn fonça sur la porte sans se retourner et la claqua derrière lui. Le bruit résonna dans le silence du chalet.

Tamara peinait à croire qu'elle soit encore en vie. Elle sortit son portable et trouva la photo avec Ivo Zacca. Elle avait promis à Grant d'attendre le bon moment, ce moment était enfin arrivé. Elle rédigea un email à un éditorialiste qu'elle connaissait, spécialisé dans les potins et la press people, et lui envoya la photo. Demain matin, tout le monde saurait qu'Ivo Zacca avait trompé sa jolie femme lors des obsèques de sa mère. Tamara sourit et appela Grant.

Il était, comme prévu, mécontent du revirement de situation mais prit sur lui.

– Ok, il va falloir se magner le cul. J'ai comme le pressentiment que Sofia va réagir, je vais saisir la balle au bond. Prépare le club. Je ramène Sofia à New York.

CHAPITRE TRENTE-QUATRE

– Coucou, bouche à bisous.

Ivo gloussa.

– Tiens c'est nouveau ça. Un dernier rendez-vous et je rentre, mon trésor.

– Ok. Je te montrerai mes nouveaux collages.

Sofia riait mais Ivo décela une certaine tension dans sa voix.

– Tout va bien ?

– Parfaitement bien. À tout à l'heure.

Ivo raccrocha, en proie à un certain malaise, quelque chose le chiffonnait. Il raccrocha et sourit à son collègue.

– Désolé, où en étions-nous ?

UNE HEURE PLUS TARD, il prit le métro pour rentrer à l'appartement. La nuit tombait d'un coup, un vent frais faisait voler et tournoyer les feuilles des arbres. Ivo s'arrêta acheter des pêches à Sofia chez un maraîcher et monta les escaliers menant au toit-terrasse.

Il sut qu'il n'y avait personne en entrant, l'appartement était vide.

– Sof ?

Sa voix résonnait.

Pas de réponse. Il passa toutes les pièces en revue, elle n'était nulle part. Elle était peut-être sortie faire les courses ou...

Le carnet à dessin qu'elle posait d'ordinaire sur le comptoir de la cuisine n'était pas là. Ivo ne comprenait pas d'où montait cette angoisse soudaine – le carnet pouvait être n'importe où dans l'appartement mais tandis qu'il le cherchait, il s'aperçut que la majeure partie des objets auxquels elle tenait avaient disparu. Il courut dans la chambre et passa le dressing en revue – ses vêtements, ses jeans et t-shirts avaient disparu, tout comme son sac à dos.

Ivo ne comprenait pas. Un froid glacial s'empara de lui, il remarqua que les portes-fenêtres menant sur la terrasse étaient entrouvertes. Il les poussa et sortit. Les collages de Sofia reposaient côte à côte sur la balustrade en pierre, il ne s'agissait pas d'idées déco mais de panneaux recouverts de la fameuse photo, on le voyait embrasser cette femme étrange à l'enterrement de sa mère – ou plutôt, c'était elle qui l'embrassait.

–Oh, mon Dieu, non...

Ivo était sur le point de partir chercher Sofia lorsqu'il remarqua une photo différente des autres. C'était la même femme en plus jeune, les personnes qui l'entouraient lui donnèrent un coup au cœur... surtout la plus jeune, la fille la plus belle, et une femme étant indubitablement sa mère. Ivo fixa la photo de sa femme, de sa mère décédée et de leur famille à l'époque, il comprit, sans l'ombre d'un doute, que la femme qu'il embrassait dans la photo n'était autre que Tamara Rutland.

Ivo dévala les escaliers jusque dans la rue et appela sa femme à tue-tête, sans succès. Sofia était partie.

CHAPITRE TRENTE-CINQ

— T u l'as ?

Grant Christo regarda la femme endormie sur le siège dans l'avion, le sourire aux lèvres.

– Oh oui, je l'ai.

Il entendit Tamara rire doucement.

– Parfait.

Le steward lui jeta un regard noir, il raccrocha et s'excusa.

– Désolé, j'ai terminé.

Le steward se dérida et indiqua Sofia, endormie.

– Je vous apporte un autre oreiller ?

– Ce serait très aimable, merci.

Inutile de préciser au steward qu'avec le puissant sédatif qu'il lui avait administré, elle aurait tout aussi bien pu dormir sur des rochers, elle ne s'en apercevrait pas et resterait plongée dans un profond sommeil jusqu'à leur arrivée à New York. Le steward apporta l'oreiller que Grant plaça consciencieusement sous la tête de Sofia, qui ne bougea pas d'un pouce. Grant écarta une mèche de cheveux noirs de son visage et déposa un baiser sur la peau douce de sa joue.

. . .

GRANT AVAIT COMPRIS que ce serait un jeu d'enfant lorsqu'il l'avait vue sortir en trombe de chez elle, en larmes, agitée, perdue. Il lui était rentré dedans, feignant l'inquiétude, voulant la ramener à son appartement, mais elle l'avait supplié de la déposer à l'aéroport. Insistant pour l'accompagner, elle avait tout d'abord résisté avant de céder. Elle lui avait fait part de son envie de dormir une fois à bord, il lui proposa un comprimé d'Ambien l'aiderait à plonger. Le somnifère qu'il lui avait administré était évidemment bien plus puissant, et elle serait plus coopérante lorsqu'ils atterriraient aux États-Unis. Elle ne lui avait toujours pas expliqué la raison de sa contrariété, il était forcément au courant. La photo de Tamara tournait sur le net. La trahison éprouvée par Sofia se lisait sur son visage – son cœur était littéralement brisé.

Elle s'était inconsciemment jetée dans la gueule du loup, cet homme lui ferait bientôt vivre un enfer. Grant était aux cent coups. Lors du décollage, les passagers s'étaient endormis dès que le steward eut occulté les hublots. Grant avait détaché sa ceinture et remonté la couverture sur Sofia et lui. Il avait glissé la main sous son short et caressé son ventre doux, imaginant déjà la lame du couteau s'enfonçant dedans. Sofia murmura, Grant retira sa main en souriant.

Il aurait tout le temps d'explorer son corps ultérieurement. Il espérait que Tamara avait respecté sa part du contrat et préparé la chambre de torture. Il garderait Sofia sous sédatif jusqu'au club, à moins que son état ne devienne un problème ou attire l'attention. Pour l'instant, il pouvait s'estimer heureux qu'elle soit avec lui dans l'avion et bientôt en lieu sûr. Doucement, tout doucement, son plan prenait forme, il avait hâte de le mettre à exécution.

IVO TÉLÉPHONA À DÉSIRÉE, contacta tous les amis de Sofia en ville, personne ne l'avait vue. Désirée laissa parler Ivo et acquiesça.

– J'ai des connaissances à la *Direction générale de l'aviation civile*. Si elle a pris l'avion, on le saura.

Elle rappela Ivo deux heures plus tard.

– Elle s'est envolée ce soir pour New York. Ils atterrissent dans une demi-heure... Ivo ? Elle a embarqué avec un certain Grant Christo.

Ivo sentit son cœur se briser.

– Quoi ?

– Je suis désolée, Ivo. C'est ce qu'ils m'ont affirmé. Des témoins disent qu'elle était hors d'elle, Grant s'est montré très « attentif », j'ignore dans quelle mesure. Qui est ce type ?

Ivo soupira.

– Il s'appelle Felix Hammond – il réside dans le même immeuble que toi.

– Grant Christo est Felix ?

Désirée était sur le cul.

– Putain, Ivo...

Ivo était alarmé par le ton de sa voix.

– Qu'y a-t-il ?

– Ne t'affole pas mais j'aime pas ce mec. Il m'a toujours déplu, je ne sais pas pourquoi, l'instinct, il me rappelle un type que j'ai connu avant ma transition, un gigolo. Plus j'y réfléchis, plus je suis convaincue que c'est lui.

Ivo sentit son sang se glacer dans ses veines.

– Désirée... pourquoi ne m'avoir rien dit ?

Il sentit une légère hésitation dans la voix de Désirée.

– Il est... spécial. Il affectionne les clubs sado-maso... en *plus pervers,* avec des couteaux, des trucs comme ça.

– Putain c'est quoi ce bordel ? Oh, mon Dieu, Dés...

Ivo avait le souffle court, sa respiration s'accélérait.

– Et s'il... pourquoi l'aurait-elle suivi ?

– C'est un prédateur, il sait se montrer très convaincant. Elle t'a dit qu'il avait empêché son père de la kidnapper la dernière fois.

– *Son beau-père,* asséna Ivo, presque sans le vouloir.

Elle disait que c'était un ami... un vrai ami l'aurait empêchée de partir, l'aurait raisonnée pour qu'on discute, qu'on mette les choses à plat ?

– Tout dépend de l'ami en question...

– Sofia ne m'aurait jamais trompée, lança Ivo de façon véhémente, arrachant un soupir à Désirée.

– Je sais, mais qu'en est-il de son côté à lui ? Après cette photo... qu'est-ce qui t'a pris, Ivo ?

– Cette salope de Rutland m'a embrassé, elle l'a fait exprès pour qu'on soit pris en photo. Je n'ai jamais trompé ma femme.

– Je le sais bien, répondit doucement Dési. Calme-toi. On va devoir résoudre ce problème. Sofia connaît du monde à New York ? Jonas et... ?

– Penn Black.

Ivo se sentit soudainement un peu mieux.

– J'appelle Penn, voir s'il peut arriver à temps à l'aéroport avant qu'ils passent la douane.

– C'est limite mais ça vaut le coup d'essayer.

Ivo la salua et prit son passeport, quitta l'appartement et courut attraper un taxi à bord duquel il contacta Penn, qui finit par répondre. Il avait l'air torché.

– Penn, mon pote, j'ai besoin de toi.

– Peux pas, mec. Willa est morte à cause de... j'aurais dû...

Penn marmonnait des propos incohérents, Ivo était submergé par la colère et le désespoir.

– Penn ! Écoute-moi... Sofia est partie.

Ivo prit une décision.

« Elle a été enlevée. »

Il s'en voulait un peu mais le mensonge devait faire réagir son ami – c'était le seul espoir d'Ivo. Il contacterait Jonas dans la foulée mais Penn était plus proche et pouvait faire bouger les choses.

– Penn, tu m'écoutes ? Sofia va atterrir à New York avec un certain Grant Christo. On présume qu'elle ne l'a pas suivi de son plein gré.

Un silence pesant s'installa au bout du fil.

– Ivo, tu as bien dit *Grant Christo* ?

– Oui. Un ami ou une connaissance de Sofia. Écoute, il se passe quelque chose, lié à la belle-sœur de Sofia, aux obsèques de ma mère. Elle m'a tendu un piège, un photographe a immortalisé la scène, Sofia l'a appris.

– Recommence du début mec. Tu m'as dit que Sofia avait été kidnappée... qu'elle est avec Christo ? Grant Christo ?

La voix empreinte de gravité de Penn inquiéta Ivo.

– Qu'est-ce qui se passe ?

– Ivo... Grant Christo est l'un des amants de Tamara Rutland. C'est un coup monté.

Ivo se figea. – Pardon ?

Penn poussa un long soupir.

– Ivo... j'ai couché avec Tamara Rutland. Je te jure que j'ignorais ses liens avec Sofia, jusqu'à ce que Sofia me parle de la mère de Tamara. Ça a été un électrochoc. Tamara a tué Willa. C'est une vraie cinglée, Ivo, elle déteste Sofia. Elle sait aussi que... j'étais *avec* toi et Sofia.

– Elle est maquée avec Grant Christo ?

Ivo avait la nausée.

– Ma femme est entre ses mains ? Oh, mon Dieu, Penn. Désirée m'a dit que c'était un pervers.

– Je confirme. S'il a Sofia...

– Penn, je t'en supplie, dessaoule et file à l'aéroport. Je saute dans le premier avion. Je t'en prie... Penn, j'ai un horrible pressentiment.

Penn semblait avoir pleinement repris ses esprits.

– Compte sur moi, Ivo. Écoute, Tamara et Grant tiennent un club, La Petite Mort... s'ils doivent cacher quelqu'un, ce sera forcément là-bas. Si je ne t'ai pas appelé d'ici ton arrivée, file directement là-bas, j'y serai. Je te jure qu'on va la retrouver, frérot.

SOFIA SE RÉVEILLA à l'atterrissage, elle avait tout oublié et écarquilla grand ses yeux en voyant que ce n'était pas Ivo, mais Grant, qui se trouvait à ses côtés.

La mémoire lui revint. Mon Dieu. Ce terrible moment quand elle avait vu la photo. Ivo, son mari chéri, fidèle et séduisant, embrassant Tamara. Elle n'avait jamais ressenti pareille douleur, elle avait imprimé une multitude de copies, tournoyant tel un derviche, les collant sur le support, avant de trouver cette photo de famille sur le net. Cette salope de Tamara...

Sofia avait sangloté de rage en fourrant ses affaires dans son sac à dos avant de s'enfuir de l'appartement. Ses yeux étaient si gonflés de larmes qu'elle avait percuté Grant, elle l'avait laissé faire lorsqu'il l'avait gentiment aidée à prendre un taxi. Elle se retrouvait dans un pays qu'elle s'était jurée ne plus jamais revoir. Grant prit sa main.

– Ohé, la belle au bois dormant.

Elle essaya de sourire mais se sentait barbouillée, il la regardait bizarrement...

– Grant, je n'aurais pas dû embarquer. Mon Dieu !

Elle se redressa et prit son visage dans ses mains.

– Où avais-je la tête ?

– Tout va bien.

Grant parlait d'une voix douce et persuasive.

– On va aller à l'hôtel, tu pourras appeler Ivo, ou qui tu veux.

Quel étrange sourire.

– Je pourrais l'appeler de l'aéroport.

Grant secoua la tête.

– Je ne pense pas que ce soit une bonne idée.

– Pourquoi ?

– Vu ce que tu m'as raconté, je ne pense pas que tu aies envie de parler des coucheries d'Ivo avec ta belle-sœur devant tout le monde.

Sofia poussa un cri devant son affirmation.

– Je les ai vus s'embrasser... une fois, en photo...

– Tu crois vraiment qu'il s'agit d'une coïncidence ? Enfin, Sofia, tu es jeune, mais pas naïve à ce point.

Sofia garda le silence jusqu'à ce qu'ils franchissent la douane. Ses jambes ne la portaient pas, Grant la soutint par le coude.

– Un café et un petit-déjeuner te feront le plus grand bien.

Sofia le laissa la guider hors de l'aéroport et monter en taxi. Elle aperçut un visage familier tandis qu'ils s'éloignaient.

– Hé ! C'est Penn... hé, arrêtez le taxi.

– N'arrêtez pas le taxi, ordonna Grant au chauffeur qui le regardait, bouche bée.

– Non, attendez, c'est un ami... stop !

Elle se mit à paniquer mais Grant plaqua sa main sur sa bouche, le regard glacial.

– Ce n'est *pas* ton ami, Sofia. Il couche avec ta belle-sœur, je l'ai vu dans un club S&M. Il baise avec elle depuis des mois. C'est pas ton ami, t'as compris ? Maintenant écoute-moi, je vais te conduire en lieu sûr, tu vas manger, te reposer et reprendre tes esprits. Et après on verra, ok ?

Son regard froid était empreint d'une détermination sans faille, Sofia eut soudainement très peur.

– Grant... où m'emmènes-tu ?

– Là où on pourra discuter.

Il ne pipa mot durant le restant du trajet. Le taxi les conduisit dans le centre et les déposa devant une ruelle.

– Merci, Dwayne.

Grant tendit une liasse de billets au chauffeur qui acquiesça sans mot dire, sur ses gardes, sans un regard pour Sofia.

Grant aida Sofia à descendre du taxi.

– Suis-moi.

Il se dirigea vers une porte à moitié dissimulée derrière des bennes à ordures et l'ouvrit. Sofia hésita et essaya de voir à l'intérieur malgré l'obscurité.

– C'est mon bureau, lança Grant avec une légère impatience, tu n'as rien à craindre.

Sofia y pénétra à contrecœur ; à son grand soulagement, le couloir s'ouvrait sur des bureaux et un bar. Grant déposa son sac à dos, passa derrière le comptoir et glissa une tasse de café sous le percolateur.

– Je ne suis pas un fin cuisinier mais je peux te préparer des œufs si tu veux.

Sofia avait envie de vomir.

– Non merci.

– Comme tu voudras.

On aurait dit un parfait inconnu, ces manières avaient changé du tout au tout par rapport à la veille, elle ne le reconnaissait pas et avait la chair de poule.

– Je peux utiliser ton téléphone, s'il te plaît ?

– Pas maintenant.

Oh, mon Dieu. Elle déglutit péniblement.

– Grant... on est où ?

– Je te l'ai déjà dit, à mon bureau. Allons Sofia, tu as déjà vu un club, je sais que tu en fréquentes à Paris... désolé, tu dois être un peu perdue, celui-ci n'est pas équipé d'un cube vitré.

Son ventre se noua.

– Pardon ?

Grant s'approcha d'elle en souriant.

– Tu aimes te faire mater, n'est-ce pas ? Te faire démonter par deux mecs ? Que de chemin parcouru, pour une petite vierge débarquée à Paris voilà un an à peine, n'est-ce pas ?

Il saisit soudainement sa cuisse, lui faisant mal.

– J'espère que ta jolie petite chatte a de la place pour moi.

Sofia s'écarta vivement et se rua sur la porte, sans y parvenir. Grant l'attira dans le club, la jeta par terre et monta sur elle. Oh, mon Dieu, il va me violer. Sofia se débattait mais il était visiblement plus fort qu'elle. En désespoir de cause, elle mordit violemment la main posée sur sa bouche, Grant poussa un grondement de douleur. Il prit son élan, le regard luisant d'une lueur meurtrière et lui asséna un violent coup sur la tempe : tout devint noir.

GRANT RAMASSA la femme inconsciente et la jeta sur son épaule comme un vulgaire fétu de paille. Il traversa le dédale de couloirs courant sous le club jusqu'au sous-sol, son excitation allait crescendo, son fantasme allait enfin se réaliser. Il ouvrit la porte de la salle de torture et allongea Sofia sur le lit. Il ne pouvait détacher ses yeux de cette femme si petite et vulnérable. Il lui retira son tee-shirt et son jean. Elle était tout en courbes, la peau mate, aussi sublime que dans ses souvenirs, au club. Il s'allongea à côté d'elle et caressa son visage. Un filet de sang s'écoulait de son sourcil gauche, l'arcade était ouverte, ceci mis à part, elle était parfaite.

– Non mais j'y crois pas, tu comptes dormir avec elle ou quoi ?

Grant leva les yeux avec agacement, Tamara se tenait sur le pas de la porte, un sourire moqueur aux lèvres. Cette salope savait y faire pour tout foutre en l'air. Peu importe, il aurait tout le temps de profiter de Sofia.

– Ton cher Black était à l'aéroport. Il la cherchait, apparemment.

– Zacca l'aura envoyé. Ils sont au courant.

Grant adressa un sourire glacial à Tamara.

– Ça ne change rien à la donne. Elle sera morte depuis longtemps quand ils débarqueront.

– Y'a intérêt. Qu'est-ce que tu attends ? Plante-lui ton couteau dans le ventre et finissons-en.

– Toute cette préparation, tout ce travail pour bâcler la chose ? Hors de question. Je vais adorer tuer cette beauté... après l'avoir baisée.

Tamara était dégoûtée.

– Qu'est-ce qu'elle a qui vous fait tous baver, vous, les mecs ?

Grant sourit amèrement.

– Puisque tu es là... commençons. Aide-moi à la déshabiller et enfile-lui cette robe.

Tamara faisait une drôle de tête.

– C'est quoi ce truc ?

Elle prit la robe blanche accrochée au mur, l'observa en souriant.

– D'accord, passons-la lui.

La robe allait comme un gant à Sofia, elle moulait ses courbes voluptueuses, épousant la forme de ses hanches, le décolleté plongeait mettait parfaitement en valeur sa poitrine opulente. La robe de mariée parfaite – exception faite de l'immense découpe circulaire au niveau de l'abdomen de Sofia et de son nombril parfaitement rond et profond. Tamara souriait.

– La cible parfaite.

Grant ricana.

– Exactement. Et maintenant, attachons-la à la croix de Saint André. Je crois qu'elle revient à elle.

Tamara s'approcha du visage inconscient de sa belle-sœur.

– Tu vas mourir aujourd'hui, salope, mais Sofia était évanouie et n'entendait rien. Sa tête tombait sur sa poitrine.

– Tu n'y es pas allé un peu trop fort ?

Grant secoua la tête.

– Je sais très bien ce que je fais, ça rendra la chose encore plus... divertissante, dit-il à Tamara.

Il commença à se déshabiller, savourant les regards admirateurs que Tamara lui jetait. Une fois nu, il enfila un anneau pénien et se masturba sans quitter Sofia des yeux.

– Va te changer, Tamara, j'ai envie de rester seul un moment avec Sofia.

Tamara s'en alla et Grant se concentra totalement sur Sofia, releva son menton et l'embrassa sur la bouche.

– Réveille-toi ma beauté, regarde ce que Papa t'a apporté.

Sofia ouvrit les yeux en gémissant. Elle se mit à trembler de terreur lorsqu'elle comprit où elle était et ce qui se passait. Grant lui souriait.

– Re-bonjour ma chérie. Bienvenue dans ta dernière demeure avant de mourir.

CHAPITRE TRENTE-SIX

— J e les ai manqués, désolé mec, j'ai regardé partout.

Penn Black en était malade mais ce n'était rien comparé à ce qu'Ivo ressentait. *Elle est partie, elle est morte,* il se répétait ce mantra en boucle.

– Conduis-moi au club de Christo.

Ils conduisirent jusqu'au club en silence. Sous le soleil de ce début d'après-midi, la façade semblait terne et morne, pas le moins du monde effrayante. Était-elle là ?

Les portes étaient closes mais une femme de ménage passablement agacée vint ouvrir après qu'ils eurent tambouriné pendant cinq bonnes minutes.

– Il n'y a personne, revenez plus tard.

Ivo pénétra dans le club, ignorant la femme de ménage. Il franchit le vestiaire et la réception et débarqua dans la pièce principale du club.

– Sofia ? Christo ?

Silence. Il examina la pièce, à la recherche d'un indice. Penn marchait sur ses talons.

– Y'a des chambres privées réservées aux couples en bas. Allons voir.

Il guida Ivo dans les escaliers jusqu'à un entrelacs de corridors souterrains. Ils vérifièrent chaque chambre, toutes étaient fermées, Ivo était perplexe.

– Cet endroit... tu sais que j'ai déjà fréquenté ce genre de clubs mon pote, mais ça dépasse tout ce que j'ai vu. Y'a un truc...

– C'est lugubre, confirma Penn.

– Y'a un truc pas net, malfaisant... c'est pas un S&M habituel.

Ivo regarda son ami.

– C'est carrément ça, y'a un truc qui cloche... mon Dieu, Penn... que lui ont-ils fait ?

Penn posa sa main sur son épaule.

– On ne sait même pas si elle est là frérot. Continuons nos recherches.

Ivo acquiesça, prit une profonde inspiration et cria

– Sofia !

Seul le silence leur répondit.

– T'as entendu ?

Grant se figea, couteau en main ; Tamara, qui se délectait de la peur se lisant dans le regard de Sofia, haussa les épaules.

– J'ai rien entendu.

Grant la regarda méchamment.

– Va voir.

Tamara lui rendit son regard.

– Après tout ce que j'ai fait pour toi ? Va voir toi-même, connard.

L'espace d'un instant, la rage qui se lisait dans ses yeux l'effraya mais il lâcha son couteau et sortit en trombe. Tamara souriait en regardant Sofia, haletante de terreur, tirant sur les cordes liant ses poignets.

– Enfin seules, princesse. Tu sais qu'on prépare ça depuis des mois ? Cette pièce... a été spécialement conçue pour te tuer. Ton heure est arrivée Sofia, alors, ça te fait quoi, de savoir que tu vas mourir ? Dans la douleur... Grant va planter son couteau dans ton bide. Pour ma part je m'en tape, l'essentiel étant que tu ressentes une douleur incommensurable.

– T'es qu'une salope complètement tarée, cracha Sofia. T'es minable, tu mérites pas de vivre. Et tu comptes me tuer. Tu crois qu'Ivo ne va pas se lancer à tes trousses ?

– Oh, le délicieux Ivo Zacca... obtenir cette photo a été un jeu d'enfant. Il ignorait tout de ce qui se tramait, bien évidemment. Tu as réagi comme prévu, le sort en était jeté. Tu ne le reverras plus jamais, Sofia. Grant le tuera peut-être lui aussi...

– Non !

Sofia était hors d'elle, elle tirait sur ses liens, Tamara exultait. Elle s'empara du couteau de Grant et l'appuya contre le ventre nu de Sofia.

– J'aimerais presque refuser ce plaisir à Grant et te tuer de mes propres mains... qu'un homme tue une femme dénote d'un certain érotisme. Grant n'a encore jamais tué de femme, ça l'excite au plus haut point.

Elle leva le couteau au niveau de la gorge de Sofia et l'entailla. Sofia ne se détourna pas, les yeux écarquillés par la colère et la peur.

– Tu as tué ta mère. Ta propre mère !

Tamara souriait.

– Oui, j'aurais bien tué la tienne aussi mais comme par hasard, elle est morte toute seule comme une grande.

Sofia cracha au visage de Tamara qui leva son couteau d'un air rageur. Grant attrapa le poignet de Tamara et le lui fit lâcher avant qu'elle ne poignarde Sofia. Tamara hurla mais Grant s'en foutait complet.

– Ton petit ami et Zacca sont là-haut. Débarrasse-t'en.

Tamara lui lança un regard noir.

– Quoi ?

– Tu m'as parfaitement compris. Débarrasse-t'en. Je me charge de notre invitée. Dommage, je crois qu'on va devoir accélérer le mouvement.

– Je veux voir.

Grant attrapa la gorge de Tamara.

– Débarrasse-toi d'eux, scanda-t-il, avant que je te tue de mes propres mains.

Tamara tituba en arrière alors qu'il la lâchait et fila, submergée par la peur et la colère. Elle referma la porte en acier derrière elle, qui coulissa dans le mur. Elle se ressaisit et se refugia dans son bureau situé à l'étage supérieur. Faire semblant de travailler, ils ne l'entendront jamais, pas avec l'insonorisation, ils ne trouveront jamais cette pièce. Elle était déçue de ne pas assister au meurtre de Sofia mais elle pourrait toujours voir son cadavre si elle parvenait à ses fins.

Elle s'installa à son bureau et alluma son ordinateur. Penn Black ouvrit la porte de son bureau au bout de deux petites minutes, elle fit l'étonnée.

– Penn ! Je croyais ne plus jamais te revoir...

– Ta gueule Tamara. Où est Sofia ?

Ivo Zacca emboîtait le pas à Penn. Tamara était subjuguée par sa beauté, en dépit de sa colère.

– Aux dernières nouvelles elle était à Paris avec M. Zacca, ici présent. Re-bonjour.

Ivo la regarda méchamment.

– Où est-elle, Tamara ? Où est Grant Christo ?

Tamara sourit et se dirigea vers le bar.

– Je n'en ai pas la moindre idée. Un verre ?

Ivo l'agressa subitement, la jetant violemment contre le mur en l'étranglant. Qu'est-ce qu'ils avaient tous, à vouloir l'étrangler ?

– Je *déteste* faire du mal à une femme, cracha Ivo d'une voix tremblante de rage et de peur pour la femme de sa vie, « mais je ferai une exception, meurtrière de merde. Je répète : où est ma femme ? »

Elle se fait poignarder à l'heure où je te parle, Tamara aurait bien aimé le lui claironner mais elle avait le pressentiment qu'alors, ses heures seraient comptées. – D'accord, d'accord, je vais vous le dire, mais d'abord, lâchez-moi.

– Ne la crois pas, répondit Penn.

Ivo lâcha néanmoins sa gorge. Ce n'était pas nécessaire, sa présence suffisait à l'intimider.

Tamara lissa ses vêtements.

– Elle est avec Grant... de son plein gré, je présume. Il m'a appelée ce matin pour me dire qu'il la ramenait à New York, mais je lui ai dit... que je ne la considérais plus comme un membre de ma famille. J'ignore où elle est mais j'ai son adresse, c'est mieux que rien. Vous avez contacté la police ?

Penn et Ivo la dévisageaient d'un air torve. Tamara jouait son rôle à la perfection, elle prit son téléphone d'un air excédé et le tendit à Ivo.

– Appelez-les. Je suis certaine qu'ils rappliqueront dare-dare pour le fils de Walter Zacca.

Penn et Ivo se regardaient, ils étaient tombés dans le panneau.

– Écoutez, je vais être honnête, je me fiche de ce qui peut arriver à Sofia, qu'elle vive ou qu'elle crève. Prétendre le contraire serait offenser votre intelligence, mais j'ignore où elle se trouve.

Penn prit le téléphone qu'elle leur tendait et appela la police. Ivo dévisageait Tamara, souriante, elle entrouvrit sa bouche ourlée de rouge et lécha sa lèvre inférieure.

– Vous vous souvenez de notre baiser ? dit-elle doucement, en amante aguicheuse.

Ivo fit une moue dégoûtée.

– Sale pute, lança-t-il, glacial, Sofia le sait bien.

– Pourquoi être partie, alors ? Attention *qui* vous traitez de pute. Je sais tout vous concernant M. Zacca, Sofia et Penn, je détiens une vidéo qui ferait des ravages, moins vous me menacez, mieux ça ira.

Penn avait terminé son appel.

– Ils veulent qu'on se rende au commissariat, dit-il à Ivo, avant de regarder Tamara.

– Si je découvre que tu trempes dans la disparition de Sofia...

– Je sais, tu me tueras.

Tamara lui adressa un étrange sourire.

– J'ai hâte de voir ça.

LES DEUX HOMMES traversèrent la salle du club, presque sur le point de sortir.

– Elle ment.

Penn secouait la tête en entendant Ivo.

– Je sais. Elle est diabolique... comment ne m'en suis-je pas aperçu ?

Ivo s'arrêta et observa son ami.

– Tu l'aimes.

– Non. Je croyais... je ne connaissais rien à l'amour, avant de vous voir, Sofia et toi.

Il regretta immédiatement ses paroles, son ami avait le cœur brisé, il était à deux doigts de flancher.

– On va la retrouver.

Alors qu'ils sortaient, la femme de ménage croisée précédemment passa à côté d'eux. Ivo s'arrêta net.

– Hé !

Il courut après la femme, qui pourra un cri de terreur et lâcha ce qu'elle tenait, puis disparut dans le club sans qu'Ivo la poursuive. Il s'arrêta à l'endroit où elle avait lâché ses affaires et sortit un sac à dos du tas, usé jusqu'à la corde par endroits, Ivo poussa un gémissement sourd lorsque le sac s'ouvrit.

– C'est à Sofia... Elle est *ici*, bordel...

Ils s'enfoncèrent tous deux dans les entrailles du club.

– Ils se sont barrés ?

– Oui, t'as encore rien fait ?

Tamara indiqua Sofia, toujours en vie, qui marmonnait quelque chose. Grant souriait.

– Non, j'ai décidé de te faire un cadeau pour te remercier d'avoir fait ta part du boulot.

Il se tourna vers Sofia.

Nous n'avons malheureusement pas beaucoup de temps, j'aurais bien aimé te baiser, ma jolie Sofia, alors...

Il planta le couteau dans son ventre. Sofia poussa un cri horrible. Grant recula, laissant le couteau enfoncé jusqu'à la garde. Du sang s'écoulait du manche, imbibant la robe blanche.

Tamara rit et applaudit.

– Grant, c'est...

En une fraction de seconde, Grant s'empara d'un autre couteau, pivota et le plongea dans la gorge de Tamara, qui tituba, les yeux écarquillés, incrédule, Grant rigolait.

– Pas de témoin, chère Tamara. Je t'ai laissée me regarder poignarder Sofia, mais... je préfère la jouer solo.

Tamara, s'effondra, sans voix, son regard passant de Grant à Sofia, qui agonisait. Elle sourit dans un gargouillement, émit un sifflement, elle gisait morte.

Grant la regarda calmement et se tourna pour achever Sofia. Il ne vit la main de Sofia armée d'un couteau qu'à la dernière seconde, qu'elle plongea dans son œil.

SOFIA ÉTAIT PARVENUE à se libérer la main et retirer le couteau de son abdomen, elle avait coupé ses liens pendant que Grant regardait Tamara mourir. Elle avait tué Grant Christo sans la moindre hésitation et comprit qu'elle devait saisir sa chance tandis qu'elle retirait le couteau de son œil et le regardait s'effondrer. Sa blessure au ventre la faisait atrocement souffrir mais elle carburait à l'adrénaline, elle enjamba les corps des tueurs et ouvrit grand la porte. Ivo était là quelque part avec Penn, elle mobilisa toute son énergie et hurla, titubant dans les corridors, se vidant de son sang, elle marchait dedans, glissait, le moindre mouvement lui arrachait des gémissements de douleur. Elle aspira à pleins poumons, vacilla et s'écroula, se traîna et s'appuya contre le mur, hurlant de toute la force de ses poumons.

– *Ivo !*

LE CŒUR d'Ivo battit la chamade lorsqu'il l'entendit crier, lui et Penn partirent à sa recherche. Lorsqu'il la vit, effondrée, avachie, plaquée contre le mur, il paniqua mais elle ouvrit les yeux et lui sourit alors qu'il s'approchait d'elle.

– Je savais que tu viendrais, dit-elle faiblement en caressant son visage.

– Je t'aime tant. Pardon de m'être enfuie... j'aurais pas dû.

– Ça va aller... oh, mon Dieu, Sofia...

Il ôta doucement sa main de sa blessure, son sang se glaça. Elle était en train de se vider.

Penn toucha son épaule.

– Faut l'amener à l'hôpital, Ivo... immédiatement.

– Ça va aller, dit Sofia avant de s'évanouir.

Ivo la prit dans ses bras, lui et Penn hélèrent un taxi et roulèrent à tombeau ouvert à l'hôpital.

CHAPITRE TRENTE-SEPT

Sofia caressait les boucles brunes tombant sur le visage d'Ivo, émerveillée devant ses yeux verts si expressifs et ses épais cils bruns.

– Tu sais que t'es hyper canon, Ivo Zacca ?

Ivo sourit.

– T'aurais pas un peu forcé sur la morphine aujourd'hui ?

Sofia souriait.

– C'est d'la bonne, ça vaudrait presque le coup de se faire poignarder plus souvent.

Ivo tressaillit mais Sofia l'embrassa.

– Hé, je plaisantais, la lame a épargné les organes vitaux. Grant n'était pas si fortiche que ça – au couteau en tous cas – pour un assassin.

– Tu pourrais arrêter d'employer le mot « poignarder » ?

Il l'embrassa passionnément, fourra ses doigts dans ses cheveux noirs. Qu'elle soit en vie relevait du miracle. La blessure paraissait si profonde, si atroce que lorsque le chirurgien lui avait dit que ce n'était pas sérieux, que Sofia récupèrerait entièrement et rapidement, Ivo avait été si bouleversé qu'il s'était surpris à éclater en sanglots.

Penn l'avait réconforté et tout raconté à Sofia qui n'arrêtait pas de la taquiner depuis.

– Un grand gaillard comme toi, pleurer comme un bébé.

Ivo sourit d'un air gêné.

– Tu m'as démasqué. Comment tu te sens ?

Sofia, poignardée voilà deux jours, reprenait des couleurs, on avait retiré ses perfusions.

– Je me sens... libérée, comme si on m'avait ôté un poids des épaules. Tamara était si malfaisante que je m'attendais toujours à ce qu'elle sème la désolation sur son passage.

Sofia posa sa main sur le visage d'Ivo.

– Je ne supporte pas l'idée qu'elle t'ait embrassé.

– Je ne l'ai pas embrassée, moi.

– Je sais, Ivo Zacca. J'ai été sous le choc en voyant la photo. Pourquoi tu ne m'as rien dit ?

– Franchement ? J'en voyais pas l'intérêt. Une simple broutille alors que j'étais à l'enterrement de ma mère. Au fait... Papa a fait le trajet depuis Los Angeles pour venir te voir. Clémence t'envoie toute son affection – elle aurait voulu venir mais Marguerite est encore trop jeune pour prendre l'avion. Dési a failli venir mais je lui ai dit qu'on rentrerait bientôt. J'ai bien fait ?

– Et comment, sinon ça va chauffer pour ton matricule, répondit Sofia en souriant.

– Je ne me vois pas vivre ailleurs qu'à Paris.

– Moi non plus. Écoute... avec ce qui s'est passé... si tu veux qu'on cherche un autre appartement, on peut.

Sofia écarquilla les yeux grands comme des soucoupes.

– Tu plaisantes ? *J'adore* notre appartement... c'est chez nous... même si la peinture laisse à désirer, ajouta-t-elle en rigolant, pour le plus grand plaisir d'Ivo.

– Je t'aime, Sofia Amory Zacca.

– Je t'aime aussi, Ivo, et pour répondre à ta question, oui... dès que possible. J'ai très envie de rentrer chez nous...

❀ Réalisé avec Vellum

CPSIA information can be obtained
at www.ICGtesting.com
Printed in the USA
BVHW041015150321
602551BV00006B/523